洪秀全與 國風雲

起義之火初燃

山頭火種揭亂世，一夢黃粱啟英雄

黃世仲——著

一位農村教師逆流而上，點燃革命火種
群雄聚集，釋放緊張已久的怒火與渴望
從教會到戰場，洪秀全傳道變革，策劃震撼時代的起義

HONG XIUQUAN AND
THE TAIPING REBELLION

理想與現實碰撞，烈火鍛造出新王朝雛形
在權力與信念的十字路口，決策天下大局

目錄

花縣城豪傑誕生　小山頭英雄聚首

詩曰：

金田崛起憤同仇，嘆息英雄志未酬；又見腥羶渺無際，秦淮嗚咽水空流。
哀哀同種血痕鮮，人自功成國可憐；莫向金陵閃眺望，舊時明月冷如煙。

這兩首七絕，是近時一個志士名叫志攘的所作。為慨太平天國十四年基業，成而覆敗，得而復喪，憑今弔古，不勝故國之悲。玩其詞氣，大有歸罪曾、左的意思。其實興亡成敗，大半都是自己造出來的：假使定都金陵而後，君臣一德，上下一心；楊、韋不亂，達開不走；外和歐、美，內掠幽、燕，就有一百個曾國藩、左宗棠，有什麼用呢？不然，洪王初起時光，信用未孚，軍械不足，三五千的保良軍，怎麼倒能旗開得勝，馬到成功，把清國人馬，殺得一敗如灰？到後來地大人眾，糧足兵精，倒反覆亡了呢？所以在下斷定太平天國的亡，不干曾、左，都是太平天國自己亡掉的。看官不信，且聽在下道來：話說中國自大明崇禎十七年，被滿清並掉之後，漢族人民，時時圖謀恢復：像雲南的吳三桂，武昌的夏逢龍，昆明的李天極，臺灣的朱一貴，袞州的王倫，甘肅的張阿渾，四川的王三槐，河南的李文成，永州的趙金龍等，眾多豪傑，差不多沒一年不亂。無奈人心思漢，天命祚清，西起東滅，終沒有成過一回事。直到清宣宗道光末年，佞幸專權，朝多失政，水深火熱，百姓苦不堪言，英雄造時勢，時勢造英雄，廣西地方，才崛起一位非常大豪傑，做出一番動地驚天大事來。

此人姓洪，名秀全，廣東花縣人氏。自幼抱負不凡，嘗與同縣人駱秉章，月夜池塘洗澡，秀全信口占道：夜浴魚池，搖動滿天星斗；非常之志，溢於言表。駱秉章應聲對道：早登麟閣，挽回三代乾坤。秀全道：「乾坤已非三代，麟閣早屬他人，登也不必，挽也多事。」秉章笑他為狂人。秀全也不睬。及長，專好結交豪傑，時人都非笑之。只有同縣人馮逵，字雲山的，深相讚許，稱秀全非池中之物！道光二十九年，兩廣地方，賊盜蜂起，如羅大綱、大鯉魚、陳金剛等，都擁有三五千人馬，打村劫舍，橫行無忌。官場怕耽干係，索性隱起不奏。秀全慨然道：「賊盜橫行，清朝的能力，已經瞧的見，投袂奮起，正在此時！」不防背後有人道：「秀全哥如此抱負，何不索性起來做一番事業！」秀全回頭，見來的不是別個，正是生平第一知己馮雲山，不覺大喜。遂邀雲山坐下道：「逆胡肆毒，神州陸沉，黃帝子孫，誰不願報仇雪恨？這會兩粵豪傑，風起雲湧，正是大亡逆胡之時。使我洪秀全有尺寸之憑藉，建義桂林，聲罪北平，則三齊抗手之雄，燕、趙悲歌之士，安知不聞風響應！」雲山道：「哥哥既然知道，何不就動手呢？」洪秀全道：「雲山又來了！光復這一件事，非同小可，豈是赤手空拳，能夠做得的。至少總要有三五千人馬，才能夠動得手。」雲山道：「從來說千軍易得，一將難求！只要有了豪傑幫助，三五千人馬，何難一呼而集？」洪秀全道：「豪傑之士，我是很歡迎的！怎奈眼前沒有，我也沒法。」雲山道：」獨怕哥哥不誠心。要是誠心求賢，眼前就有一個大豪傑。」洪秀全道：「豪傑在那裡？姓甚名誰？」雲山道：「就在本城花縣衙門裡。」洪秀全笑道：「兄弟講玩話了！官場中那裡有豪傑？」雲山道：「此人並不是官，是一個幕友。姓錢，名江，浙江人氏。胸羅戰史，腹有奇謀，端的經天緯地。此番來粵，也是為物色真人，同謀光復。哥哥如果要見，我就去請他來。」洪秀全道：「你與他幾時認識的？」雲山道：「認識得沒有幾多天。」洪秀全道：「衙門中人怕有點兒靠不住。」雲山道：「我馮逵總不會給你上當。」洪秀全道：「不是這麼講。人情鬼蜮，世路崎嶇，怕你也被人家套在圈中。」馮雲山道：「哥哥，你沒有見過他，所以這麼說。一見之後，你也相信了！」洪秀全道：「既是這麼說，就煩兄弟請他來談。要真是志同道合，就是中國人民的福氣了。」雲山道：「不瞞哥哥說，我已與他約好了呢。」當夜無活。次日，馮雲山黑早起身，略點了止饑，就出村迎接錢江去了！

卻說這錢江，表字東平，本貫浙江歸安人氏。少失怙恃，依叔父錢閎作生花縣城豪傑誕生小山頭英雄聚首活。五歲上學，聰穎非常；九歲下筆成文。叔父常說道：「此是吾家千里駒，他日定能光宗耀祖！」錢江急應道：「大丈夫作事，成則流芳百世，敗則遺臭萬年。豈單靠光宗耀祖乎！」眾人莫不稱奇。既長，諸子百家，六韜三略，兼及兵刑、錢谷、天文、地理諸書，無所不讀。時揚州魏平，任歸安令，聞江名，以書召之。江大笑道：「江豈為鼠輩作牛馬耶？」遂以書絕之。

道光二十九年，兩廣一帶，賊盜四起：羅大綱、大鯉魚、陳金剛等，紛紛起事。小則打劫村舍；大則割據城池。官僚畏罪，不敢奏報。錢江看到這機會，便道：「今天下大勢，趨於東南，珠江流域，必有興者，此吾脫穎時矣！」時錢閎已經棄世，錢江遂舍家遊粵，寓於旅邸。可巧故人張尚舉署花縣知縣。聞江至，大喜道：「東平不世才，本官當以禮聘他，何愁縣裡不治！」說罷，便揮函聘江。江暗忖花縣區區百里，怎能夠施展？只是憑這一處棲身，徐徐訪求豪傑，也是不錯。想了一會，便回書應允。花縣高省治不遠，一半天就到了。投謁張令，張令降階相迎，執手道：「故人枉顧，敝具增光不少！惜足下不是百里才，還恐枳棘叢中，不能棲鳳凰！只好暫時有屈，徐待事機罷了。」江聽罷答道：「小可有甚大志，蒙故人這般過譽！但既不棄，願竭微勞。」張令大喜，錢江遂留縣署中。一應公事，張令都聽他決斷，真是案無留牘，獄無冤刑，民心大悅。

錢江每日閒暇，或研習兵書，或玩遊山水，己非一日。那日遊至附近一個小山上，獨行無伴，小憩林下，忽見一書生迎面而來，頭上束著儒巾，身穿一件機白麻布長衣，下穿一條元青亮紗套褲子，腳登一對薄皮底布面鞋，年約三十來歲。眉清目秀，儀容俊美。見了錢江，便揖說道：「看先生不像本處人氏，獨步在這裡，觀看山景，可不是堪輿大家，講青鳥、尋龍穴的麼？」錢江道：「某志不在此。自古道地靈人自傑，講什麼真龍正穴？足下佳人，奈何也作一般迷信呢？」那人急謝道：「小弟見不及此。才聞高論，大歉於心！請問貴姓尊名，那裡人氏？」錢江答道：「某姓錢，名江，號東平，浙江人也。」那人又回道：「可是縣裡張老爺的幕府麼？」錢江道是。那人納頭便拜。歡喜說道：「聞名不如見面，見面勝似聞名。仰慕已久，幸會幸會！」錢江即回禮道：「小可錢江，蒙老兄如此敬愛，請問先生上姓尊名？」那人答道：「小弟姓馮，單名一個逵字，別號雲山，向在山中唸書。久慕先生不求仕進，卻來敝縣管理刑名，真是敝邑人民之幸！可惜無門拜謁，今日相遇，良非偶然。請假一席地，少談衷曲，開弟愚昧，實為萬幸！」錢江聽罷，暗忖這人器字非凡，談吐風雅，倒把人民兩字，記在心中，料不是等閒之輩！正要好乘機打動他。便答道：「不虞之譽，君子羞之，老兄休得過獎！倘不嫌鄙陋，就此席地談心如何？」馮逵大喜，兩人對面兒坐了。錢江探著問道：「方今天下多故，正豪傑出頭的時候，老兄高才，為甚不尋個機會出身？」馮逵答道：「現在的主子又不是我們漢族人！大丈夫昂昂七尺，怎忍赧顏稱臣？故隱居於此，願先生有以教之！」錢江道：「足下志量，令人欽佩！只是韃靼盤踞中原，二百年矣！君臣既有定分，何能再把他當仇人看待！」

馮逵聽到這話，不覺怒道：「種族之界不辨，非丈夫也！某以先生為漢子，直言相告，怎倒說出這無恥的話來？」言罷，拂袖便去。錢江仰面哈哈大笑！馮逵回首道：「先生笑怎的？」錢江道：「不笑足下，還笑誰？」馮逵道：「某有何可笑？任先生是縣裡幕府，拿某作個不道的人，刑場喪首，牢獄沉冤，某也不怕。」錢江越發笑道：「試問足下有幾顆頭顱，能夠死幾次？縱有此志，倒不宜輕易說此活。弟若忘國事仇，今日也不到此地了。方才片言相試，何便憤怒起來呢？」馮逵急謝道：「原來先生倒是同情，不過以言相試。某一時愚昧，冒犯鈞威，望乞恕罪！」錢江聽了，便再請馮逵坐下。隨說道：「足下志氣則有餘，還欠些學養。俗語說得好：逢人只說三分話，路上須防人不仁。足下方才這話，幸撞著小弟，若遇著別人，是大不了的。須知此事非同小可，成則定國安民，敗則滅門絕戶。事機不密，徒害其身。死也不打緊，只恐人心從此害怕，那韃靼盤踞中原，又不知更加幾百年了？」馮逵道：「先生之言甚善！奈某見非我族類，卻來踞我河山，不免心膽俱裂。竊不量力，欲為祖國圖個光復。只救國有心，濟時無術，若得先生指示前途，願隨左右，以供驅策。但恐韃靼根深蒂固，不易搖動耳！餘外並無他慮，不知先生以為何如？」錢江答道：「足下休驚，胡虜氣數將盡矣！」馮逵大喜問道：「先生何以見之？」錢江聽罷，便不慌不忙的說出來。管教：

席地談心，定下驚天事業；深山訪主，遭逢命世英雄。

要知錢江說出什麼話來？且聽下回分解。

會深山群英結大義　遊督幕智士釋豪商

話說當時錢江說出胡虜氣數將盡，馮逵不勝之喜，便問錢江怎的見得？

錢江答道：「自古國家將興，必有禎祥；國家將亡，必有妖孽。方今滿帝無道，信任孌臣，煙塵四起，活似個亡國樣子。且近年黃河決潰，長安城無故自崩，水旱瘟疫，遍於各地，皆不祥之兆。謀復祖國，此其時矣！兩年前浙江童謠說道：『三十萬兵動八方，天呼地號沒處藏；安排白馬接紅羊，十二英雄勢莫當』。據童謠看來，上句三十萬兵動八方，明年正是道光三十年，這時定然刀兵大起的了；第二句得見這次兵戈聲勢，非同小可；末二句便是有英雄崛起的意思了！某前者夜觀天象，見南方旺氣正盛，將星聚於桂林，他日廣西一帶，豪傑不少。足下既有這等大志，自今以後，物色英雄，密圖大事，若徒把這一般話，掛在口頭，雖日日憤激，怎能濟事？某此番不遠千里，來到貴省，正為此意。若不是這樣，彼區區縣令幕府，怎能籠絡鄙人呢？」馮逵聽那一席話，便道：「先生天人，令馮某佩服不置！自今以後，願不時教誨為幸！」錢江道：「不是小弟自誇，苟有機會成就這一件事，不過如探囊取物！不知足下在廣東，也曾得有同志麼？」馮逵道：「同志中人本不易得。所見有洪秀全者，真英雄也！此人就是本縣人氏，生有龍鳳之姿，大日之表。且胸懷大志，腹有良謀。少年曾進洪門秀士，因不屑仕進，只在家中讀書，今年已三十，正和小弟同硯唸書。若得此人共事，不愁大事不成！改日便當和他拜謁先生，共談心曲，你道如何？」錢江道：「小弟幕裡談話不便，不必客氣，不勞足下來見。就請以明天午刻為期，足下到這地少候，同往謁見洪先生罷了！」馮逵喜道，「如此甚好。」看看夕陽西下，二人便說「我們散罷！」各自握手而別。

且說錢江回至幕裡，暗忖馮逵這人，到有一副熱心。惜乎性情太急，若不加以陶養，將來或誤大事。但所談洪秀全，不知是怎樣的人？待明天會他一會，再不得天明。一到天明起了身，梳洗已畢，用過早飯，可巧這日又沒什麼事幹，恐誤了與馮逵相約期限，便獨自一人，走出縣衙，依著舊路而來。到了昨天談話處，已見一人在這裡等候。錢江仔細一望，不是別個，正是馮逵。錢江喜道：「雲翁如何先期早到，想勞久候了！」馮逵急迎道：「既承夙約，怎敢失信？」說罷，便攜手同行。

一路所經，但見山勢崇隆，樹林幽雅，流泉有韻，百鳥飛鳴。錢、馮二人正在賞玩，忽林後轉出一人，大喝道：「你兩人乾得好事！連日在山林裡圖謀不軌，要背反朝廷，都被我探聽明白。我今便要往縣裡出首，看你們怎的逃去？」馮逵聽說大驚，急行回視，大笑道：「孝翁休惡作劇，驚煞人也！」錢江急問那人是誰？馮逵答道：「此人就是某所說洪君的次兄，雙名仁達，別號孝庵的便是。倒是同志。方才說那些話，不過相戲耳！」洪仁達便向錢江聲諾，展問姓字。錢江回過。洪仁達就在林下剪拂過了。仁達道：「昨天雲翁對某的兄弟說及先生大名，不勝仰望！巴不得急到縣裡拜謁先生。今天倒蒙枉駕，很過意不去！」錢江道：「君家兄弟如此熱心，某真想見恨晚也！」馮逵和洪仁達一齊謙讓。一路上又說些閒話。

馮逵忽指著前面一人說道：「洪大哥親自來接也！」錢江舉頭一望，但見那人生得天庭廣闊？地閣豐隆，眉侵入鬢，眼似流星，長耳寬頤，豐顴高準，五尺以上身材，三十來歲年紀。頭戴濟南草笠，身穿一領道裝長服，腳登一雙蒲草鞋兒，手執一柄羽毛扇子。錢江不禁暗地裡喝一聲採！約摸遠離二三丈，那人就拱手道：「勞先生這行至此，折殺洪某了！」說罷納頭便拜。

錢江急回過禮說道：「刀筆小吏，何勞遠接？足下可不是雲翁說的洪秀全哥哥麼？」那人答道：「小可正是姓洪！原名仁活，字秀泉，後隱名於此，改名秀全。昨天聽得雲翁說起先生盛名，抵以貴幕裡談話不便，未敢造次進謁，今蒙枉顧，足慰生平！」錢江大喜。

四人同行，不多時，早到一個山寺。這寺雖不甚寬廣，卻也幽靜。錢江在門外觀看一會，才攜手進寺。轉彎抹角，正是「曲徑通幽處，禪房花木深。」真個好所在！秀全導至一密室，分賓主坐下。秀全卸去濟南草笠，露出頭上完發蓬蓬。錢江大驚道：「原來洪君是個道者，某真失敬了！」秀全道：「那裡說？小弟不忍徇異族薙發制度，削棄父母的毛血，喬扮道裝，無非免暴官汙吏的捕風捉影。若中原未復，反甘心作方外人，弟所最鄙。先生休再疑慮！但恐此事非同小可，縱有熱誠，沒從著手，也是枉然！若得先生曲賜教誨，實為萬幸！」錢江便答道：「自甲申遭變以來，屢起革命，亦足見人心未忘祖國也！吳三桂誤於前而悔於後，本不足以服人心，且日暮途窮，卒以致敗。自是滿洲勢力完固，雖呂留良、曾靜、戴名世之徒，鼓吹風潮，終難下手，亦勢為之耳。嘉慶間川、湖以邪教起事，尚縱橫數省，震動八方。況足下以命世之傑，具復國之誠，伸大義於天下，名正言順，誰不望風歸附？方今朝廷失道，盜賊紛起，足下因其勢用之，總攬賢才，拯扶饑溺，此千載一時之機也，唯足下圖之！」秀全聽罷，大喜道：「先生之言，洞中機要。奈今廣東人民，風氣未開，沉迷不醒，若要舉義，計將安出？」錢江又道：「廣東濱臨大海，足下舟師未備，糧械未完，非用武之地也；廣西地形險阻，豪傑眾多，又無糧食不敷之患，大鯉魚、羅大綱等，雖綠林之眾，然皆聚眾數千，勢不為弱！足下若攜同志士，間道入廣西，撫其眾，勉以大義，旌旗所指，當如破竹！然後取長沙，下武昌，握金陵之險要，出以幽、燕，天下不難定也！」秀全避席謝道：「先生名論，頓開茅塞！但廣西一路，不知何時可行？」錢江道：「且勿造次。方今中外通商之始，外教流行最盛，足下當潛身教會，就借傳道為名，直入廣西行動。一來可以勸導人心，二來足下起事，和外國同一宗教，可免外人乾預，實為兩便。成事之後，制度由我。逆取順守，足下以為何如？」這一席話，說得洪秀全嘆服不置。便請錢江齊入廣西，共圖大事。錢江道：「這又不能。足下先宜進身教會裡，就借傳道為名，直入廣西，才好行動；若是不然，足下到了廣西，便算個別省的人氐，稍有舉動，反令人疑心，不免誤卻大事。足下且寬心！日前縣令前赴省會，謁見總督林公，那林公還贊本縣的事務辦得妥當。後來縣主說出某的名字，林公不勝之喜。正要請某到督衙裡去。某若得這個機會，結納三五豪商，憑三寸不爛之舌，說他們協助軍需，如此不憂大事不成！」說罷，秀全見錢江議論縱橫，確有見地，便道：「先生此論，洪某受益不少。自今以後，常常賜教可也！」

正說話間，見一人岸然直進房裡。錢江見那人赤著雙足，頭帶箬笠，手挽犁鋤，氣象粗豪，像個農夫模樣，心裡倒覺詫異，只得起迎。秀全道：「先生不必拘禮！這是長兄仁發，別號道生，隱居寺裡，已有數年。方才在後園種菜消遣！雖生得性情戇直，卻懷著一副熱誠，彼此均是同志，就請同坐談心。但有失禮，先生幸勿見怪！」錢江道：「英雄韜晦，今古一般，那有見怪之理？君家兄弟如此志氣，怎不令人見愛！」洪仁發向錢江通問姓名，錢江答過。仁發道：「原來昨天雲山兄說的就是先生，想煞我了！今日幸會！」錢江謙讓一回，各人又談了一會話，看看天色漸晚，馮逵說道：「天時晚了，先生不便回衙，就請在這裡用過晚飯，再作竟夕之談。」錢江道：「不必客氣！小可回衙還有公事，改日再談罷。」說罷，便要辭退。洪家兄弟那裡肯依。錢江度強不過，只得坐下。只聽仁發道：「一頓晚飯又沒有菜，留來留去做什麼？」仁達勸他退下，才退了出去。秀全道：「家兄性直，出語傷人，好過意不去。」錢江道：「那等正是任事之人，休小覷他也！」馮逵隨轉出來，囑咐仁發，打點晚膳，都是雞鴨蔬菜之類，不一時端上來，仁發開了一罈酒，齊肅錢江入席。錢江本欲謙讓，又恐仁發搶白，只得坐了客位。各人一齊坐下。秀全道：「今日此會，良非偶然！某當與諸君痛飲一醉。」說罷，舉杯相勸。仁發見各人勸來勸去，忍耐不得，一頭飲一頭吃，各人見他素性如此，且不理他。

飲了一會，又談些心曲，正說得入港，仁發見酒尚未完，餚已將盡，便再到廚裡，又宰了一頭雞，煮得熱噴噴的上來。馮逵道：「我們只顧說，還是仁發兄省得事呢！」仁發道：「這是飲吃的時候，談了好半天，還要說什麼？」各人聽了，一齊笑起來。直飲至三更時分。錢江道：「酒太多了，請撤席罷！」秀全自覺有七分酒意，便說一聲簡慢，各自離席，仁發卻將杯盤端下去。幾人再談一會，已是二更天氣了。秀全道：「某有一言，不知先生願聞否？」錢江道：「既是知己，還怕怎的？有話只管說便是。」秀全便道：「先生明天準要回衙去！某不敢強留，致誤先生公事。但恐他日再會，比不得今夕齊全，不如我們幾人當天結義，共行大志，你道如何？」錢江道：「此事正合弟意，準可行之！」秀全大喜。馮逵、仁達、仁發自沒有不願。當下五人焚香表告天地，誓要戮力同心，謀復祖國；若背此盟，天誅地滅。各人祭告已畢，仁發道：「如有一個背了明誓的，休教他撞在我手裡！」說罷連錢江都忍笑不住。幾人便重複坐下來，再談了一個更次而罷。是夜錢江宿於寺中。次朝一齊起來，梳洗已畢，錢江便要辭回。秀全不敢相強，恐礙了衙門公事，齊送錢江下山。到了山下，錢江道：「這裡回具衙不遠，不勞君等遠送，就此請回罷」！秀全便珍重了幾句，各人握手而別。當下錢江返至具署，才發付了公事，忽上房裡轉遞到一函，卻是林總督的聘書。那林總督本是福建人氏，雙名則徐，別號少穆，是個翰林出身，這時正任兩廣總督。雖識不得民族大義，卻有一片愛民之心，到是清國當時少有的人物了！錢江把來書看罷，覺書中有一種求賢若渴的語氣，暗忖這機會倒不容易：大則打動林公，圖個自立；小則結識豪商巨賈，接濟軍需，還勝過在這荒僻小縣。想罷，便攜著林公這一封書，人謁縣令張尚舉，具道要往督幕的意思。張尚舉道：「未生非百里才，本縣怎敢屈留先生，先生請自便。若有要事，還請賜函惠我，便是萬幸了！」錢江謙讓過，便辭了出來，一面報知洪秀全，一面打疊行程，別了張尚舉，望省城出發。

才半天，早到了省城，尋著督衙，把名刺投將進去，林則徐不勝之喜，立即迎接入內。林則徐道：「先生不棄，辱臨敝署，不特本部堂之幸，實兩廣人民之幸也！」錢江道：「小可錢江，有什麼才力，偏勞大人錯愛。但得侍教左右，敢不盡心竭力以圖報！」林則徐聽罷，喜個不住。又談些時務，見錢江不假思索，口若懸河，十分嘆服。侍役倒上兩盅茶，二人茶罷，則徐便令侍役送錢江到書房裡去。看官記著，自此錢江便在總督衙裡辦事了！巨說此時海禁初開，洋貨運進內地，日多一日，以洋務起家的很是不少。就中單說一家字號，名喚怡和。這「怡和行」三個字，婦孺通知，算得嶺南天字第一家的字號！那行裡東主，姓伍，別號紫垣，生得機警不過，本是個市廛班首。所有外商運來的貨物，大半由他怡和居奇。且外商初到，識不得內地情形，一切價目，皆由該商訂定。因此年年獲利，積富至一千萬有餘！內中貨物以鴉片為大宗，都是通商條約裡載得很明白的。怎奈林則徐雖知得愛民，還不懂得通商則例，以為鴉片是害人東西，便把那鴉片當作仇人一般，把洋商恨得要不的。追本求源，於是想嚴查鴉片，禁止入口。將發售鴉片的大行店盡行法辦，那怕華商不畏懼？好歹沒人代售鴉片，豈不是不禁自絕，還勝過和外人交涉？想罷，就失把個怡和行東主伍商查辦起來了！可巧那案情落在錢江手裡。錢江暗忖道：「林公意思，定要把伍商重辦。但按通商條約，本來辦不得伍商。這個商千萬家財，若由錢某手裡出脫了這一個人，他便感恩無地，那時要與他同謀大事，那有不從？」想了一想，早定了個主意，故意把案情延緩了數天。

這時伍商的家人正在日日奔走官衙。走衙門拍馬屁的，又紛紛到怡和行裡尋著管事的人，你也說有什麼門路，我也說有什麼門路，還有一班就把錢江的名字說將出來。試想錢江是個總督特地聘用的人員，那個不信他好情面？那伍商的家人，自然要上天鑽地，找個門逕來交結錢江。

那一夜初更時分，錢江還靠在案上觀書，忽見一人徘扉而入，乃是花縣張令幕裡同事的朱少農。背後隨著一人，年近五旬，面貌卻不認得，錢江急忙起迎讓坐。朱少農指著那人說道：「此敝友是富商伍紫垣的管家潘亮臣也！伍氏為鴉片案情，見惡於大府，非先生不能援手。所以託弟作介紹，投謁先生。」錢江道：「伍君罪不至死，但恐林帥盛怒之下，無從下手耳！」潘亮臣道：「先生既知敝友罪不至死，先生寧忍坐視？倘能超豁他一命，願以黃金萬兩為壽！希望救他則個。」錢江怒道：「某雖不才，豈為金錢作人牛馬？足下乃以此傲人耶！」朱少農急謝道：「愚夫不識輕重，冒犯先生。」錢江道：「某平生好救人，不好殺人，待林帥怒少平，有可效力之處，當為伍君出脫，不勞懸念也！」二人大喜，便拜謝而別。管教：

英雄弄計，枉教青眼氣豪商；官吏交讒，竟被黃堂陷志士。

要知後事如何？且聽下回分解。

發伊犁錢東平充軍　入廣西洪秀全傳道

話說朱少農、潘亮臣見錢江已經應允，即拜謝而出。潘亮臣一路上想著錢江的豪氣，不較金錢，更自讚嘆不已！回到恰和行裡，先致謝過朱少農，便把這一條門逕，一頭報知伍紫垣；一頭安慰伍氏家人。靜候好音，不在話下。

且說錢江自從朱少農、潘亮臣去後，一發定了主意，專要解脫伍紫垣。

那一日因事謁見林則徐，則徐便問伍氏的案情怎的辦法？錢江答道：「以大人勢力，殺一個商人，有甚難處？但恐條約上說不去，反動了兩國干戈，倒又不好！小可為此懷疑未決。」則徐道：「先生差矣！萬乘之國，不為匹夫興兵；誰為殺一商人，卻要勞動干戈。就使外人興兵到來，我豈不能抵敵耶？」錢江道：「大人見的很是！但外人最重商務，只怕外人為保護商務起見，倒不能不爭這一點氣。再者外人近來新式戰具甚多，籌防也非易事。到那時恐朝廷降一張諭旨，責大人擅開邊釁，又將奈何？」則徐道：「鴉片之患，害人不淺！若能保奸商除去，雖死何憾！」錢江道：「如此大人之誤有三。」則徐道：「先生說某三誤，其說安在？」錢江道：「大人貴任制使，卻與一個商人拚死生，是猶以美玉碰頑石，且大人既死，再不能替國家出力了，國家就少一位良臣，其誤一也；大人辦了一個商人，卻因外國責言，被朝廷降罪，落得好商藉口，使後來販運鴉片的更無忌憚，其誤二也；除了一個奸商，而鴉片不能杜絕，恐後來督撫皆以大人作殷鑒，從此鴉片再無擬禁之人，其誤三也。小可與伍商素昧生平，只礙著只等曲折，因此不避嫌疑，為大人陳之。望大人蔘酌而行！」這一席話，說得則徐悚然。便改容問道：「先生說來，很有道理，某深佩服！但不知先生主見若何？」錢江道：「擅拿不能擅放。不如以好商圖利害民，改流三千里，然後把鴉片如何害民的道理，曉諭人民，免人民受累，豈不兩全其美！」林則徐聽了，點頭稱善！當下錢江退出，把這宗案情辦法，先報知朱少農。並說改殺為流，本非容易，聞伍商有老母在，可以稟請留養，不過少花費些，繳出軍流費用，準可沒事了。朱少農聞報，忙告知潘亮臣準備去了。

不一日，果然竟把這一件案情批出，要把伍商流三千里去。伍氏家人知是錢江安排已定，倒不慌忙，急具了狀子，呈到督轅裡，依照錢江所說，狀子裡稱是老母在堂，乞請留養，並願繳費贖罪！這都是律上所載，不由不準的，自然依例批發出來。頓時把一個總督盛怒，謀置死罪的商人脫得乾乾淨淨。伍商見都是錢江出的力，自然十分感激，忙備三五千兩銀子，酬謝朱少農。只錢江偏不要一個錢，無可圖報，只得借了酒筵，潘亮臣請錢江赴宴。錢江喜道：「機會到了，我拉了他一命，沒有要他一個錢，他來請我，我正好乘時說他也！」想罷，隨換上一身衣服，與潘亮臣同坐了兩頂轎子，離了督衙，望洋行而來。

一路無話，至了恰和行內，但見夥伴奔走，客商往來，果然是一個大行店。才下了轎子，潘亮臣帶錢江到樓上，伍紫垣早上前迎候，透過姓名，錢江知他就是伍紫垣。打量一番，不覺大吃一驚！看官，你道餞江怎的吃驚起來？原來他見伍商一團媚笑，滿面虛文，並且眼雖清而好橫視，其心多疑，疑則生忌；準雖隆而帶曲折，其性必狡，狡則為奸。這種人萬萬不能與他謀事，因此深自懊悔。心裡雖然這麼想，面子上仍虛與周旋，一時推說夜後進城不便，就要告辭，伍商那裡肯依。錢江無奈，只得草草終席，託言不便久談，要回城裡去。紫垣強留不得，只得送至門外而回。

錢江依舊上了轎子，跑回衙裡坐定，心上懊侮不已！又暗忖道：「這會到督幕裡，滿望結交一二豪商，奈第一著便錯了，誤識了那廝。況且身為內幕，要結交外人，倒不容易，恐難再逢第二個機會，不如另設法兒才是。」過了數天，便在城裡尋一個所在，租作公館，日問在衙裡辦事，夜來便回公館去。那一夜正在書房悶坐，忽門上報導，有人來拜會。說罷，遞上一個電影。錢江拿過一看，卻是蕭朝貴三字，錢江自念，向不與此人相識，今夤夜來訪，必有事故。便令門上請來想見。門上轉身出去，便帶了那人同進來。錢江即忙躬身迎接。但見那人相貌魁梧，舉止大方，錢江暗暗稱異，便讓那人坐下。那人開言道：「卑人蕭朝貴，仰慕先生大名，不揣唐突，特來叩見！」錢江道：「刀筆小吏，卻蒙老兄在顧，慚愧萬分！不知老兄那裡人氏？深夜到此，必有見教！」蕭朝貴道：「小弟廣西武宣人氏，僑居桂平。現任廣州劉潯是小弟舍親。弟到廣東兩月有餘，聞先生大名，如雷灌耳！若蒙不棄，願託門下，先生肯賜教誨否？」錢江答道：「小弟有何本領，敢為人師？既蒙相愛，朋友可也！但不識老兄此來，究有怎麼意見？」蕭朝貴道：「弟不過物色英雄耳！」錢江道：「物色英雄，究是何意？」蕭朝貴便笑而不言。錢江又以言挑說道：「貴親現任廣州，圖個進身，自是不難，可為老兄致賀！」蕭朝貴道：「古人有言：『肉食者鄙，未能遠謀。』若輩甘為奴隸，非弟同志，先生此言，輕弟甚矣！」錢江聽罷，即忙改容謝過。蕭朝貴又道：「先生日前解釋伍商，究竟什麼用意？小弟實在不明。」錢江道二「這是按律辦去，並非特地解釋伍商，老兄何出此言？」蕭朝貴道：「初識不談心腹事，先生此言，弟實不怪！但這般重大案情，先生並沒收受金錢，數日間便行了結，若無別的用意，弟終不信。」錢江聽到這話，不覺拍案驚道：「老兄料事如神，某愧不及！若是早遇老兄，必無此失。」蕭朝貴道：「弟才萬不及先生，只是旁觀者清耳！弟正為此事，要來叩見，願先生以心腹相告，幸勿懷疑！」錢江聽了，見蕭朝貴十分誠實，便把來遊廣西與釋放伍商用意，一一說明。蕭朝貴道：「弟觀先生行事，已料得七分，只弟亦久懷此意。倘有機會，願效微勞，禍福死生，誓不計也！」錢江大喜。蕭朝貴便移坐向錢江附耳道：「弟更有心腹之言相告，只恐交淺言深，先生不信耳！」錢江道：「既為同志，有話但說何妨。」蕭朝貴道：『先生在此，不宜久居，速行為是！」錢江便問何故，蕭朝貴道：「前充督幕的李三龍與前任廣府貴同鄉的余傅淳，是郎舅姻親。余溥淳借李雲龍之力，得任廣府。自從先生進督幕去，李雲龍失了席位。那余溥淳又因府署被劫的事情，林總督將他撤任。余、李二人為先生不念同鄉之情，不為援手，皆懷恨於心。李雲龍對弟說道：『他在浙江時光，具令魏平曾以書相召，他非但不就，反出不遜之言，早知此人不是安分之輩！現在盤踞督幕，叫他總要落在我手裡。』先生不可不防！」錢江道：「某都省得。自恨少年時光頭角太露，致小人疑忌，怎好不防？但某此來，所謀未就，如何便去？縱使暗箭難防，某自有臨機脫身之計。唯某所謀起事地方，正在廣西。老兄何不早回貴省，數日後弟當揮函薦人來投老兄，自有主意。但事關緊要，切宜慎密才好。」蕭朝貴道：「既如此，弟當便回，那有洩漏的道理？先生請自準備可也！」錢江見蕭朝貴一表人物，又如此心細，十分敬愛。又復談了一會，已是三更天氣。錢江恐夜深了，蕭朝貴回府衙不便，遂留宿了一夜。越早起來，錢江要留飯，蕭朝貴恐劉潯見疑，不敢久留。錢江不便相強，只得送出門外。甫到頭門，只見一人迎面而來：卻是個道裝模樣。錢江仔細一看，不是別人，正是洪秀全。錢江一面招接秀全，一面再挽朝貴手，請回覆坐。

三人齊進裡面，錢江代洪、蕭二人，透過姓名。徐向朝貴說道：「某方才說薦往廣西投足下者，正是此人。今日相會，實天湊其便也！」說罷，又向秀全把昨夜和朝貴相談的事，說了一遍。秀全不勝之喜，徐說道：「弟在山中，聞得先生為鴉片案情，結識了一個絕大富商，料有好意，因此特地到來探問。」錢江道：「明公原來不知！正為此事懊悔不已。」秀全急問何故？錢江把上項事說出來。並道：「本欲與明公共圖大事，耐這些些小事，猶自失誤，何以見人？」秀全道：「昔管仲前則所行輒阻，後則有謀皆中，時為之耳。先生何便灰心？」錢江答道：「明公此言，足使錢某發奮！但日前議入廣西一事，明公還有疑心否？」秀全道：「所慮者糧械不敷，人才不足耳！餘外更無他疑。」錢江道：「羅大綱血性過人，可以因勢利用，何患糧械不敷？起事後因糧於敵，隨機應變，錢某自有法子，何消多慮！若人才一事，勉以大義，結以恩情，何患不來？且蕭兄久在廣西，交遊甚廣，此事都在蕭兄身上了！」蕭朝貴插口道：「時勢造人，人造時勢。敝省舉人石達開者，真英雄也。弟當為明公羅致之。」秀全大喜，便問入廣西之計。錢江道：「日前說借名外教一事，明公何便忘之？」秀全正欲答言，見蕭朝貴先說道：「此事更妙！弟有故人郭士立，現為天主教士，向在香港，現正來至羊城。今天便同明公往謁如何？」秀圭道：「此是大助我也！事不宜緩，就請同行。」錢江便令速進早飯。三人草草用過，洪秀全和蕭朝貴，便辭了錢江，一齊望城而來。

蕭朝貴因此事著急，竟把回見劉潯的心事撇開。二人一路上說些閒話，不覺到了城外，尋著郭士立所住禮拜堂。向守門的動同一聲，知郭教士在堂裡。二人逕進內面，郭教士慌忙迎接，又向秀全透過姓名，分賓主坐下。寒暄了幾句，蕭朝貴具道仰慕已久，要服從貴教，乞求洗禮的話。原來大凡服從外教的人，必由教士洗禮。當下郭士立答道：「洗禮倒還容易，必要那人聽個道理，由教士唸過人品何如，方能進得教來！」秀全是初來教堂，不曉得其中情節。郭士立便把這情節，對朝貴說個透亮。朝貴低頭一想，道：「秀全兄是本處人氏，無論何時洗禮都不打緊。只是小弟乃廣西人氏，目下正要回鄉，又不知何時再遇老兄了，統求老兄設法方便。」郭士立聽罷，暗忖他兩人是讀書人，卻要來奉道，實在難得！且憑他到廣西去傳道也是不錯。想罷，只得從權允了。洪、蕭二人大喜。果然到了十大八天，郭士立與那洪、蕭兩人洗禮。兩人在教堂已非一日，可巧郭士立又因要事，須回香港，便著洪、蕭兩人入廣西傳道。立刻給了文憑，交洪、蕭兩人領了，各自分別而去。這裡不表郭士立回港。

且說洪、蕭兩人領了文憑，完回城內，尋著錢江，把前項事情說了一遍，錢江不勝之喜。再留在公館裡住了兩大，囑咐些機密事情，便請洪秀全同蕭朝貴，先回花縣等候。自己卻待要辭了督衙幕府席位，才好動身。秀全不敢久留，即著蕭朝貴復過劉潯，假說回鄉，二人便同到花縣去了。

這裡錢江打發停當，忙回衙裡辦事。不提防數日間，那鴉片案情發作，不知何人唆弄，朝廷把一張諭旨降將下來，將林則徐撤任，立要他回京問話，卻把一個徐廣縉升了總督。那林則徐在任憑著錢江，卻是案無留牘的，自然沒有什麼首尾未完的事件，早已交卸停妥，立回京去。只這徐廣縉做了總督，本是個務虛名沒器量的人。錢江暗忖：這個時候，正好辭退幕府席位。不料辭了幾次，徐廣縉竟執意不從，錢江摸不到頭腦。一日忽聽到廣縉復聘李雲龍到幕裡。仔細探得廣縉和前任廣府余溥淳有師生情分，因此抬舉李雲龍。過不多幾時，果然尋一點事兒，將劉潯革了，便把余溥淳復署廣府。余溥淳、李雲龍與錢江是個對頭，錢江知機，就打點走路，不想小人眼明手快，李雲龍竟把錢江私縱伍商，圖謀不軌的事情，詳了一稟，在督衙發作起來。徐廣縉又因林則徐在任時，萬事由錢江主持，奪了自己權勢。正好乘這個機會，洩卻心頭之恨，竟把錢江拿押起來，交廣府衙門審訊。錢江這時已料著是佘溥淳、李雲龍兩人瞞稟徐總督，要圖陷害。連訊了幾堂，還虧口供尚好，且所控各事，又沒什麼憑據，以故仍押羈中。

這時禁押錢江的事，早傳遍了。那一點風聲傳到花縣，飛入洪秀全耳朵裡，一驚非小！正要親進省城問候，只見馮逵說道：「哥哥曾到省城多時。未知李雲龍稟內牽涉哥哥沒有？休便起程，不如小弟替走一遭。倘有緩急，飛報前來，哥哥便和眾人隨著朝貴兄弟，先入廣西，免得同陷虎口。」眾人大喜。馮逵辭了秀全等，立刻望省城出發，不過半日，到了廣府衙門。尋著獄卒，就想打通門逕來見錢江。清國監房積弊，多由獄卒把弄，大凡探問人犯的，倒要賄通獄卒，這便喚作通門頭。若沒有透過門頭，任是至親人等，絕不能探監犯。一面馮逵早知得這個緣故，正待向獄卒關說，那裡知道這獄卒倒是個好人。此人姓陳名開，生平單好結交豪傑。當時見了錢江，問他是被控犯著謀亂的人。便忖道：「此人有這般思想，料有過人的本領。」因此反要巳結錢江起來，每日酒餚供奉，所以錢江沒些受苦。那一日陳開見馮逵到來探問，不待打通門頭，早帶他至錢江面前想見。錢江見了馮逵大驚道：「雲翁來此做甚？若是洩漏風聲，株連起來，各兄弟都有不妥。就此回去，速進廣西為是！」馮逵道：「為先生案情，放心不下，特替哥哥來走一遭。先生自料這案如何？」錢江道：「弟一人雖居虎口，安如泰山。這案本沒憑據，料不能殺弟。且徐廣縉那廝，內懷刻毒，而外好聲名，必不殺我，眾兄弟放心可也！」馮逵道：「我們若到廣西，先生無人照料，不如求託伍商，設法賄免。想伍氏受過先生大恩，那有不從？」錢江笑道：「某今時被困監年，那人不知？他還沒有到來問候，豈是感德圖報的人。雲翁休作夢話！」馮逵正欲再言，只見陳開慌忙進來說道：「不好了！幕裡傳出消息，先生這段案情，要充發伊犁去了。」馮逵一聽，唬得面如上色。忽見錢江呵呵大笑。

馮逵便問：「先生聞得充軍，如何反笑起來？」錢江道：「不消多問，後來便知，某自有脫身之計。雲翁不宜久留，就此請回花縣，速入廣西，遲則誤事。休在此作兒女態也！」馮逵聽罷，便不敢久留。管教：

充發邊隅，豪傑嘆風塵跋涉；潛來西省，英雄奮雷雨經綸。

要知後事如何？且看下回分解。

鬧教堂巧遇胡以晃　論嘉禾計賺楊秀清

話說錢江聽得要充發伊犁，便哈哈大笑。馮逵、陳開都不解其意。錢江笑道：「二位不用疑慮，我自有脫身之計。」立催馮逵等速去廣西。馮逵便不敢再留，只心裡還疑惑不定。覷著陳開離了幾步，再向錢江問脫身的原故。錢江附耳道：「某若充發伊犁，必然路經韶州，那裡便是某脫身之處。不消多說。公等入廣西，當依前說，利用羅大綱。得了這一支人馬，事如順手，便當進向湖南，錢某當與君等在湖南相會。」馮逵道：「某所疑者：羅大綱這支人馬，恐難奪得廣西全省。」錢江道：「招賢納士，附者雲來，何必多慮！某視官軍，直如兒戲。清將中只有提臺向榮，勇於戰鬥，只宜智取，不宜力敵。凡事不宜躁急，切切記著！」馮逵聽罷，不敢多言，便辭了錢江，又向陳開致謝一番，離了監房，忙回花具去了。陳開和錢江談了一會，果過了兩天，徐廣縉批發下來，把錢江定了罪案，充發伊犁。那時正是正月初旬，恰值清太后萬壽花衣期內，便把錢江充發的事，暫緩起程，按下不表。

且說馮逵自回到花縣，把上項事情對眾人說知。眾人還恐錢江有失，懷疑不定。只有洪秀全說道：「錢先生料事如神，休要誤他玄機。我們起程為是。」眾人那敢不依。眾人中只洪仁發有家眷，不便攜帶，留在本村。秀全有一個胞妹，喚做洪宣嬌。這宣嬌雖是女流，很有丈夫志氣。常說道：「國家多事，我們做女子的怎好光在粉黛叢中討生活，總要圖個聲名，流傳後世，方不負人生大志。」自幼不纏足，不事女紅。練得一副好槍棒。饒有膽略，活是一個女英雄。這會聽得諸兄要入廣西，就要跟隨同去。於是洪秀全、洪仁發、洪仁達、馮雲山、蕭朝貴、洪宣嬌男女六人，打疊細軟，離了花縣，望廣西出發。不數日間，已抵梧州。

這梧州原是廣西第一重門戶，當時商務還不甚繁盛。洪秀全等到了這裡，便找著一家店房歇下。仁發道：「錢先生要我們到廣西，說自有機會，今這裡便是廣西了。機會卻在那裡？如果是騙我們，叫他休撞著我！」蕭朝貴忍笑不住。雲山急道：「仁發兄休高聲，如洩漏，怎生是好？恐被官府知道。」仁發才不敢多言。秀全向朝貴道：「我們倉卒到此，還未商定行上，以老兄高見，究往何地為先？」朝貴道：「桂平地方殷富，豪傑眾多。且弟久住該處，聲氣靈通，不如往桂平為是。」秀全點頭稱善。一夜無話，越日支發了店錢，攜了行李，便往桂平出發。心中有事，路上風景也無心玩賞。

這日行到了桂平，果然好一座城池。但見頤來攘往，雖不及廣州繁盛，在廣西地方，究竟也可以了，蕭朝貴帶眾人到自己家裡去，不料雙門緊閉。速喚幾聲，總沒人答應。鄰舍人家出來觀看，朝貴打躬動問，才知道家眷已回武宣縣去。朝貴本貫武宣人氏，因他的父親經商桂平，就在桂平居住。父親蕭偉成歿後，朝貴東遊數月。他的渾家見家中沒個男子主持，這時盜賊又多，便飛函報知朝貴，竟遷回武宣縣去。不料那渾家寄書往廣東時，朝貴已起程西返，因此兩不相遇。朝貴到了這個時候，正沒有主意，只見馮雲山說道：「今朝貴兄家眷不在此間，幸秀全哥哥尚有傳教文憑，不如我們就找一個教堂住下，較為妥當。」秀全道：「此計甚妙！」六人便一齊舉步轉過縣署前街，尋一間禮拜堂，謁見教士，具道傳教的來意。那教士唸過文憑，不勝之喜。看官你道那教士是誰？就是姓秦喚日綱，別號鑒石的。當下把各人招進裡面，又把行李安置停當，談了一會。秀全見秦教士雖沒甚聰明智慧，卻是個志誠的人，倒覺可靠。一發安心住下。秦教士卻把教堂事務，暫託洪秀全看管，自己卻好回家一轉。秀全自然不敢推辭。交代過後，這一所禮拜堂，就由秀全看管起來。

那一日正值禮拜，是個西人安息的日子，教會中人無論男女，都到禮拜堂唱詩聽講。秀全就乘這個時候演說道理，打動人心。無奈當時風氣未開，廣西內地，更自閉塞。禮拜堂中，除了教會中人而外，僅有無賴子弟，裸衣跣足，借名聽講的，因此堂內十分擁擠。當下秀全登堂傳道。壇上聽講的，見秀全是個新來教士，又生得一表人才，莫不靜耳聽他議論。只洪秀全與秦日綱不同：日綱不過演說上帝的道理，洪秀全則志不在此。草草說幾句，崇拜上帝的日後超登天堂；不崇拜上帝的生前要受虎咬蛇傷，死後要落酆都地獄，就從國家大事上說道：「凡屬平等人民，皆黃帝子孫，都是同胞兄弟姊妹，那裡好受他人虐待！叵耐滿洲盤踞中國，把我弟兄姊妹，十分虐待。我同胞還不知恥，既失人民資格，又負上帝栽培。」說罷不覺大哭起來！那些聽講的人，有說這教士是瘋狂的；或有些明白事理的人，倒說教士很有大志，只有那班失去了心肝的書腐，不免罵道：「這教士專講邪說，要勸人作亂，如何使得？」以故一時間，把教堂喧鬧起來！那些教會裡的人見如此情景，都一溜煙的散去。秀全正待下來，只見洪仁發從裡面飛出，方欲一拳一腳，把眾無賴打翻。還虧馮逵趕出來勸阻，秀全即拉仁發轉進內裡，無奈人聲鬧做一團，馮逵勸解不得。秀全恐釀出事來，一面攔住洪仁發；宣嬌是個女流，更不敢出。蕭朝貴和洪仁達急跑出來幫著馮雲山勸解。無奈那些無賴子弟一發喧鬧起來，聲勢洶洶，有說要拿那教士來毆打的；有說要把那教堂折毀的。你一言，我一語，漸漸便有人把堂內什物拋擲出去。正在倉皇之際，只見一人撥開眾人，直登壇上，對著眾人喝一聲道：「你們休得無禮！這裡是個教堂地方，不過勸人為善。便是官府聞知，也要點兵保護。林則徐燒了鴉片，還要動起干戈，若是打死教士，只還了得！你們聽我說，好好散去；若是不然，我便不依。」這幾句話說完，眾人一齊住手，沒點聲都抱頭鼠竄的散去了。

馮雲山急視那人，見頭戴烏緞子馬蹄似的頂子帽，身穿線縐面的長棉袍，腰束玄青縐帶，外面罩著一件玄青荷蘭緞馬褂，生得身軀雄偉，氣象魁梧，便拱手謝了一聲，請那人談話。那人下了壇，把蕭朝貴肩上拍一下道：「蕭兄認不得小弟麼？」朝貴仔細一望，方才省得，不覺喜道：「原來是胡先生，某真失照了！」便要迎入內地坐定。原來那人姓胡，名以晃，花洲山人村人氏，本是個有名望的縉紳。向與朝貴的父安蕭偉成有交，現做保良攻匪會的領袖。家內很有資財，只因膝下沒有兒子，把家財看得不甚鄭重。生平最好施濟，凡倡善堂，設義學，贈棺舍藥，無所不為。人人都敬服他，莫不喚他作義士，所以說這幾句話，便把眾人解散了。當下同至裡面，秀全慌忙讓坐，透過姓名，胡以晃便向朝貴說：「仁兄許久不見，卻在這裡相會。」朝貴道：「這話說來也長。自從先父歿後，往遊廣東，數日前方與洪君回來。只望在此傳道，誰想遇著這班無賴，到堂攪攏，若不是老兄到來，不知鬧到怎的了？」以晃道：「這都小事。只小弟聽得洪君議論，早知來意。但要圖謀大事，便當及早運籌，若專靠打動人心，還恐不及了，且這裡也難久居。那班潑皮，雖一時解散，難保日後不來，列位還要早早打算為是。」秀全道：「老兄之言甚善。但弟等初到貴縣，朝貴兄家眷不在此間，到那裡藏身去呢？」以晃道：「敝鄉離此不遠。不如離了桂平，先到敝鄉，小弟門戶雖不甚寬廣，倒還可以屈駕，未知列位意見如何？」秀全道：「才勞相救，又來打攪，怎得過意？」以晃道：「既是同志，自是一家人，明公休要客氣。」秀全聽了大喜。立刻揮了一函，著守門的轉致秦日綱，便收拾細軟，用過了晚飯，乘夜隨著胡以晃同往山人村而來。

那村內約有數百人家，多半務農為業。秀全看看胡以晃這一所宅子：頭門一度屏門，靠著一個廂房，屏門後一間倒廳；過了臺階，卻是一間正廳。臺階兩廊，便是廂廳；正廳背後便是住購所在。從耳廊轉過，卻有一座小園，園場內幾間房子，頗為幽靜。胡以晃便帶眾人到這裡，早有婢僕等倒茶打水伺候。茶罷，秀全道：「府上端的好地方，好所在！鄉間上卻少見得，只小弟們到來打擾，實在過意不去。」以晃道：「不消明公過獎。祖父遺下家財，也是不少，只小弟連年揮霍，已去八九，只有這一所宅子，僅可屈留大駕，住在此間，斷無別人知覺。盡可放心也！」秀全道：「義不長財，古人說的不錯。奈弟等志在謀事，那能久留？不過三五天便當行矣。」以晃道：「明公如此著急，不知尊意究竟要往哪裡去？」秀全道：「實不相瞞，滿意要遊說一二富紳，資助軍糧；餘外便通羅大綱，借用這一支人馬，較易舉事。足下以為何如？」以晃道：「既是如此，便權住此間。羅大綱現扎大黃江口，離此不遠。不如密遣一人，直進江口，求見羅大綱，雖是綠林，倒是個劫富濟貧、識得大體的。若是求富紳資助，卻非容易。若輩視財如命，團團作富家兒，幾見有能識得大義？只敝親楊秀清，別號靜山，乃桂平平隘山人氏，廣有家財，附近鄉村的田畝，都是他的產業。無奈這人不識世故，還恐說他不動。只他有一種癖性，專好人諛頌。但怕阿諛奉承，明公恐不屑作這樣行動。」秀全道：「委曲以謀大事，那有行不得！願乞一函，作弟介紹，感激不淺。」以晃道：「這又不能。因他是個守錢奴。常見小弟性好施濟，便罵小弟視錢財如糞土，雖屬兒女姻親，年來已不通訊問；無論弟難介紹，就是明公到他府上，也不好說出弟的名字。若是不然，終恐誤卻大事。」朝貴說道：「俗語無針不引線，這卻如何去得？」秀全道：「沒打緊，弟當親往，隨機應變。只今就煩雲山兄弟往江口一行，好說羅大綱起事；朝貴兄弟權回武宣走一遭：一來省問家事，二來物色英雄，限二十天為期，齊回這裡相會可也。」雲山、朝貴都一齊應允。只見仁發焦躁道：「各人都去了，偏我是無用之人，要留在這裡，我卻不願。」秀全道：「大兄不須焦躁。我們打點停妥，回時準合用著大兄。」仁達又勸了一會，仁發方才不語。從此仁發、仁達、宣嬌仍留在胡以晃家內；秀全、雲山、朝貴三人，別了以晃，各自起程。

按下雲山、朝貴。且說洪秀全別了胡以晃，仍望桂平而來，將到平隘山地面，這裡正是楊秀清村莊所在。秀全正想尋個法兒來見楊秀清，庶不致唐突，猛然見一帶田禾，有四穗的，有合穎的，都十分豐熟。眉頭一皺，計上心來，便在田堤上貪看一會。那些農夫見秀全道裝打扮，把田禾看個不住，倒很奇異！便向秀全問道：「看道長不是此處人氏，把田禾看了多時，究是何意？」秀全故作驚訝道：「某見這田，生得一禾四穗，正是吉祥之兆，應在主人。不知那田是何人產業？其福不淺。」那農夫道：「這裡一帶，都是本村楊紳秀清管業。」秀全便縱眼一望：何止十數頃。一發求農夫引路，四圍看了一遍，都是豐熟得了不得，且行且贊，不覺西山日落，天色昏了，秀全假作驚道：「某此地無親眷，正要趕回城裡去，奈貪看田禾，天色已晚，如何是好？」那農夫還未曾答言，秀全又道：「可否在老伯處借宿一宵？明天納還房租，萬望方便！」那農夫道：「老拙三椽之屋，焉能容得大駕。且先到敝鄉，再行打算便了。」秀全便隨那農夫到村裡來。那些鄉人見農夫引了一個道士回村，都紛紛來問緣故，才知道是貪看田禾，誤了回城的時候。這時一傳十，十傳百，這風聲早驚動了楊秀清。

當下秀清聽了，便召那農夫到家問個詳細，農夫把秀全論的一一說來。秀清暗裡歡喜。即著人命道士到府上談話。秀全暗忖道：「今番正中吾計了！」便隨來人望秀清府上來。將近到門，秀清早出迎接，直進廳上坐定，才通姓名。秀全以手加額道：「貧道自離深山，追尋龍脈，至此已經數載；原來是大英雄，大福澤的人，就在這裡。」說罷，又納頭再拜，把個楊秀清喜得手舞足蹈。立命下人奉茶、奉煙，紛紛不絕。又令廚師速備晚膳，招待秀全。略談一會，不一時端上酒菜，秀清先肅秀全入席，自己主位相陪。秀全便道：「貧道戒酒多年。今日大幸，遇著足下，生平之願足矣。當與足下痛飲一醉！」說罷，一連飲了數杯。秀清陪著，兩人都有些酒意。秀全恐秀清真個醉了，不便說話，便請撤壺。秀全草草用些飯，是夜就宿在秀清府上，作竟夕談心。管教：

頑廉懦立，造就豪傑出風塵；千載一時，共作英雄興草澤。

要知後事如何？且看下回分解。

楊秀清初進團練局　洪秀全失陷桂平牢

話說秀全在楊秀清府上，因胡以晃早上說過，已知秀清是個最好奉承的人，因此把秀清竭力恭維。用過晚飯之後，秀清便引秀全入書房裡談話。秀清道：「老兄此來，使小弟得識仙顏，良非偶然。萬望老兄一發指示前途，實為萬幸！」秀全聽罷，暗忖秀清說這話，正好乘機打動他了。又假說道：「小弟向在羅浮修道，已十餘年矣！這會特來廣西，尋訪英雄共事，不想遇著老兄。龍眉鳳目，雙耳垂肩，富貴實不可言！今老兄的田畝，又生得一禾四德，正應其兆矣！」秀清笑道：「不勞老兄過獎！小弟藉先人產業，薄有家資，也曾報捐一個候補同知，老兄富貴之言驗矣！但不知一禾四穗，後來又有什麼好處？」秀全不覺大笑道：「老兄富貴，豈區區一個同知而已耶？」秀全才說了這兩句話，復移座近秀清，低聲說道：「老兄自待，休得太薄。弟試言之：恐王公丞相，猶不足以盡足下之貴！」秀清答道：「清朝規例：非翰林不能拜相；非宗室不能封王。弟既非宗室，又非翰林，乃區區一同知，何敢有王公宰相之望？兄言此猶不足盡弟之貴，此言毋乃太過？」秀全道：「貴人此話，只言得一半。自古道：『胡虜無百年之運』！滿人入主中國，已二百餘年，天道好還，理當復歸故主。今朝廷無道，煙塵紛起，天下會當變矣！小弟自離山，雲遊各省，又經數年，聽見王氣鍾靈，莫如廣西；瑞氣祥符，應在足下。昔嘉禾合穎，識者卜成周之將興，何況者兄一禾四穗，實古來所未有，此則足下所知，不勞鄙人多述矣！」

秀清本是熱心富貴的人，聽得洪秀全說這話，早有幾分心動，便答道：「老兄之言，洞悉理數。但小弟無權無勇，如何行事？」洪秀全道：「足下休慌，今天下英雄，已環集而聽候足下矣！昔劉邦以亭長而定漢基；朱元璋以布衣而建明祚。郡縣世界，天命所屬，多在草澤英雄。弟初到廣西時，聽得童謠說道：『二百年前有一清，二百年餘又一清；一個英雄定太平，掃除妖孽算中興。』此謠蓋應在足下也。頭一個清字，是指現時滿清；第二句一個清字，是明明道著足下矣！」秀清聽了，心上一發歡喜，仍假謙讓道：「老兄此言，小弟何以克當？但老兄方才說天下英雄環集相候，究從那處見得來？小弟愚昧，望老兄教誨。」秀全見秀清有九分意思，便把錢江、馮雲山、蕭朝貴一班人物，及要遊說羅大綱的事，盡情說出來。秀清滿面笑容說道：「如此行為，足見老兄志氣。但不知楊某要怎樣行事？還請明言。」秀全道：「今老兄富有資財，又是個在籍縉紳，趁此時廣西盜賊紛起，不如稟了撫臺，倡辦團練為名，招集二三千人馬，稟領軍械，訓練成軍。待小弟義旗一舉，有老兄及羅大綱二支人馬接應，取廣西如反掌耳！既有根本，然後招賢納士，長驅北上，以圖大事，有何不可？」秀清答道：「老兄此計，妙不可言！但恐到那時，團練軍心裡不從，卻又如何是好？」秀全道：「此易事耳！自來謀大事者，多用委曲之道，方能使軍心用命。因洪某近到貴省傳道，正要藉此以一人心。常說道，崇信上帝的永無災難，死後並登天堂；不崇信上帝的，生前虎咬蛇傷，死後沉埋地獄，如此那怕人心不服？足下准可行之！若人心皈依上帝時，又那怕他敢違號令？設或不然，待洪某起義之後，足下團練軍訓練已成，可以暗稟官府，請將團練出境討賊，官府那有不准？這時就藉此為題，謂官府逼團練軍出征打仗，這時人心自然憤激，足下到那時又當瞞稟督府，謂團練軍不願出境，官府自然要詰責團練軍，那時團練軍又不免與官府為難。既已與官府為難，則大勢已成，那時軍心若不隨我行事，還逃得那裡去？」秀清聽罷，拍案讚道：「洪君如此足智多謀，楊某不得不服，願遵明訓。」秀全至此才把正話說道：「若得足下如此，漢種之幸也。但事以速為妙，遲則生變矣！」楊秀清便留秀全於府中。越日先到縣城，以盜賊蜂起為名，稟請自備軍仗，興辦團練。

當時桂平縣令張慎修，早知秀清是個富紳，今有此義舉，讚歎不已，批准速辦！並允代秀清詳陳廣西巡撫周天爵存案。秀清便回鄉對秀全說知。秀全一一指點停妥，就日在楊氏祖祠，掛起一張官示，招人充當練軍。果然不消十天，已得精壯二千有餘。但楊秀清不解訓練，又識不得什麼隊伍，不免要尋人幫助。秀全道：「只都不難！待洪某令蕭朝貴助足下可也！」正在商量間，只見家人報導：「有兩個大漢，帶同數人來到莊口，稱要見楊紳。我們不敢自主，特來報知。」楊秀清聽了，肚裡思疑不定，便向秀全問計。秀全道：「容洪某暫避廳後，足下就喚為首的進來，見機行事。」說罷轉過裡面去，秀清便令家人，把餘人留在門外，單喚為首的進來。家人領過。

不一時，只見一高長大漢，生得威風凛凛，氣象堂堂，大踏步至廳上，見了秀清，一揖坐下。秀清忙向那人請道姓名。那人答道：「小弟姓李，名喚開芳，本武宜人氏。曾在平回案內，保舉都司，旋在江西楊提臺案下，管帶營官。因兩名兵勇好賭輸錢，攜槍逃遁，叵耐當道不明，責我失於打點，立把一個都司褫革了。小弟自思因沒有人情，許多汗馬功勞，僅得一個都司；又因小事革職，回來，苦不得志。卻與結義兄弟林鳳翔來遊貴境，遇著舊部數人，聽得足下招辦團練，故不揣愚昧，前來叩見。若得足下不棄，收作小卒，定當竭力圖報。」秀清答道：「難得足下如此仗義，弟很欽佩！一發請貴昆仲一起談話，請林鳳翔進來，餘外數人都到廂廳上待茶去。」少頃見林鳳翔進到廳上，卻是生得一表人物，秀清好不歡喜。正讓坐間，秀全卻從廳後轉出，便一齊透過姓名，分賓坐下。秀清指秀全向李、林二人說道：「此洪君是廣東有志之士，與弟莫逆交，都不用客氣了。」說了，又向秀全把李開芳方才的活，說了一遍。秀全便向李開芳道：「兩位懷抱大才，何故輕於去就？方今朝廷無道，官吏奸庸，有情面的執掌大權；沒情面的一官半職也不能保。如李兄從前境遇，豈不是埋沒英雄，實在令人可嘆！」李、林二人聽了，不勝傷感。秀清又道：「英雄遇合，自有其時；二位仁兄休便灰心，再圖機會罷了。」林鳳翔答道：「俟河之清，人壽幾何？弟等年逾五旬，豈尚能留老眼，看時清那！」秀全道：「老兄休如此說。今天下多故，機會當不遠也，願少待之。」

李、林二人見秀全議論風生，十分拜服！秀清便令家人打點房榻，安置林、李。秀全道：「足下既有此兩人輔助，明日就當編定隊伍，俗那兩人帶幫訓練團練軍，弟可行矣。但弟等志氣，現時未便對李、林兩位明言。到那時官府相逼，不由他不從也！」秀清道：「這都省得。但不知足下此行往哪裡去？」秀全道：「弟行蹤無定。但聽得起義，即依前議前來相應。」秀清便不再多言。秀全當即辭過，又囑咐李開芳、林鳳翔幾句辦理團練話而行。眾人送至門外，握手而別。

越日，秀清便同李開芳、林鳳翔等人把招齊的練勇，制了旗幟，置備槍械，共二千四百餘人，分為四營。日日訓練，以待應用不提。

且說，秀全別了楊秀清，仍望桂平縣城出發，將近城外，忽有農家裝束的一男一女，馳步而來，大叫：「哥哥往那裡去？」秀全回頭，卻是蕭朝貴。秀全道：「兄弟不由縣城逕往胡兄弟府上，卻從這條路來？又扮這個裝束，攜著一個女子，慌慌忙忙，究是什麼緣故？」朝貴見問，便引秀全到林裡，僻靜的所在才答道：「兄弟奉哥哥之命，回武宣，誰想賤內已經亡過；隨行的便是小妹蕭三娘，因見武宣親屬難靠，故攜他到桂平尋親安頓。不料家母舅李炳良，現任桂平縣署文案，見了兄弟，反吃一驚。弟問起緣故，他說道有個張秀才，名喚上賓，自從兄弟們在教堂鬧事之後，竟具一張狀子，告發我們妖言惑眾；還說小弟引誘妖人到縣裡，要圖謀不軌。弟因此不敢留，又不敢再到秦教士那裡。後聞楊秀清要倡辦團練，又不知哥哥在秀清莊上事體如何？故喬妝同著舍妹，特來探問，再商行止。哥哥你今不可進城也！」秀全道：「為我一人誤及兄弟，心上實在不安。但畏首畏尾，必不足圖事。我必要進城，會秦教士一面，然後回胡兄弟處，探聽雲山消息。兄弟和令妹不如先到秀清莊上安歇幾時，就同幫辦團練。只方才說被人控告的事，不宜說出。因秀清只是個圖富貴的人，恐聞有這宗禍患，必然反悔也。」因把與秀清想見的舉動，及辦團練原委說了一遍。朝貴道：「原來如此！但彼此同心一德，共謀大事，哥哥反說誤及兄弟，何以克當？唯哥哥若要進城，不宜久住，只見了秦教士一面，便當回胡兄弟處，前途各自珍重罷了。」說罷拱手而別。蕭三娘又向秀全道個萬福，便跟隨朝貴望平隘山的路上行去，按下慢表。

只說秀全才進得城裡，城門就閉，急跑到禮拜堂，尋著秦日綱，日綱見了秀全大驚道：「老兄因何還到這裡？自從日前鬧事，不知誰到這衙門告發：說這裡收藏歹人，妖言惑眾，今天方有差役到來查搜一遍。非是小弟怕事，還恐累及老兄。目今三十六著，走為上著！老兄請自打算才好。」秀全聽了，已知朝貴的話，端的不錯。自料深夜，城門已閉，還逃得那裡去？因見日綱是誠實的人，便說：「自古道，一人幹事一人當。因事累人，弟不為也！弟正為此事到來，待老兄出首。倘有意外，誓不牽涉他人。」秦日綱道：「不是如此說。弟怎肯出首，以危足下。但深夜不便逃走，須待明天商酌了。」是夜，秀全便宿於禮拜堂內。自忖難得秦教士如此相待，只偏有這宗意外，便是逃得去，也恐百般阻礙，辦事還不容易。想到這裡，又不免傷感起來。足足想了一夜，都不曾闔眼。

越早，天色將明，正要起來梳洗，忽門外聲勢洶洶。秀全在床上嚇得一跳，急登樓上，偷從窗外一看，只見十數人如狼似虎，把教堂前後門守定。秀全料知不是頭路，正在籌計，只見秦日綱跑上樓來，報導：「不好了！老兄昨夜到這裡，不知被誰人窺破，報知衙門差役，今卻來圍教堂，要捉我們也！請老兄速從瓦面逃走，休要自累！」秀全道：「弟是別省人，初到這裡，路途不熟，逃將焉往？若既逃被獲，此情即不可辯矣！請老兄啟門，任擄去，沒些憑據，那怕申辯不來？若小弟被捉後，就煩足下，在平隘山楊秀清莊上，對蕭朝貴說知可也。」日綱聽罷，猶不忍開門，秀全催逼連番，日綱只得下樓把門開放。那十數名差役，蜂擁進來，四圍搜過，才登樓上。一見秀全，不說一話，即行拿去，一併捉住秦日綱同行。日綱大叫無罪！秀全向日綱大聲道：「禍來順受，何用多言！即至公堂，小弟必不牽累足下也。」日綱便隨著秀全任差役拘去。管教：

英雄失陷，暫從枯井困金龍；俠士遭逢，打破樊籠飛彩鳳。

要知後事如何？且聽下回分解。

羅大綱皈依拜上帝　韋昌輝乘醉殺婆娘

話說洪秀全和秦日綱，被桂平縣差役捉將去，那些虎狼差役，像獲了海洋大盜一般，登時上了枷鎖，解至桂平縣衙裡，稟過縣主張慎修。張縣令隨即升堂，略問過幾句口供，就令先行看押，待稟過上臺，再行審辦。這時洪、秦二人到了看押所在，但見監房高不容身，地方溼穢，臭氣逼人，黑暗中沒一線光明；有無數犯人呻吟號哭，好不淒楚！一連二三天，秀全尚覺但然，秦日綱因以無辜牽累，不免暗中下淚。秀全便道：「為弟一人，累及老兄，雖死不足圖報！但事到如今，哭也無益，要想個法兒解救才是。」日綱答道：「足下不是有心累小弟，小弟何敢埋怨？只是同陷牢中，解救也非容易。牧師李人瑞與弟至交，可能保領。奈遠隔梧州，往返時恐誤了時日矣！似此如之奈何？」秀全道：「蕭朝貴現時正在楊秀清莊上。秀清是個地方上有名望的縉紳，現又奉諭倡辦團練，若得此人設法，準可無事。但此人好富貴而惡患難，除是以勢挾制之，方能有濟耳！」日綱道：「他原是一個清白緒紳，怎能以勢挾製得他？足下此言，小弟實不敢信！」秀全道：「他原與小弟有一件密事同謀。待弟修一封書，交託蕭朝貴，轉求秀清設法。他若不來解救，必然要牽累到他的身上，他平生最畏患難，此時騎虎難下，那怕他不從？」方商議間，欲寫書苦無筆墨。忽見一人轉進監裡來，年三十來歲，生得粗眉大耳，向秀全估量一番。秀全心生一計：向那人喚一聲大哥，唱一個喏。那人把頭一點，秀全便與他通問姓名。那人道：

「某姓韋，單名一個俊字，別號昌輝，是本縣一個差頭。特來巡監，要問我做甚?」秀全趁勢答道:「弟欲寫一封信與親友，欲乞老兄暫借筆墨一用。若能方便，倘有出頭之日，願以死報!」韋昌輝道:「你是何人，犯何罪的，要通訊那裡去，你且說來!」秀全道:「在下洪秀全，被人誣控圖謀不軌!今欲求人取救，要飛信到楊秀清府上也。」韋昌輝一聽，立即納頭拜道:「原來足下就是洪大哥，幸會幸會!」秀全驚道:「小弟向不曾識荊!卻如此見愛，究是什麼原故?」昌輝道:「實不相瞞，某雖皂役中人，向愛結交豪傑。弟有一個密友胡以晃兄，說過足下大名，正恨無門拜會，今足下既被困監牢，再不勞寫書，若有怎樣機關，弟願替走一遭便是。」秀全聽了，不覺仰天嘆道:「雞鳴狗盜，也有英雄!虎狼差役之中，卻有老兄的俠氣，某從今不輕量風塵中人物矣!」說罷，便把要通知蕭朝貴轉求楊秀清的一點事情，至囑昌輝。昌輝一一領過，即轉出帶那獄卒李成與秀全想見，並囑他看待洪、秦而入，自己便離了監房，望平隘山而去。

且說楊秀清自從蕭朝貴兄妹到了，即令其妻何大娘子，招待蕭三娘。自己卻與蕭朝貴、李開芳、林鳳翔商妥團練的辦法!先把招定之二千餘人，汰除老弱，挑足二千人，就中分作四營:秀清自行管帶後營，兼統團練全軍;前營管帶蕭朝貴，左營管帶李開芳，右營管帶林鳳翔，並將李開芳帶來的舊部十數人，分任百長;其餘強壯的，選作什長;所有長夫夥夫，一概編定。團練軍中檔案，自有聘定的文案主持，都依軍營的法度。軍中全用紅旗，都是預先制定的:每營大旗一面，旗上寫著團練軍三個大字，就在村外紮營。果然旌旗齊整，隊伍分明。一切糧食，除請富戶幫助之外，都由秀清供給。刀牌劍戟，都是本鄉和附近各村原有的。聽得團防禦盜，那處不來供應?再具了一張狀子，到縣裡領得洋槍數百根。朝貴一發立定營觀:

（一）不准擾亂村閭，搶劫財物；

（二）要同拜上帝，使生前脫離災難，死後超登天堂；

（三）不准淫掠婦女；

（四）不准擾害商務；

（五）不准仇殺外人。

這令一下，誰敢不從？專候秀全、雲山消息。

那一日，數人正在村上議事。忽聽守門的報導：「有桂平縣裡差役，要見蕭大哥。」這時朝貴聽得，只道被人控告的事情發作，一驚非小。便問守門的，那差役有幾人同來？守門的答道：「只有一人。他說道名喚韋昌輝！」秀清道：「此人我也認得。他是一個俠士，但性質稍凶暴耳！就請來想見不妨。」守門的答應一聲，便引韋昌輝進來。當下昌輝見了各人，唱一個大喏，不暇請姓問名，略與秀清寒暄幾句，便問哪一位是蕭朝貴兄弟？朝貴道：「只小弟便是！未審仁兄有什麼見教？」昌輝不便直言，急引朝貴至靜處：把秀全被拘，囑咐的話說了一遍。朝貴聽罷大驚，急同昌輝轉進裡面來。秀清見朝貴額上流著一把汗，忙問有怎的事故？朝貴道：「不好了！秀全哥哥陷在桂平縣牢了！」各人聽到這話，皆吃一驚！秀清面如土色。朝貴道：「今日之事，少不了秀清哥哥設個法兒。若不急行打點，恐一髮株累起來，各人都有不安、恐悔之無及矣！」秀清到了此時，更沒主意。忽然守門的又進來報導：「外面胡姻翁同著一位大漢，已來到莊上了！」話猶未了，胡以晃已經進來，後面隨著的卻是洪仁發。論起胡以晃，本與楊秀清意氣不投，久無來往，只因自從與洪秀全一別，絕無消息，故特地到來探問一遭。這時秀清和朝貴，見以晃到來，急的讓坐。以晃便與仁發，一同坐下。與各人透過姓名，單不見有秀全在坐，心上疑惑，便問：「秀全兄弟，往那裡去了？」朝貴道：「胡兄原來不知！秀全哥哥已陷在桂平牢裡了。貴友韋昌輝到來傳報，正為此事要商量設法，恰值老兄已自進來。」胡以晃猶未答言，只見仁發跳起焦躁道：「到了廣西許多時，今日往這方，明日往那方，來來去去，總不會幹一點事，先陷了俺的秀全兄弟。若有些風吹草動，你們可對得住？今有團練軍二千，不如乘機殺進城中去，好歹殺了昏官，救出兄弟也罷了！」以晃急向仁發攔阻道：「兄弟休得如此躁急，且從緩計較！」仁發更怒道：「緩什麼？緩得一肚子氣了！」各人都來相勸，仁發只得隱忍。朝貴向韋昌輝問計？昌輝道：「此時若要保領，恐待官府發下來，己是不及。但各位要什麼辦法，某盡可作內應！如果不能，韋某見各位義氣深重，就由韋某手上，縱他便是！」以晃道：「大丈夫出言如山，兄弟休言之太易也！」韋昌輝向以晃大聲道：「與足下相交許久，幾曾見過有說謊的、相負的？」朝貴道：「韋兄高義，斷不食言！無奈兄弟不便進城。目今就煩韋兄回衙，安慰秀全哥哥，胡兄便速往江口，尋著雲山兄弟，看看羅大綱事情如何？不如就用羅大綱這一支人馬，劫進監牢，有韋兄作內應，盡可救出哥哥，更可乘機起事也！」胡以晃道：「此計大妙！不勞多囑，只今便行。」朝貴大喜。

不提防胡、韋兩人正欲行時，洪仁發道：「我也要走一道。」朝貴道：「此行須要祕密，人多恐不便行動，仁發兄不如勿在。」仁發急道：「為著自家兄弟事，我也要親自走走，無論那個攔阻，我都不依！」各人聽了，都不敢相勸。胡以晃道：「去也容易，只要依某行事才好。」仁發道：「既為著兄弟之事，件件可能依命，你只管說來。」以晃道：「第一不能使酒任性。」仁發道：「這個依得！」以晃道：「第二件行止由某分發。到江口時，或留老兄在站裡，我須獨自前行，卻不得違拗。」仁發道：「你若留某在站裡，獨自回來，某又識不得路途，如何是好？」各人聽了都大笑起來。以晃道：「那有此理？老兄請自放心！」仁發道：「如此卻可依得！不知第三件又何如？」以晃道：「無論何處，我二人若有說話，不宜高聲；倘遇著多一個人，你休要說一句話。」仁發道：「這卻使不得。天生某這一個口，這一副舌，是要來說話的。老兄難道要某做個啞子不成？」朝貴道：「怕你不說，說時恐誤了大事。」仁發紅漲了面，大怒道：「朝貴兄弟你也如此說！試問某這一個口，這一副舌，曾否誤了你們一點事來？今卻小覷我也！」胡以晃急勸道：「不必生氣！蕭兄不過防兄亂言，誤了大事，反陷哥哥，並無他意。總求老兄謹慎言語，也就罷了！」仁發方才不說。於是胡以晃、洪仁發、韋昌輝辭了眾人，出了楊家莊，讓韋昌輝跑到城裡去。胡以晃便同洪仁發望江口而來，不在話下。

且說馮雲山，自從別了洪秀全來到江口，這時，盜賊蜂起：羅大綱、大頭羊、大鯉魚幾夥人馬，都紮在江口附近，所以江口附近駐紮清兵不少。凡往來人等，都要搜尋一遍。稍有形跡可疑，便捉將官裡去。雲山到這個時候，暗忖自己一個道裝，不免令官吏思疑，若稍有畏縮，必被他們捉去，卻要想個法兒，才好過去。不料正籌度間，離不得百步，已有一員武弁，戴了白石頂子，帶著數十名勇丁，在路旁把守。雲山便心生一計，拼著膽子向那員武弁一揖問道：「貧道由梧州到此，要往潯州去，不識路途，敢向總爺借問一聲。」那員武弁聽罷，把雲山估量一番，以為雲山獨自一人要問路，料是一個安分修道的，並無分毫疑惑，便親自答道：「由這裡到潯州，不過順著大路。只是路途頗遠，盜賊太多，你孤單一人，如何去得？」雲山道：「貧道孤身，除路上盤纏，並沒銀兩，料然不妨。但貧道方外之人，恐一路官兵見疑，想總爺捍衛地方，保護良民，又如此謙虛，略名分與貧道答話，實令人感戴！敢乞一名貴勇，引貧道出境，不知可能恩准否？」那武弁見雲山頌他謙虛，已有幾分悅意，遂答道：「這卻使得！」

便命一名勇丁，帶雲山出境。雲山謝了一聲，即隨那勇丁而行。一路上清兵見雲山有勇丁護送，都不來盤問，並無阻礙，出了江口，便賞了那勇丁一塊洋錢，打發回去，卻獨自往大路而行。

行不十餘里，已是羅大綱紮營所在：早有羅大綱手下人等，見了雲山，正要上前盤問！雲山先說道：「某廣東人也！特來求見羅大王，敢煩通報。」那手下人等聽了，看雲山是個道士，要來求見大王，還不知與大王有什麼相交？只得代他通報。便答應一聲，入稟羅大綱去。羅大綱聽說，暗忖此人，經過許多官兵住紮地方，卻能到此，莫不是官兵奸細？只他一人到來，俱他做甚？遂令引雲山進來。雲山到了帳裡一揖，還未坐下，只見羅大綱作色道：「羅某與足下無一面交，獨來求見，若為清官作奸細的，休待羅某動手！」雲山故作笑道：「休問馮某奸細不奸細！只問大王欲勉作豪傑，抑欲終作盜賊？」羅大綱道：「作豪傑如何？作盜賊如何？你且說！」雲山道：「作盜賊的，只顧目前搶掠，殺人縱火，就請殺某可也！若勉作豪傑，則有勢力就應急行大志，招賢納士，又懼其不來，乃遽以奸細疑人，何無容人之量耶？」羅大綱急離坐說道：「先生之言，某聞教矣！先生尊名上姓？來意如何？還請賜教！」雲山見羅大綱如此恭敬，口稱先生不絕，一發用言語激他道：「某姓馮，號雲山。此來非有求於明公，而直欲救明公也！」大綱道：「某有何事，卻勞先生相救？」雲山道：「公此言，正是燕巢危幕，不知大廈將傾！今明公株守此地，自謂英雄，須知騎虎之勢，不進圖大事，必坐待危亡！綠林豪客，從無百年之盛，為王為寇，雖曰天命，實仗人謀。明公聚眾數千，縱橫百里，不乘此機，急圖大事，還待何時？某聞明公大名，不遠千里，冒險來投，奈何遽以奸細相疑？」這一席活，把個羅大綱說得五體投地。就向雲山道：「先生金石之言，頓開茅塞。方才冒犯，伏乞恕饒！」說罷便攜雲山手，到帳裡從新施札。雲山又回過了，然後分賓主坐下。大綱復道：「先生來意，某已知之，未知如何行事才好？再請明言。」雲山道：

「宗教為立國之本。某等實見機會可乘，已同十數豪傑齊到廣西，傳授上帝福音，兼圖大志。現在布置一切，已有頭緒。若得明公兵力相助，義旗一舉，成事斷不難也！」大綱道：「上帝道理卻是如何？羅某實不懂得！」雲山道：「上帝道理，不過一個『善』字：信從的，逢凶化吉，遇難有救，只既拜上帝，不宜另拜別神；若拜別神，上帝不佑。明公既有大志，當令手下，一概歸依上帝，待弟諸事停妥，即約期一同起事可也！」大綱聽罷大喜，便與雲山為誓，要戮力同謀大事。留雲山暫在帳中，不在話下。

且說胡以晃、洪仁發望江口而來，離江口將十餘里，早知前途有兵駐紮，以晃深恐仁發性質粗豪，如露破綻，實在不了。猛然見附近有一個墟落，還有一二家不尷不尬的店房，便向仁發道：「前面官兵盤察甚嚴，兩人同行，卻防不便。不如足下權在這裡歇歇，待弟單身前去。」仁發道：「便是小弟去不得不成！」以晃道：「不是如此說！前日教堂鬧事，老兄可能知得？弟雖不才，卻有些微名，可以無礙。且來時曾說過，行止須聽某囑咐，何便忘卻？」仁發覺得有言在前，無奈只得應允，以晃大喜。便擇一間村店，安置仁發，遂單身行來。還虧以晃是本省人氏，識人頗多，因此並無阻礙，已出了江口，只尋思怎麼才能看見雲山！心上正在躊躇，將近羅大綱紮營地方，突見營內十數騎，內中一人正是雲山！以晃呼道：「雲山兄弟往那裡？」雲山回頭一望，見是胡以晃，肚子裡不免驚疑。便用手招以晃前去問道：「方才偕各位巡視地方，偏遇著足下！足下因何獨自到此？」以晃即附耳道：「不好了！秀全哥哥卻陷在桂平縣監裡也！」雲山聽得叫一聲苦，魂不附體！見目前不便說話，便引回大營，再作計較。到大營後，先見過羅大綱，然後回下處談話。雲山先問來歷？以晃把上項事說了一遍，並把有韋昌輝為內應，要求羅大綱調人劫獄的事都說過了。雲山道：「劫獄一策，實是何人主意？」以晃道：「是蕭兄弟的主意！蕭兄弟現在秀清莊上。依洪哥哥囑咐，與秀清辦了一支團練軍，好待乘機接應，還有李開芳、林鳳翔相助為理，可以無慮。只蕭兄弟亦在被控之內，故不便前來！」雲山道：「蕭兄弟只見得一半！他的意思：一則因洪哥哥被控圖謀不軌，不欲使秀清稟保者，蓋懼官府猜疑，致牽累團練軍；二則團練軍初成，恐軍心未必用命，肯同進劫監牢？故令老兄來此。實則劫獄一事，斷行不得！這裡離桂平還遠，用人少自然劫不來；若用人多了，一路上官兵星羅棋布，卻不易行動也！」以晃道：「然則奈何？」雲山道：「韋昌輝如此熱血，實不難釋放哥哥！但釋放後，頗難安置。因哥哥住了貴府多時，多有認得他的，自然再難前往。即到秀清莊上，恐風聲一揚，不特連累秀清，且恐團練以此解散，反至前功盡廢了；若是投奔這裡，又路途較遠，官兵麇聚，似此實費躊躇。」以晃道：「平南縣有個金田地方，由桂平繞昭平而去，該處官兵實少。且金田還有一個大機會，獨惜路途又遠，如之奈何！」雲山道：「金田什麼機會？不妨明說。」以晃道：「弟有故人黃文金，原是個世襲的縉紳。素有大志，不求仕進。素恨滿人盤踞中華，連世襲的頂子卻也不要。現辦一個保良攻匪會。此處耳目頗疏，若謀在該處起義，更是容易。」雲山道：「如此甚妙！若有金田起義，再令楊秀清牽制桂林救應之師，這裡羅大綱便可直取永安駐紮，有此三路，何憂大事不成？但事不宜遲，就請速行為是。」以晃便囑雲山代向羅大綱道歉，即辭出，依舊路回來，先尋著洪仁發，支發了店錢而去。

洪仁發見忽來忽往，早含著一肚氣，只事到其間，也沒得可說。當下一路無話，忙跑回桂平，見了韋昌輝，告知前事。昌輝慨然道：「既是如此，某願舍家圖之。但昨天已將洪、秦兩兄分押，欲劫之，頗費躊躇。」說罷便帶了胡、洪二人先回家裡安歇。不提防到了門外，只見鄰宅王舉人的兒子王艾東，正從自家屋裡轉出，與韋昌輝打個照面，不覺滿面通紅。昌輝喝一聲道：「弟不在家裡，過來則甚？」王艾東道：「正尋老兄談話。聽說老兄不在府上，方欲回去，今老兄既有貴友到來，弟不便打攪，改日過來拜候罷了。」昌輝有事在身，只得把手一拱，說一聲怠慢。便帶胡、洪兩人進去，先引到倒廳上坐下，隨令家人治膳。原來昌輝先妻自從亡過，續娶一個繼室王氏，生得面似新桃，腰如治柳；並有一婢，名喚秋蘭，同在妙齡。昌輝是個專好交朋，不顧女色的人，因此回家的時日較少。那王氏婆娘便不能安居，看王艾東是個年少風流，遂不顧同姓嫌疑，竟與私通。那婆娘心腸既辣，手段又高，只道王艾東是個縉紳門戶，可能壓倒昌輝。初時猶瞞著秋蘭，明來暗去，漸漸連秋蘭同走一路了，己非一日。人言嘖嘖，只瞞了昌輝一人。那愚民又最畏劣紳，見王艾東的父親是個舉人，自不敢說出別話來了。只這日那婆娘見艾東撞著昌輝，心裡仍不自在，因忖昌輝帶了兩人回家談話，料然有別的事故，轉令秋蘭到廚治膳，卻躡足潛蹤，密聽昌輝幾人說話。聽得昌輝說道：「小弟就從。明晚帶兩位到了獄中，口稱探監，那獄卒是弟拾舉他的，弟順便遣開獄卒，開了鏈鎖，整便梯子，仁發兄便扶秀全哥哥逾牆逃去。趁城門未閉，均到西門約齊同走，以圖大事可也。」胡、洪兩人答應。那婆娘聽得，早記在心頭。少時把膳呈上，三人痛飲一會，昌輝有些醉意，便安置胡、洪兩人打睡，自己卻回房去。那婆娘早知昌輝進來，卻不理會，先到床上睡下。昌輝道：「你也不理我。因我素日不理家事，因此惱了？」那婆娘突然道：「你做得好事？」昌輝道：「我沒有尋花問柳，幹過那事來，卻如此生氣？」婆娘道：「結交歹人，要劫獄謀反，我明天便要出首去！」昌輝聽罷大驚道：「那有此事？你休聽別人言語！」婆娘拍著胸脯，笑嘻嘻說道：「你瞞得別個，如何瞞得老孃！方才在倒廳上說怎麼話？我記在心頭，你如何賴得！」昌輝此時沒言可答，只得哀求道：「無論未有此事，縱有此事，豈不念夫妻情分，休要洩漏。待我多把金錢與你使用就是了。」婆娘又道：「我不是小兒，任人欺弄的！我明天要出首去，好教你看！」昌輝道：「休得如此！你要如何便如何罷了！」那婆娘道：「這都使得，只怕你幹不來。」昌輝道：「件件依得，你只管說便是。」那婆娘道：「我耐不得只般醜丈夫，你要把一紙休書，讓我改嫁王艾東；再把秋蘭隨我去，便萬事干休。若有一個不字，老孃只是不依。」說罷翻身向內而去。昌輝聽了這話，已知那婆娘與王艾東有了私情，要陷害丈夫，不覺乘些酒氣，憤火中燒，再不多言，立時拔出佩刀，窺定那婆娘頸上一刀，分為兩段。管教：

閨房喋血，殺淫婦於當堂；豪傑毀家，脫真人於陷阱。

要知後事如何？且聽下回分解。

韋昌輝義釋洪秀全　馮雲山聯合保良會

話說韋昌輝，因那婆娘王氏拿了自己要劫獄謀亂的馬腳，逼寫離書，要改嫁王艾東去，才知道王氏有了私情，不禁一時性發，乘著醉意，把王氏斬為兩段；因忖秋蘭，也是同走一路的，如何容得過？便把刀拭淨，帶著餘怒，不動聲息，來尋秋蘭。誰想秋蘭聽王氏房裡有些喧鬧，恰待潛來探聽，突然撞著昌輝，見他滿面殺氣，心上吃了一驚！方欲退避，不提防昌輝一把揪住，突然盤問王氏與王艾東通姦的情事。秋蘭見昌輝如狼似虎，料知抵賴不過，只得從頭招認：把如何通姦的，原原本本說來。昌輝不待他說完，已是無明孽火高千丈！用左手依舊揪住秋蘭右手，拔出佩刀，秋蘭知不是頭路，迫得跪下求饒，昌輝那裡肯聽？秋蘭正待喊叫時，昌輝手起刀落，一顆頭顱已滾下地去了！昌輝這時才洩一口氣，跑出倒廳上把上項事情對胡以晃兩人說知。以晃大驚道：「兄弟差矣！卻誤了大事也。」昌輝愕然道：「這該死的淫婦，難道老兄還要惜他不成？」以晃道：「這等淫婦，原是留他不得；只嫌兄弟來得造次。兄弟久居衙門，難道不知命案事情緊要？恐兄弟急須逃走，方能保得性命。叵耐放下圖救洪哥哥的大事，若兄弟去了是斷行不得的！似此如之奈何？」昌輝聽罷，覺得有理，只此時已是懊悔莫及，便向以晃問計。以晃低頭一想，道：「事到如此，實在難說！只此事最要的是：瞞著王艾東一人。不如將屍首鎖閉房裡，洗淨痕跡，明天兄弟便同仁發先進獄中打點一切，約定酉刻行事，弟權在府上勾留半天。若王艾東見弟在此，料然不敢進來，待至酉時，弟卻跑至西門，會同兄弟幾人，逃走便是。」昌輝與仁發連稱妙計！商議已定，把兩個屍首安放停妥，三人胡混睡了一夜。

越早起來，只留以晃一人，守著門戶；昌輝即同仁發先進牢中，見了秀全，密地告知此事。隨即詐稱仁發是姻親，要設宴招待。將近申牌時分，即邀請獄卒同飲。互相勸杯，獄卒三人早有兩人吃得大醉，已尋睡去了。只有一人，名喚李成，尚坐著滔滔不絕，言三語四，看看已近酉牌，昌輝急得無法，卻閃步向秀全問計。秀全附耳囑咐，如此如此，昌輝即轉身出來，授意洪仁發，假做說要吸洋膏，昌輝便問李成道：「舍親在此，弟不便行開，敢煩足下代往購買洋膏。獄中之事，弟權代看守，盡可放心。」李成見昌輝是同事中人，自然沒有懷疑，忙應允而去。昌輝就在房中，取匙開了秀全的鎖，一面移過梯來，仁發即扶秀全登梯到了牆上，昌輝隨上，再移梯搭在牆外，三人一齊下來。內中還有監犯，看見昌輝在此，卻不敢多言。秀全猛想起秦日綱尚在獄裡，另禁別處，欲一併救出，奈獄犯因秀全逃出，紛紛喧議，昌輝恐誤了事，便向秀全道：「欲並劫日綱，實是不易。且他是個教士，未必便殺，且劫哥哥，而日綱尚在獄中，縣令必疑日綱不是同謀，可以暫緩時日，再作打算。今唯有急逃耳。」秀全然之。還幸這監獄的圍牆外，卻是一條僻巷，沒人來往，三人逃了性命，如飛的往西門跑來。已有胡以晃恰可到來，接著四人，不暇打話，趁著城門未閉，便一齊跑出，乘夜望昭平而行。

卻說李成買了洋膏回來，卻不見了昌輝、仁發，連喚幾聲，那有一個影兒？肚子裡正在疑惑；急點視監獄，卻不見了秀全，只留鏈鎖在地。慌得魂飛天外，魄散雲中！忙向各監犯問了一聲，始知韋昌輝帶秀全逃獄，方悟昌輝設宴共飲的不是好意。遂喚醒同事兩人，告知此事。只事到其間，實在無可設法。只見三面相對，口呆目定。料知此事遮俺不得，急的稟過司獄官，轉詳縣令去。張縣令聽得，一驚非小，轉念夜間或逃不往別處！立刻傳令城中守備，調齊兵勇沿城踩緝。一面發差役兩名，到昌輝宅裡偵察。只見雙門緊閉，內裡沒個人聲。那差役忖道：「便是昌輝逃去，難道帶齊家眷逃走不成？」急撬開前門，進去一望，見家具一切還在，唯人影兒卻沒有一個。再進裡面，又見房門鎖住，更自疑惑不已。一發開啟房門觀看，這時不看猶自可，看了反把兩人嚇得面如土色。只見兩個人頭，一對屍身，橫滾在地上。那差役不知來歷，還疑昌輝慎防洩漏，要殺妻滅口而逃。沒奈何向鄰舍動問一聲，都答道不知緣故。只有王艾東心中明白幾分，還自不敢說出。那差役沒頭沒腦，只得回衙稟報情形。張縣令沒法，把獄卒三人押候治罪，再懸重賞，通緝逃犯。計開韋昌輝、洪秀全二名，及不知姓名通同劫獄的一名。或一千元，或五百元，只道重賞之下，必有勇夫，誰想一連數天，還是杳無音信。只得依著官場慣例，詳稟上臺請參。又提過秦日綱訊問，所供劫獄一事，實不知情，只得將他另押一處，聽候緝回逃犯，再作計較。

且說洪秀全、胡以晃、韋昌輝、洪仁發數人離了桂平具城，披星戴月，不分晝夜奔程。有話則長，無話則短，不一日到了金田。這金田地方雖不甚廣，卻倒民俗淳厚，水秀山清，十分可愛。秀全等四人觀看了一會，因心中有事，忙尋到黃文金府上，先把胡以晃一個名刺傳進去。少時見裡面傳出一個請字：即由胡以晃先行，一同進到裡面，已見黃文金在廳上迎著。秀全偷看黃文金，果然生得長眉秀目，廣額豐頤，四尺以上身材，三十來歲年紀，秀全暗暗讚美！急同黃文金唱一個喏。黃文金回過了，便把四人接應，到廳裡透過姓名，分賓讓坐。文金先向以晃說道：「年來隔別足下，渴想欲死。今同幾位跋涉到來，料有見教！不嫌茅舍隘陋，多住幾時也好。」以晃道：「只因路途隔涉，瑣務又繁，未及到門拜候。今因秀全兄弟，從廣東到來，代上帝傳講道理，勸人為善；適聞足下創辦保良攻匪會，保衛桑梓，因此洪哥哥十分仰慕，故託某作介紹，特來拜謁，別無他意。」文金聽罷，忙向秀全謙讓道：「如弟不才，辱蒙眷注，何以當之。」秀全見文金如此豪俠，便乘機道：「向聞大名，如雷灌耳！幸得拜謁，足慰生平！就足下所辦保良攻匪會，雄心義舉，兩者兼優。叵耐朝廷失道，外侮頻仍，官場為竭澤之漁，百姓有倒懸之慘，民迫饑寒，逼而為盜，恐今日攻匪保良，明日盜風猖獗，徒負足下一團美意耳。」黃文金答道：「明公金石之言，頓開茅塞，某亦知朝廷失道，未足與謀，乃有志未逮，無法安民；只分屬縉紳，不得不竭其心力，保衛閭閻。若謂結納官場，非某所願也。」秀全聽了這話，覺黃文金的是可兒，便可乘間而入，遂再說道：「足下之言甚是，某亦素具安民之志，獨惜心長力短耳！倘不嫌鄙陋，願附驥尾，以助足下一臂之力。未審尊意若何？」文金大喜道：「但得明公如此，實為萬幸。休說相助，小弟但聽指揮足矣！」秀全聽罷，又謙讓一回，幾人復談了一會。秀全遂漸漸把上帝的道理說將出來，探探黃文金意向。那黃文金見秀全議論激昂，已是九分拜服，今聽上帝的道理，愛人如己，凡屬同種人民，都是同胞兄弟，如何不信？越日便告知同會中人，一概崇拜上帝，以免災難！那同會中人又向來敬服黃文金，是個光明磊落、疏財仗義的人；且是本地的縉紳，有聲有望，還那有一個不遵從的？以故金田附近一帶，崇信上帝的都居十之八九，家家戶戶，有見到洪秀全者，都喚著洪先生，從不敢喚他的名字。秀全見到別人，又一概稱呼兄弟，從沒有一分高傲的氣，因此人人敬服！就是三尺小兒，都知道有個洪先生了！

秀全更把保良會改定章程，凡總理協理及書記與一切會員，都是投票公舉，皆有次序。這時洪秀全的聲名反在黃文金之上，所以投票時，竟推秀全做一個會中總理。秀全見到如此，即當眾說道：「強賓不壓主，總理一席，小弟如何敢當？」說罷，仍復讓過黃文金。黃文金哪裡肯依？眾人又紛紛說道：「公舉的章程，是洪先生所定。如何先自違卻，反要推辭？豈不是冷了眾人之心麼！」秀全見眾人如此說來，無奈只得應允，自此保良會日盛一日了。秀全一發把運動楊秀清的手段，教黃文金稟領槍械，請示興辦團練，以保護鄉民，是以金田又起了一支團練軍。雖不及楊秀清的團練人馬眾多，卻幸這數百團練軍，都是崇信上帝的人，更易調動，秀全幾人見了這個局面，好不歡喜。

不提防那桂平縣，自從失了一個逃犯洪秀全和三個劫獄的，張縣令竟要行文各縣，四處緝拿，那一日正頒到金田地方。所有村落，都掛了一張告示：要捉拿洪秀全幾人。早有人把這一點消息，到黃文金府上報知。各人聽了，心中不免疑俱！秀全故作說道：「某此次來到廣西，本欲勸人為善，設法安民，誰想遭了官場之忌，以得小弟為甘心。小弟誠懼以一己之故，累及諸君，不如待某親自投案。自作自受，以免株累別人也罷了。」說罷淚下如雨。韋昌輝道：「明公若要如此，枉某出生入死，毀家赴義相從至此矣！」那洪仁發即攘臂道：「兄弟休慌！若是官差到來，教他來一個死一個，來十個死五雙，怕官差的不是好漢了！」胡以晃正欲勸時，只見黃文金說道：「明公休便如此，這裡附近都是崇拜上帝，敬重明公的同胞，兄弟雖不才，也有些微名，便藏在這裡，料沒有一個敢去出首；即或不然，就與同罪，弟亦何怨？因為洪君是豪傑士也！」胡以晃道：「難得文金兄弟如此仗義，我們怎好負他盛意？權在此間暫避幾時罷了。」各人一齊答道：「以晃兄弟說得甚善，我們再不用拘執了！」

正說話間，忽家人報導：「門外有一位道士，自稱是馮雲山，要來相訪。小的不敢擅自請進來，特此報知。」秀全聽得馮雲山到了，便向黃文金說出與雲山是同志。文金即令請進來敘話。少時雲山進到裡面，各人一齊起迎雲山。先見黃文金、韋昌輝請過姓名，然後與洪秀全、仁發、胡以晃寒暄過，各自溯說別後行狀。秀全意欲問羅大綱如何情形？只礙黃文金在座，尚未把自己的來意說明，恐不便談及，只得問一聲，因何到此？雲山本是乖黨的人，見秀全如此問法，便道：「聞得哥哥離了桂平牢獄，逃難到此，因見今日官吏，以網羅黨獄為得計，恐窮追極捕，此地不宜久居。且今三十六著，走為上著，未審哥哥意下如何？」秀全道：「正為此事，就想起程。不過文金兄弟盛意苦留，實不忍過卻也！」雲山便向黃文金道謝，並說道：「黃兄盛意果好！就怕官場難靠，洩了風聲，不免要累及足下，到那時如何過得意？」黃文金道：「實不相瞞，諸君來意雖未明言，弟卻省得。官場不來追捕猶可，如必為已甚，弟當統率保良會中人，及現在之團練軍，乘機抗拒官兵，有何不可？」雲山急答道：「得足下如此，實中國之幸也！不知附近保良攻匪會，究有若干人，能否足用？」文金道：「所有村落，皆設有保良攻匪會，或三五百人、一二百人不等，都是由小弟一人提倡，統通不下二三千人，勢亦不弱。但恐驟然與官軍為難，人心或有不齊耳！」雲山道：「此甚易事！凡人勸之則興，逼之則速，請趁此時機，將附近一帶保良會聯合為一，互相救應，想足下鼎鼎大名，本處保良會，又如此興盛，別處那有不景附雲從？待至聯為一氣，當由足下和洪哥哥主持領袖。若官吏聞得洪哥哥在這裡，勢必起兵到來圍捕，我因其勢，謂官吏要摧殘保良會，即率保良會以抗拒官兵，誰敢不從？此實起事一大機會也！足下以為然否？」文金躊躇。

少頃，雲山道：「足下究有什麼疑慮？還請明言。」文金道：「先生高見，弟很佩服！只小弟是本處人氏，田園尚在，廬墓斯存，沒有不利，何以自處？願先生有以教之。」雲山笑道：「足下英雄士也！作此孩子語，實出某之意外。方今朝廷失道，官吏昏庸，盜賊頻仍，捐抽日重，欲救民於水火之中，此其時矣！事成則舉國皆安。今若不行，長此昏沉世界，即高堂大廈，能享幾時？足下豈猶欲靠官場保身命耶！」文金聽上這話，額上流著一把汗，即避席說道：「先生之言，頓開茅塞！自今以往，願聽指揮，即破產亡家，誓不悔也！」各人聽罷大喜，就立刻歃血為誓。文金復推洪秀全為領袖，宣讀誓書：大家要戮力同心，共挽山河，救民水火，各人唯唯從命！誓罷，便商議聯合保良會之計。

文金道：「各處保良會首領，不是小弟姻眷，即是良朋，都易說也。只有對村一位武秀士譚紹洸，本別處人氏，已兩代寄籍此間，與小弟向有意見，勸他附從，怕是不易。餘外更無他慮矣！」秀全道：「為一國謀個光復，自應開誠布公，斷不可以芥蒂微嫌，遽自失睦。不知足下與譚紹洸有何意見？都要商量解釋為是！」文金道：「並無他故！論起譚紹洸，本與小弟是個姨表兄弟。因前年兩村互鬥，弟見勸解不來，置之不理。有敝鄉侄子，竟焚譚紹洸兩所房屋，今兩村已歸和好，只譚紹洸以小弟不理此事，致遭火劫，故長年絕無往來，就是這個緣故。」雲山道：「如此有何難處？弟當為足下解之！」文金稱謝。便令家人導馮雲山到對村來，尋著譚紹洸的宅子，口稱有要事要來相訪，譚紹洸忙接進裡面。見馮雲山素未謀面，如何要來見我，心裡不免疑惑。只得讓雲山坐下，各道姓名。紹洸道：「先生可是本處人氏？」雲山答稱不是。紹洸又問道：「不是本處人氏，到這裡有什麼貴幹？」雲山又答稱無事。紹洸詫異道：「既不是本處人氏，到本處又無貴幹，然則見我則甚？」雲山道：「某生平遊歷各處，好排難解紛，不平者，某代伸之；不和者，代解之。緣與黃文金有舊，聽得年前貴村械鬥，他因此與足下不和，某是以來見。若謂不然，豈以弟踵門行乞，求衣食於足下耶？」紹洸道：「某與黃文金不和，與卿甚事，要來干涉，究是何意？」雲山笑道：「若僅乾弟事，弟不來矣。弟以為兩村械鬥，實非鄉閭之福。為縉紳者，方宜捐棄前嫌，重修舊好，以為子侄倡。今兩村已經和睦，而足下與黃文金均負一鄉閭之物望，乃各懷意見，若此何以矜式鄉人？設子侄稍觸嫌疑，復行生釁，將塗炭兄弟，焚劫鄉閭，皆足下與文金之罪矣！願足下思之。」這二席話，不由譚紹洸心上不感動！便改容道：「先生之言，乃金石之言也，某聞命矣！但此事原屬黃文金不是。他不向我求助，我反要求他，如何說得去？」雲山又笑道：「足下何始終不悟也？某是黃文金之友，某來猶黃文金來耳。且同是姨表弟兄，以長幼之序，足下方當前往負荊，今黃文金反著弟先容，而足下仍固執如此，倘日後兩村復失和，是罪在足下矣！足下亦何忍作鄉中罪人乎？」譚紹洸聽罷，恍然大悟，急向雲山謝道：「非先生教誨，弟負罪不少，今就同先生往謁黃文金如何？」雲山開導，欣然領諾道：「足下若往，黃文金定降階相迎也！」譚紹洸聞言大喜，便立即穿過衣履，隨著雲山而來。管教：

聯歡杯酒，再敦廉、藺交情；糾合英雄，成就洪、楊事業。

要知後事如何？且聽下回分解。

馮雲山夜走貴縣　洪秀全起義金田

話說譚紹洸聽得馮雲山這番議論，已幡然改悔醒悟，便隨馮雲山到黃文金府上。家人入內報知。文金肅整衣冠，迎譚紹洸至裡面，並與洪秀全想見。黃文金謙謝前過，譚紹洸自然喜之不盡。秀全更從旁解說幾句，於是各人從新談話。馮雲山把聯合保良會之意，對譚紹洸一一說個透亮。譚紹洸聽了，自念若能聯合各地保良會互相救助，原屬共保鄉閭之妙策，況自己新與黃文金捐釋前嫌，正好藉此聯繫，因此慨然允諾。馮雲山等不勝之喜！便道：「譚兄高義中人，深悉大體，也不勞多說。目今務求聯合保良會，共衛桑梓，使各地聞風相應，實貴省之幸也！」到後漸漸說到官吏昏庸，人民塗炭的光景，譚紹洸雖非文墨中人，聽他們這麼說，心上不免感動。又見各人都義氣激昂，知是非常之舉！遂答道：「諸君皆豪傑之士。叵耐小弟僻處鄉關，絕無聞見。今聽名肴，令某佩服！弟雖不才，或可執鞭隨鐙，以從諸君子之後也。」各人聽罷，一齊謙讓。

譚紹洸見天已傍晚，方要辭去，黃文金已準備酒菜，竭力邀留。一時家人搬到膳具，端上酒萊，因廣西一地，卻少水上鮮魚，除了外埠販來海味之物，都是雞鴨豬羊等肉，當時已算十分豐美。譚紹洸見黃文金如此盛設，好生過意不去。黃文金一發令家人開了一壇紹興酒，自己端了主位，先請譚紹洸，其次馮雲山、馮雲山夜走貴縣 洪秀全起義金田洪秀全、韋昌輝、胡以晃、洪仁發幾人都依次坐下，納入席中，只有洪仁發見那新開壇的紹興酒，香氣撲鼻的，恨不得急吃幾大碗。究竟礙著譚紹洸是個新來的佳客，也不敢太過無禮，急待黃文金舉杯勸客之後，自己卻不管各人談論，唯有一頭飲，一頭吃而已！各人知他素性率直，都不甚覺得詫異。黃文金恐譚紹洸不好看，便指洪仁發對譚紹洸說道：「這位是秀全哥哥的兄長，性本率直，卻是個天真爛漫的人。彼此同志，都不必客氣！」譚紹洸道：「兄長如何說此話？從來辦事的英雄，大半出於無奈。某生平絕不小覷此等人也！」洪仁發正欲對答，雲山恐他衝撞譚紹洸，不好意思，只得暗中使個眼色，仁發就不敢說話。只見紹洸對洪秀全說道：「君等以廣東人氏，來到敝省，且志在造福吾省民生，令某等愧死矣！今遇英雄，願得稍助微力，以贖前過。」洪秀全一面遜謝，又再把聯合保良會之利，痛說一番。黃丈金見秀全議論不凡，從行的又皆有勇有謀的人物，更自嘆服。不覺一連飲了數大杯，又向各人勸一會酒。正是「酒逢知己千杯少」，揣各人都有些酒憊，黃文金便乘醉歌道：

錦繡河山荊棘路，縱橫萬里狂氛怖！天荒地老幾時休？腥風吹醒愁人酒。
長安迷漫禁風煙，宮嬪歌舞互爭妍，白是民膏紅是血，君王相對笑無言。
同胞未敢嗟塗炭，中有英雄慨然嘆！何日春雷震地飛，一聲長嘯蘇群黎。

黃文金歌罷，各人都不覺感嘆！洪秀全又歌道：

萑苻滿地紛披猖，民如螻蟻官如狼。攜幼扶老屬道旁，相逢但說今流亡！
君王宮裡猶歡宴，貳臣俯首趨金殿：回望同胞水火中，聞如不聞見不見！
哀哉大陸昏沉二百秋，不作人民作馬牛！英雄一慟氣將絕，何時劍濺匈奴血？

歌罷各人和之。馮雲山進道：「哥哥何便心傷如此！自古養牲豪傑，屠狗英雄，後來皆是定邦安國。今日長歌當哭之人，安知非他日救國安民之士？願哥哥少待之。」秀全長嘆一聲，答道：「難得諸君如此慷慨，毀家相從，獨借秀全虛生天地間，年逾三十，一事無成，日月蹉跎，老將至矣！」說罷潸然淚下。各人看看秀全這個光景，都不免觸起胸懷，感嘆不已。黃文金見秀全有些酒意，又恐譚紹洸天晚不便往來，便向各人再敬一杯，說一聲簡慢，就令撤席。早有家人將杯盤端下去。各人盥沐後，用過茶煙，譚紹洸即便辭行。秀全要留紹洸作竟夕之談，紹洸道：「小弟來時，未有致屬家人，恐勞盼候，改日再來扳談便了！」秀全便不敢相強，齊送譚紹洸出門後，各人都因有些酒意，不便久談，胡混睡去。自此譚紹洸不時過來敘話。

那些附近保良會，聽得譚紹洸都與黃文金相合，莫不欣然相從。有遲疑未決的，譚紹洸即責道：「我與黃文金，前有仇隙，尚且為大局起見，要互相聯繫，何況你們。你們總沒有我們兩個的深仇積怨！」因此各村保良會，都爭先恐後，皈依上帝的道理。各地保良會都讓洪秀全作首領，馮雲山等相助為理。所以金田一帶，保良會聲勢日大。秀全已隱有操縱全軍之勢。馮雲山見此情景，便暗向秀全說道：「方今保良會己是可用！且又勞楊秀清、羅大綱久候。若再延時日，恐官府聞哥哥在此，又來騷擾，不可不慮！」秀全道：「此言甚善！某料黃文金是同志中人，已知了我們的用意，只譚紹洸尚在有意無意之間耳！某有一計，正待賢弟為某一決也。」雲山便問計將安出？秀全道：「今幸保良會中人，都皈依上帝，視某如神聖；若突然起事，恐反令人心生疑。不如傳布某的名字，在這裡保良會中。官吏知之，必來捉我，這不怕會中人不來救我！我欲乘機率眾以拒官兵，則大事從此行矣！未審賢弟意見何如？」雲山道：「如此甚妙！但官兵一日不來，即一日不起義，仍非良策。弟意請以八月初一為期，一齊集義。弟今則西入貴縣，沿武富偷進江口，督羅大綱依期進攻永安州；哥哥若遇官兵到此，即依尊策而行。若是不然，哥哥亦當待羅大綱起義之後，以越境救助人民為名，率保良會之眾，直趨永安州會合，官吏聞得哥哥有此舉動，必調兵相拒。此時欲求一戰，實不難矣！勝則直抵桂平，若失利，羅大綱即由永安入桂平，以截官兵之後。哥哥即奮擊官兵，求通桂平一路，以應楊秀清；然後合三路，以趨桂林可也！」秀全聽說，即依計而行。

雲山一面辭過眾人，扮作一個雲遊道士，望貴縣而去。那日到了貴縣城中，雙足卻困連日跑路，疲倦得很，正要尋個所在，歇過一夜。在街上來來往往，忽然背後一人呼道：「雲山兄弟，往哪裡去？」雲山回頭一望，原來是秦日綱。倒吃了一驚。急趕上兩步，接著秦日綱問道：「兄弟自此一別，知得老兄被洪哥哥連累，禁在監中。到監後兩天，即把洪哥哥另禁別處。因此韋兄弟劫獄時，不曾救得老兄。因何到此？」秦日綱道：「弟所謂因禍得福也。當初被禁時，是同在舊羈；後洪兄弟改押新羈，正當韋冗弟劫獄時，盜賊出沒之處。

不曾救得，故縣令疑我不是同夥知情，訊了一堂，便批准保釋。今來此地探望親友。不知兄弟何來？洪兄弟現在哪裡？」雲山道：「這是不是談話之所！可有認識的僻靜地方？暢談一會較好。」秦日綱道：「只有一所教堂，離此不遠，是弟居留之地，就請同往坐談何如？」雲山大喜，二人便望教堂而來。甫進了教堂，只見一人衣裳楚楚，在教堂裡打坐，似行路到此歇足的。

一見他兩人進來，那雙眼早抓定馮雲山。雲山不知何故，偷眼回看秦日綱，見日綱已是面如土色。雲山摸不到頭腦，即向那人請問姓名。那人才答得一個張字，即出門而去。雲山見得奇異，便問日綱，此是何人？日綱道：「不好了！此人即日前在桂平告發洪哥哥的張秀才也！他本貴縣人氏，曾充桂平縣外幕。生姓奸險。今見此人，大非吉利。似此如之奈何？」雲山一想道：「任他如何擺布，料不能如兄神速！弟十分疲倦，權坐片時，再作計較罷了。」秦日綱便帶到後面坐定，呼僮烹茶，大家訴說別後之事。時已近晚，雲山道：「今夜斷不能在此勾留。弟數年前在本縣曾課徒於黃姓之家，此黃姓是敝省番禺人也！倒能做油炸生涯。本是個有心人士，不如改往他的府上權宿一夜，較為妥當。」秦日綱道：「既是如此，某亦願同行。因弟雖有志未逮，然甚願隨兄弟之後也。」雲山聽罷，不勝之喜！秦日綱呼僮到來，賞他二三塊銀子，遣他回鄉；自己卻詭稱要回桂平去。

將近夜分，便同雲山轉過黃姓家上來，那黃姓的，原來喚做廣韶，生有三子，俱曾受業於馮雲山，這回見雲山到來，父子四人，好不歡喜，一面迎至廳上，吩咐家人治膳相待。正自互談別後的景況，忽然家人報導：「前街那所教堂中，不知有甚事故，也有許多官兵圍捕，卻搜來搜去，搜不出一個人來。」黃廣韶聽罷，偷眼看看秦日綱兩人面色，卻有些不像。且素知他兩人是個教士，此事料然有些來歷，便把家人喝退，一面令進酒饌來，獨自陪兩人對酌。酒至半酣，黃廣韶道：「兩位來此，必有事故。某非好為小人者，不妨直說也！」馮雲山道：「忝在賓主多年，何敢相瞞！弟到廣西，原為傳道起見。不料本縣一個張秀才苦苦攻訐小弟妖言惑眾，以至官吏購緝甚嚴，故逃避至此。素知足下是個誠實君子，聊以實情相告，萬勿宣洩為幸！」黃廣韶道：「弟觀秦兄神色，已料得八九分。但家人頗眾，談話切宜低聲，休被別人知覺。便對小兒輩，卻不宜直說也！某料官吏注意者，只在馮兄。若要逃走，當在今宵；倘再延遲，截緝益嚴，更難出關矣！」雲山道：「此言甚善！惜此時城門已閉，如之奈何？」黃廣韶道：「這卻不訪！敝宅後靠北門，那守城軍士賴信英，家有老母，常受某賙濟。若要偷出城門，自能方便也。」

雲山道：「如此是天賜其便矣！事不宜遲，就此請行。」黃廣韶便不敢再留。用過飯後，馮、秦二人卻沒什麼行李，即依黃廣韶囑咐，對家人等託稱有事，立要辭去。只有黃廣韶匯出門外，馮、秦在後相隨。還幸所行不遠，已是北門。且貴縣不甚繁囂，夜分已少人來往。黃廣韶即尋著賴信英，說稱有緊要事情，要立刻出城趕路。賴信英見是黃廣韶到來說項，自然沒有不從。登即開了城門，讓馮、秦二人出去。正是：聞雞已過函關客，走馬難追博浪人。

馮、秦兩人出了城外，辭過廣韶，握手後，即趲程而去。黃廣韶卻獨自回家，一併瞞卻家人，不消說了。這裡按下馮、秦兩人行蹤莫表。

且說洪秀全，自從馮雲山去後，打點保良會事務，越加用心，因此日盛一日，聲名洋溢。那洪秀全三個字，飛到平南縣令馬兆周耳朵裡。馬兆周因日前桂平張縣令行文各縣，早知洪秀全是個逸犯，登時帶了二十名差勇，直過金田捉洪秀全。當下尋到黃文金府上，口稱與洪秀全相會。黃文金已知馬縣令的來意，便答稱洪秀全不在這裡。馬縣令不信，定要把黃文金府上搜過，黃文金那裡肯從？便和馬縣令口角。馬縣令好不知死活，還仗著官勢，口稱要捉捕黃文金。那差勇更是狐假虎威，聽得馬縣令一聲喝起，早把黃文金拿下。那些保良會中人，都是崇拜上帝的，平日最愛黃文金和洪秀全二人。這番見把黃文金拿捕，便一齊上前，問個原故。黃文全心生一計道：「這贓官到來索賄，黃某不從，今要把我們拿捉，速來解救才是。」那時一般保良會中人，只知有上帝，那知得有官府？聯同一二百人之多，立將黃文金搶回，並把二十名差勇打得個落花流水。馬縣令見不是頭路，撇了差勇，獨自逃命，急望縣城回去。餘外二十名差勇整整打死五名，單留十五名，都是破頭爛額，狼狽奔回。馬縣令看見，又羞又惱，急忙知會臨近得州府及附近州縣，報金田保良會窩藏逸犯：拒殺官兵，聚眾為亂，請合兵攻剿等情。依著官場慣例，少不了把保良會講得十分凶悍。這會汙州知府白炳文聽得這點消息，非同小可！又聽得洪秀全是有意謀亂的人，一面詳稟上臺；一面調齊人馬，會攻金田保良會。只當時汙州一帶，盜賊雖眾。究竟太平日久，兵馬無多。三路合齊，計得兵勇一千名。用都司田成勛統領二百人馬為前隊，餘外馬兆周領三百人居中，白炳文合後，浩浩蕩蕩殺奔金田而來。

早有探子報到黃文金府上。黃文金便請洪秀全召集各地保良會首領會議。譚紹洸第一個先到，一時各首領俱已到齊。即有許多保良會中人，到場觀看。洪秀全當眾說道：「洪某到貴省來，不過為傳播道理，別無他意。就是今日聯合保良會，也不過為地方謀保衛。誰想虎狼官吏，不能捕盜安民，反來攻擊諸君。若甘心受禍，好自為之；若要保全身家性命，即當急謀捍衛。非是洪某好事，實是事勢不得不如此也！」各人聽罷，皆大呼道：「人生在世，那有不愛身家性命？願聽洪先生指揮！」當下眾口齊聲，聲如雷動。秀全一發說道：「既是如此，限明早便要各鄉保良會到此聚集，官兵不來攻擊猶自可；若要攻擊時，即當竭力抵禦。我們保良會原謀保護地方，實是美事。是非曲直，當有臺司知之。若等州縣小吏，何足介意耶？」各人聽罷，都不勝之喜。立即回去打點一切。

果然到了越早，不約而同，一齊攜了槍械到黃文金村上，聽候洪秀全的號令。那秀全待各地保良會到齊，點過一會，卻不下二千人。洪秀全便令父子同來者，父去子留；兄弟同來者，兄去弟留。並無兄弟及一切殘弱的，一發安慰一番，發遣回家去，單挑得精壯一千人。隨對韋昌輝、黃文金等道：「官兵雖屬無用，仍是操過隊伍；我軍雖然強壯，究竟未經訓練，待彼來時，當以散隊擊之。」就把一千人分為五隊，每隊二百人，先令譚紹洸率二百人回村駐紮，以壯聲勢。

譚紹洸去後，忽探子報導：「官軍離此尚有三十里之遙。」秀全聽得，便道：「彼軍行程甚緩，是欲待夜分，掩軍襲擊。為一網盡擒也！此處村口，高此十五里有一小山，樹木深叢。文金兄弟可領一軍，在此埋伏：彼軍到時，休要管他；待彼退時，彼必提燈籠火把，兄弟卻望火處攻之，當獲全勝！」黃文金得令去了。又令胡以晃、韋昌輝各帶二百人在村後分東西兩路埋伏：胡以晃在東路，韋昌輝在西路，但聽號炮一響，一齊攻出，各人分拔停妥，秀全卻與洪仁發，將所餘二百人，分藏各巷內，以暗擊之，卻把各巷閘門緊閉，只留村口一條大路，讓官軍進來。並令各家關閉門戶，以防波軍騷擾，均不准張燈舉火，以疑敵軍，各人都依令而行。秀全便與仁發，在黃文金府上等候，以盼佳音。管教：

設謀定計，安排香餌釣鰲魚；伐罪救民，大舉義旗驅臭流。

要知後事如何？且聽下回分解。

劫知縣智窮石達開　渡斜谷計斬烏蘭泰

話說洪秀全計畫已定，專候官軍到來接戰，直到夕陽西墜，才接探報報稱：「官軍離村外十里，紮了大營，不知何意？」秀全正在沉吟，忽見一人進來，口稱奉官軍之命，到來投遞書函，說罷把函呈上。秀全就案上拆開一看：卻是白炳文責黃文金把自己交出，如若不然，大兵一到，玉石俱焚的話。秀全看罷，援筆照來書尾批了幾句，說道：「此處保良會，原是御暴安良，並無歹意；雖有洪秀全，豈能交出？若能禮諒，固是感激；若是不能，請聽尊意便是！」覆了立即打發來人回去。白炳文接著，不勝之憤。罵道：「這幾句話，分明是要來挑戰。諒鼠輩何足拒我大兵屍便令督兵前進。及到村口，已是初更時候。這時正是七月將盡，月色無光，村中又無動靜，前軍都司田成勛，恐防中計，不敢擅進，忙向白炳文稟報情形。白炳文道：「若輩有何計策？不過聞我們大兵到來，預先逃避耳。急宜揮軍前進，勿被他們逃走。」田成勛聽罷，心中不悅。唯上臺號令，怎敢違抗？便回「軍中傳令，直進村裡來。只見各門緊閉，又無燈火，並無一人往來，心上好生疑惑。

少時馬兆周中軍已到。田成勛急會合商量計策。馬兆周欲縱人焚村，成勛道：「為惡的只是黃文金與洪秀全，何忍禍及全村！老兄前曾到過黃丈金府上，料知路逕，不如前往拿住黃文金，然後解散村民，較為上策。」馬兆周深是其言，遂合兵同進。忽然前村鑼聲震動，火光中搖旗吶喊，似有應敵之狀。田、馬二人，正在驚惶，不提防備巷槍聲齊發，都向田、馬兩軍中擊來。田、馬二軍，措手不及，中槍者不計其數。急欲回槍接戰，奈閘門緊閉，暗黑中又不知保良軍伏於何處？急欲逃時，韋昌輝、胡以晃兩軍已是分頭殺到，譚紹洸又在前村殺來接應。把官軍困在墳心，急難逃脫，只得勉強混戰一場。不提防洪仁發領了數十人，從東巷內轉出，槍聲響處，馬兆周應丸落馬。田成勛大驚：自料寡不能敵眾，後軍又不見到來助戰。正要殺條血路逃走，忽聽得來路上喊聲大震，胡以晃所領東路保良軍，紛紛逃避。田成勛仔細一望，火光中認得旗幟，卻是白炳文親領後軍到來。此時心上稍安，急與白炳文會合，不料後面大隊趕來。原來胡以晃逃避之意，深恐腹背受敵，特讓官軍合為一路，然後合兵從後擊之，這時來勢更加猛烈。田成勛早失了隊伍，反衝動白炳文一軍，立腳不定。那韋昌輝、洪仁發、譚紹洸都隨著胡以晃，分頭趕來。官軍又不識路逕，唯有東奔西竄，白炳文那裡還有心戀戰，只得死命奔走。

走不得數里，叢林中號炮轟天震地，黃文金領二百人，從林內殺出，彈如雨下，都向火光中擊射官軍。田成勛左臂上早中了一彈，猶是死命堅忍，保護白炳文殺條血路，落荒而走。黃文金大呼道：「降者免死！」各軍士都各顧性命，聽得黃文金這話，紛紛向保良軍投降。黃文金急把降軍作後隊。正要督兵追捉白炳文，只見洪秀全親自趕到，急止住黃文金道：「彼輩如亡魂之鳥，捉之不足為功，留之不足為害！徒傷人命，不如收兵。」黃文金聽罷，便領眾同著洪秀全而回。這時，田成勛保著白炳文落荒而逃，將近潯州，才覺心安。計點敗殘軍士，僅存二百餘人，多半是負傷的。好不氣惱。又見軍士捱了一夜，肚中料是饑餓，即令埋鍋造飯，然後趕程。飯後回到衙內，一面把損兵折將，及馬兆周戰死情形，稟報上臺去，自請治罪。並稱洪秀全如此猖獗，實為大患，要求再興大兵征剿。

那時廣西巡撫周天爵，得了這條消息，一驚非小！暗忖金田屬平南縣所管，縣令馬兆周平時失於覺察，臨時又不能解救，致激成此變，究屬不合。除馬兆周縣令馬兆周平時失於覺察，臨時又不能解救，致激成此變，究屬不合。除馬兆周已死，姑免置議；白炳文未經稟報，擅自興兵越境圖功，以致誤事，一併革職。另委新官赴平南之任，兼辦團練。又以洪秀全如此聲勢，竟能大破官兵，自料廣西兵力單薄，盜賊又多，尚不敷調遣，如何是好？想了一會，即調提督向榮，入佳林商議應敵之計。一面申奏朝廷，一面寫文書到廣東總督徐廣縉處，布告亂事，兼請兵助戰，不在話下。

且說洪秀全等，收兵回到村裡，計點軍士，傷亡不過數十名，當即籌款撫卹外，急忙召集同志相議。譚紹洸進道：「哥哥用兵如神，十分嘆服。只鬱林州雖然敗去，大兵必復再來；弟等身家性命所關，如何是好？」說猶未了，早有洪仁發、韋昌輝一齊說道：「水來土掩，鼠輩何足介意？譚兄弟何沒志氣耶！」洪秀全尚未答言，只見黃文金道：「今日局勢已成，譚兄弟這話都不必多說。目今便要招兵買馬，以圖大事。但自古道：『無糧不聚兵』。獨借小弟家資綿薄，不能支撐幾時耳。」秀全聽了沉吟答道：「賢弟此論甚是！可惜此間離桂平略遠，不然秀清兄弟，實不難接濟也！」胡以晃道：「哥哥此言，謂遠水不能救近火。眼前便有鄭氏銅山，哥哥何故忘之？」秀全猛然省道：「莫非朝貴兄弟所說的石達開乎？」以晃道：「正是此人。」秀全道：「某欲見此人久矣！此人不特是個富戶，真是一個英雄。但不知此人現在何處？」以晃道：「此人本桂平白沙人氏！現在潯州一帶辦理鹽埠。事母至孝，最得人心。自他承辦潯江鹽埠以來，所有鹽梟，皆畏懼敬服，不敢私販。論起他本是個舉人出身，不求仕進，偏好結交江湖上有名豪傑。文能安邦，武能定國，此觀變沉機之士，恐不易羅致之！哥哥欲得此人，也要尋個善法才好：」秀全道：「朝貴兄弟不在此間，更無他人與他相認識。必待有了機會，方好尋他。」說罷，又向黃文金說道：「黃兄弟自問能支援軍餉幾時？不妨直說！」黃文金聽罷，偷以目視譚紹洸。紹洸道：「今日事已如此，不由不做。黃兄慷慨仗義，弟雖力薄，亦可少助之！」文金便答道：「如此甚善！合兩家之力，若以一萬之眾，可支援四十天；若二萬之眾，可支援二十天，久則不敢聞命矣！」秀全大喜道：「只消支援十天足矣！旬日內，某必有計，可以賺石達開也！現時便要出榜招兵，較為要著。」胡以晃道：「大凡起義，必須布告天下，聲動大義，方足以召號人心。哥哥以為然否？」秀全道：「何消說得！帷幄之事，某自主之；筆墨之才，兄弟當之可也！但起事伊始，不宜急說，滿、漢界限，因二百年習染相忘，國民已不知有主奴之辨，故當從緩言之：不如先斥朝廷之無道，與官府之苛民，較易激人猛省。兄弟以為何如？」以晃道：「此言正合某意！」便立就案上援筆寫來。忽又想道：「凡檄文中必有個主名！座中究以何人出名才好？」黃文金先道：「洪哥哥素孚人望。除了他，還有何人？」秀全道：「強賓不壓主，就由黃兄弟主名可也！」文金謙不敢當！各人又皆讓秀全，秀全只得領諾！以晃便書。那檄文道：

奉承天道，弔民伐罪，保良軍大元帥洪，謹似大義告布天下：竊以朝上奸臣，甚於盜賊；衙門酷吏，無異豺狼。皆由利己殃民，剝閭閻以充囊槖；賣官鬻爵，進諂佞以抑賢才。以至上下交徵，生民塗炭。富貴者，德惡不究；貧窮者，含冤莫伸；言之痛心，殊堪髮指！即以錢白一事而論，近加數倍，三十年之稅，免而復徵，重財失信。加以官吏如虎之帳，衙役憑官作勢，羅雀掘鼠，挖肉吸脂，民之時盡矣！強盜四起，嗷鴻走鹿，置若罔聞。外敵交攻，割地賠錢，視為閒事，民之苦極矣！朝「廷恆舞酣歌，粉亂世而作太平之宴；官吏殘良害善，諱塗炭而陳人壽之書。藝符布滿江湖，荊體偏於行路，火熱水深，而捐抽不息；天呼地籲，而充耳不聞！我等志士仁人，傷心觸目，用是勸人為善，立保良會，乃復指為薯民，誣為歹類，欲逞殘民之勢，這操同室之戈。我等以同胞性命所關，黎庶身家所繫，因之鼓勵國防，維持桑擇。劉下好官敗去，閭裡稍安，不得不再暮良民，共維大局。幾我百位兄弟，不必驚惶，商賈衣工，各安生業；富貴助怯各糧，多少數回，親自報明，給回債券以憑，日後升償。如有勇力智謀，自宜協力同心，共襄義舉，俟太平之日，各予榮封。現在各府州縣官員，順我者生，逆我者死；其餘虎狼差役，概行劃滅，以快人心！恐有流賊土匪，藉端滋事，準爾等指名投稟，傳加懲治。伐有愚民助柔為虐，及破壞教堂，滋擾商務，天兵所到，必予誅夷！凜之慎之，板到如律令！

自從這道檄文一出，不數日何，遠近紛紛應募，井得精壯六千人。秀全便制定旗幟，取炎漢以火德王天下的意義，全用紅色，上書保良軍三個大字。就將軍人編為隊伍，日日訓練，以候征伐。一面派探子偵查清官行事。

那日正在府堂商議大事，忽有軍人報導：「今有新任平南縣楊寶善，從永淳調任平甫，將從這裡附近經過，特來報知。」秀全道：「有此機會，臨達開不難矣！」便喚韋昌輝道：「兄弟可領五十人，扮作民妝，到得江等候。楊寶善必從這條路經過，到時便攔截之。口稱是石達開部下，要稟過石某，方敢放行。他若問石現在何處？但答稱現在保良軍裡，與洪某議事。只不宜將楊寶善殺害，如此如此，下優石達開不來也。」昌輝領命而去。

且說寶善奉了周巡撫札令，改調平南：，又因平南一帶，方有亂事，自然趕：赴任。那日三號官船，恰至得江，正在順流而下，忽蘆葦中突出數十人攔住去路。隨後人等，慌忙稟知。楊寶善聽得，大吃一驚！擠著膽到船前喝道：「老爺是新任平甫知縣！你們好不識法令，攔截官船，意欲何為？」昌輝答道：「我是奉石達開哥哥號令，到此防守。暴官汙吏，我都認不得，非有石哥哥號令，插翅也難飛去。」楊寶善道：「石達開是個鹽商，何以有此不法？他現在那裡，本縣要與他去，我卻不能喚來。」楊寶善聽罷，暗忖石達開，原來是洪秀全一路，如何是好！

沒奈何，一面命差役恐嚇他們，一面駛船直下。誰想韋昌輝領那數十人，一擁進船，楊寶善知不是頭路，急舍舟登陸，帶了十餘名親隨，落荒而逃。韋昌輝卻不來追趕，只扣留這三號官船，便回去繳令。秀全大喜道：「將來楊寶善必追究石達開，不愁石某不來矣！」就猶未了，只見守門的進來，報稱有石達開要來叩見。秀全不勝詫異，暗忖道：「方才令韋昌輝幹了這宗事，如何石達開已是隨後進來，難道這機會洩了不成？」心上正狐疑不定，只得請進來臨機應變罷了。想罷，便傳出一個「請」字。那守門的便請石達開進來。秀全一望，見石達開生得頭大如鬥，口闊容拳，隆準豐頤，兩目閃閃如電，四尺以上身材，三十來歲年紀，邊幅不修，精神活潑，大步踏進來！

秀全急的起迎。其餘各人，都上前見禮，讓坐茶罷。秀全道：「素聞大名，今日幸得想見，足慰生平！」石達開笑道：「足下的是妙計，獨惜不甚完全。小弟正日日打探你們舉動，不過待看如何，才商行止耳！試想潯江一帶，何處無小弟的人物，足下這條計，可弄得別人，如何弄得石某？倘石某亦召百人，驅御韋兄親見縣令，自行解釋，又將奈何！」這幾句話，說得秀全目瞪口呆，半晌，便轉口道：「班門弄斧，弟真萬分慚愧！只因素仰足下智勇足備，不過以無門拜會，出此下策，若得足下同舉大義，不特弟開茅塞，實生靈之幸也！」說罷又向石達開再拜。達開見秀全之意甚誠，更自傾倒。便答道：「某何足道哉！敝友李秀成，胸懷大志，腹有良謀，正漢之留侯，蜀之武侯也！若得此人，何憂大事不成？」秀全道：「何廣西豪傑之多也！此事容圖之。但目前之計，速望老兄指示為要！」石達開道：「金田壤地褊小，非用武之地！明公久屯於此，非長策也！以弟愚見，不如分兵兩路：一路出永安州；一路繞梧州上游，會合於桂平，以窺桂林省郡。如此取廣西實如反掌耳！」秀全笑道：「豪傑之士，所見略同。昔雲山兄弟，曾言及此。某以糧食之故，急未能發，今得足下，復何慮哉！」遂定計分為東西兩路：東路以石達開統領三千人，洪仁發為前鋒，譚紹洸合後；西路自領三千人，以韋昌輝為前鋒，黃文金合後。所有糧食，都是石達開預行籌畫。就令胡以晃率領保良軍，仍駐金田，專司轉運糧草。

秀全瀕行時，向洪仁發道：「鹵莽任性，古人所戒！服從善言，是為丈夫。兄弟今後，見石君達開，如見弟可也。」仁發答應過了，便立刻起程。真是旌旗齊整，號令嚴明，所過秋毫無犯。鄉民紛紛助響，從軍聲勢愈大！這個風聲，早傳到桂林省裡。巡撫周天爵、布政使勞重光，雪片似的文書，到廣東告急。怎奈兩廣總督徐廣縉，粵撫葉名琛，各負虛名，毫無韜略。接到廣西文告，只有互相推諉，便激動了副都統烏蘭泰：忖知廣西亂事，非等閒可比。那日即進督衙，奮勇進行。徐廣縉大喜，便令烏蘭泰，領本部旗兵一千名，並撥中、廣兩協勁卒三千名，統共四千人馬，晝夜兼程，望廣西出發。當下週天爵得了驛報，便召勞重光議道：「烏蘭泰雖是臺灣案內保舉軍功，究竟有勇而無謀，恐未足恃！但事勢已急，若轉折往還，更是誤事，又將奈何？」勞重光道：「今日正是急不能待。不如烏軍到時，休令來省，就令速赴永安駐紮，以壓洪秀全；再令提督向榮、總兵張敬修，援應後路。如此較為穩便！」周天爵深是其言，立即馳令烏軍，轉赴永安；一面召向榮、張敬修，告知此事，兼發令箭。向榮道：「前軍若能一勝，亂勢自迎刃而解。但不知烏軍能否一戰？」周天爵道：「戰則有餘！勝敗卻未敢必？公自有權，相機而動便是。」向榮不敢再辯，怏怏而行。又有軍情緊急，便立即打點軍備，與張敬修望江口而去。

且說烏蘭泰，志在速戰。起程後，不消四天，已抵梧州。探得石達開一軍，正在上流，趨桂平，便要等候石軍到來，攔路截擊。忽見周巡撫號令，要速赴永安。烏蘭泰心上很不服，自以為失此機會。只上臺號令，不得不從。遂星夜望永安去。不料洪仁發，早探得烏軍行程，又欲截擊之，忙到中軍，向石達開請令。達開道：「烏軍初來，銳氣正盛。我軍新舉，倘有失利，人心隨散矣！某料廣西緊急，烏軍必趕緊前進。不如權扎大營，他若來攻，只管接戰；他若不來，我從後趨桂平，截其後路，有何不可？」仁發聽了，因前有秀全吩咐，便不敢辯。

話分兩頭。且說烏軍到江口時，洪秀全大隊已到，離永安約二十里，紮下大營。這裡離羅大綱駐處卻是不遠。秀全要差人暗行，知會馮雲山，請來相議軍務。偏是差人未發，雲山已是來到。秀全慌忙接入，便道：「方才正要差人邀請兄弟，不料兄弟失自到來了！」雲山道：「弟何日不打探哥哥舉動？早知我軍行程到此，必要想見，何勞再請！」秀全大喜，便問進攻之計。雲山道：「烏軍現在江口，徐廣縉委用此人，好誤大事。弟向知此人性急好事，必要圖功，自然急攻。哥哥，周天爵乃無謀之輩，若烏軍到時，令他直取金田，截我後路，則我等危矣！今來此，此最下策也。待兩軍會戰時，哥哥可故作退敗，弟便令羅大綱乘勢襲取永安；烏蘭泰一聞此消息，必無心戀戰。再由羅大綱這裡，乘虛攻江口，烏蘭泰必定不敢回江口，當從小路奔逃。此處近有一條小路，山勢雖不甚高，樹木十分叢雜，名曰斜谷。以弟所料，烏蘭泰必從這條路去。弟親領輕騎二百人，埋伏此路，斬烏蘭泰必矣！烏軍一敗，向榮定然膽落，軍無鬥志。我以乘勝攻之，廣西不難定也。秀全聽罷大喜，便依計而行！管教：

帷幄運籌，大展龍韜斬都護；疆場決勝，再施虎略取城池。

要知後事如何？且聽下回分解。

洪仁發誤走張嘉祥　錢東平重會胡元煒

話說馮雲山已定下計策，要賺斬烏蘭泰。洪秀全便依計而行。雲山即辭回羅大綱營裡，調動人馬，策應洪軍。秀全送雲山去後，隨喚韋昌輝囑令如此如此；又喚黃文金囑令如此如此。兩人得令去後，秀全便親領中隊為前部，專待烏軍。

且說烏蘭泰已到了一天。紮營已定，卻不見洪秀全動靜，便向參謀張奮揚問計。張奮揚道：「彼軍起旗，本宜速進，今卻不動，其中或者有詐！大人恐不宜輕舉。」烏蘭泰笑道：「小醜跳樑，有何妙計！以某從軍多年，百萬之眾，某且不懼，何況一洪秀全？某當親自擒之。」張奮揚道：「某所慮者，永安州城耳。永安絕無險要：且東鄰象州，西界桂平，又是四戰之地，恐賊軍必垂涎此地，以趨桂平，又將奈何？」烏蘭泰道：「公言很是！但本軍僅三千人，只足當洪秀全之數；若再分兵以守永安，實非良策！今向軍門隨後出矣，永安料必無虞。況秀全尚在前敵，豈能遽至永安耶？某若以全軍臨之，秀全一敗，即廣西皆安矣。何必多慮！」張奮揚聽罷，暗忖自己所言，志在全軍退守永安，今見主將不從，更不敢再說，只得辭出帳來。烏蘭泰便令部司陳國棟，協領國恩為前部，望洪軍殺來。誰想秀全深溝高壘，只選精銳三百人，壓住陣腳，全軍卻伏在營裡，屹然不動。

陳國棟見所發槍彈，全不中要害，又見秀圭絕無動靜，便向國恩道：「張奮揚久參軍幕，料事多才，今敵軍如此動靜，不可不防！」國恩聽罷，便令陳國棟獨當前面；卻自來見烏蘭泰，稟報情形。烏蘭泰怒道：「凡攻營拔寨，一鼓作氣，遲則軍心懈矣！速回去盡力攻營。如有退後者，立依軍法！」國恩無奈，便跑回前軍。令陳國棟盡力攻營。當下洪秀全，見敵軍來勢漸猛，便令軍士還槍接戰，胡混戰了一回，只見秀全領軍望西而逃。陳國棟便同國恩兩人，領軍隨後追趕。

這時烏蘭泰，聽得前軍得勝，便號令一聲，率大隊前進。正在陣前，只見洪軍旌旗紛紛變換：忽改後軍為前軍，繞東而來，卻打著黃文金的旗號。烏蘭泰急令分軍，以陳國棟、國恩會追洪秀全，然後單迎黃文金接戰。不料黃文金，這一枝軍如生龍活虎，望烏蘭泰本軍，彈如雨下。烏蘭泰正在酣戰，忽流星馬飛報禍事：報稱向提督未到江口，流寇羅大綱，用馮雲山之計，已率大隊，逕取永安州去了！城池緊急，特來報知。烏蘭泰聽了，嚇得幾乎墜馬！回顧張奮揚嘆道：「果不出足下所料！永安若失，何處可歸？不如退兵。」便傳令陳國棟、陳國恩先退，自己親自斷後。不提防洪秀全、黃文金，分頭趕來，軍士無心戀戰，各自逃命。中彈下馬者，不計其數。

烏蘭泰便死命逃奔。忽然前部喊聲大震：原來迤西一軍，飛走橫貫而來，為首的卻是韋昌輝。陳國棟、國恩勉強接戰。協領國恩措手不及，面頰上早中了一流彈，落馬而死；陳國棟吃了一驚，望後便退。此時欲回水安，已被韋昌輝截住，不能衝出。後面洪、黃兩枝人馬，又卷地追來，殺得烏軍全無隊伍，逃的逃，降的降，烏蘭泰立殺數人，那裡阻止的住？此時洪、韋、黃三路逼住，烏蘭泰料不能回永安，便令向西而逃！陳國棟顧不得軍士，急令親信百人，保護烏蘭泰，透出重圍。張奮揚急對陳國棟說道：「我一頭走，他一頭迫，究非長策。望足下保烏帥先行，後兵我自當之！」說罷，便率敗殘的百人死力抵禦洪秀全。烏蘭泰已自走會。可憐張奮揚，一個謀士，以眾寡不敵，竟力盡自刎而亡！後人有詩嘆道：

十年帷幄贊軍營，轉助強胡拒漢兵。
回首孤墳荒草裡，幽魂空繞永安城！

自張奮揚歿後，五百軍人，紛紛逃散。秀全一一招降，皆用好言安慰。見烏蘭泰逃走已遠，便移兵望永安州而來！按下慢表。

先說烏蘭泰，自得張奮揚抵禦一陣，才逃得性命。計部下三千軍士，只剩二百餘人，或是手無寸鐵，或是焦頭爛額。烏蘭泰十分忿恨。時已夕陽西下，剛行至一處，但見樹木叢森，分不出路逕。便問左右：「此處是何所在？」左右有識得路途的答道：「此處地名斜谷。過了這所山林，便有小路通出江口。」烏蘭泰道：「賊軍黨羽甚多，我正好從小路奔走。」便令從斜各行來，約十里許，見山路狹隘，烏蘭泰不覺有些心慌。忽一聲號炮，只聽得呼道：「害民賊快來送死！」說猶未了，槍彈紛紛飛來了。馮雲山親領三百人，截住去路。烏蘭泰料知中計，急傳令退後。不料槍聲響處，紛紛從樹林裡擊來。烏軍只剩下二三百手下敗殘軍士，已是子藥俱盡，並不能還放一槍，只有斂手待斃。更不知雲山人馬多少？正在心慌，又見山路崎嶇，行走不便，只見槍聲又漸漸逼進。烏蘭泰不覺仰天嘆道：「可憐帶兵數十年，今日卻喪在此地矣！」說猶未了，腦袋上正中一流彈，大叫一聲，倒在馬下。陳國棟急下馬相救。烏蘭泰道：「受傷已重，料難再生，救亦無益。足下速速回去，再請教兵罷了！」陳國棟猶不忍行。忽然烏蘭泰大叫一聲，口吐鮮血而死。陳國棟便欲奪回屍首。不料馮雲山所領數百人，已自追至，陳國棟急得策馬落荒而走。馮雲山殺散餘眾，便令收軍，於路上得了烏蘭泰屍首，後來命軍士以禮厚葬之！並題其墓曰：清故都統烏蘭泰之墓。後人有詩嘆曰：

奮勇馳驅去，貔貅出粵東；
將軍空百戰，斜谷嘆孤窮。
枉握兵符重，其如漢祚隆？
至今潯水上，夜夜泣西風！

當下雲山自全軍得勝之後，乘夜馳回永安。可巧洪秀全大兵已到，便到營中，謁見洪秀全。行間忽見永安城上，旌旗齊整，秀全正自驚疑。馮雲山道：「此羅大綱兵也！是預早安排的定了。想已襲得永安城矣！」秀全大喜，便令進城想見。雲山便令人報知羅大綱，預備迎接。

秀全即令雲山先行。韋昌輝仍統領二千人城外駐紮，分布犄角，自己卻與黃文金同行。行不數里，早見羅大綱列隊相迎。秀全立即下馬，同入水安城去。但見城內人民，俱備酒食迎接。原來居民久苦煩苛，今見洪秀全，樹起伐罪救民的旗號，那不歡喜！秀全都一一撫慰，隨到羅大綱營裡，一面出榜安民，一面安排功勞簿，論功慶賀。雲山進道：「城池已得，唯州官逃避，必到向榮那裡催取救兵。我據孤城以待戰，非長策也！宜乘勝由江口窺桂平，以接運石達開與楊秀清，實為上策！」秀全深然其計。即令羅大綱部下賴世英，領本部一千人，坐守永安，兼運糧草；隨令韋昌輝為先鋒。卻令羅大綱原部，不下萬人，申明號令，嚴整旌旗，大隊望江口出發。

且說提督向榮，自領了巡撫周天爵之命，要接應烏軍，兼敵洪秀全，便令總兵張敬修為前鋒，記名提督張必祿為合後，正在督兵馳下。不料前途探馬報到，烏軍全軍覆沒：都統烏蘭泰，協領國恩已陣亡，都司陳國棟不知下落，現永安城池失守，洪軍大隊正望江口來也！向榮聽罷，呆了半晌。張敬修道：「洪軍既勝，銳氣百倍；又兼羅大綱之眾，未可輕敵！不如回見周巡撫，再商行止！」向榮道：「廣西精銳，盡在本軍，若不戰而回，人心益亂。不如先圖規復永安，以鎮民心！若是不然，洪氏大勢益盛，廣西危矣！」便不從張敬修之言，即下令趨進永安。忽又流星馬報稱：石達開一軍，已從梧州上游蜂擁而來！向榮大驚道：「此時若趨永安，恐腹背受敵矣！不如回桂平，以待敵軍！」遂改令俱回桂平去。

原來石達開在廣西，最得人心！所過望風投順。那日大軍正到昭平境界，忽探得富川一帶，有流寇張嘉祥為亂，現在向榮正分兵剿捕。石達開得了這個消息，便與洪仁發、譚紹洸相議。紹洸道：「向榮若是分軍，何不急攻桂平？」達開道：「洪哥哥正乘勝由江口進兵，何憂桂平不下！唯張嘉祥乃廣東高要人也！向隨叔父經商廣西。自以行為無賴，被叔父逐出，遂投綠林為盜。後殺盜首，而取其女，旋因手下不服，逃至富川。今復結眾，擾亂鄉民，此人與弟曾有一面之交，素知他驍勇善戰，唯是熱心官階，性情反覆，若遇向榮，彼必投降，實為心腹之患！我不如先羅致之：可用則用，不可用則殺之，以絕後患！但昭平正當衝要之地，弟卻不便離營而去，不知誰人願替某一行！」洪仁發道：「弟願當此任！」譚紹洸急止道：「仁發兄弟性急，恐不宜獨當一面。」仁發大怒道：「秀全兄弟還不敢說某一句閒話。汝何人？敢小覷我耶？若不叫我當此一任，我便要逃回廣東去矣！」紹洸道：「汝回廣東去，干人甚事？」二人相爭不已！達開勸解道：「彼此都為公事，何苦爭氣。究竟仁發兄弟先說，就令仁發前往便是。」說罷，便令仁發領本部一千人，往取富川。並囑咐道：「軍行須戒任性。著遇張嘉祥，當招之使降，次則擒他回來，石某自有主意；不然則殺之，休令他逃去！我在此敬候捷音。倘有緩急，飛報前來可也！」仁發領命，歡喜而行。紹洸心頗不快，石達開婉言相勸。當下就留紹洸在營喝酒，酒後耳熱，達開乘興揮毫，題了一首五律。其辭道：「大盜亦有道，詩書所不屑；黃金似糞土，肝膽硬如鐵。策馬度懸崖，彎弓射明月；人頭作酒杯，飲盡仇讎血！」暫時按下。

且說張嘉祥，自從逃至富川，竟聚集三五百人，打家劫舍。聽得向榮要興兵來剿，忽向軍未到，洪仁發軍先自到了！張嘉祥驚道：「如何石達開亦有這般神速也？」便聚手下商議道：「我輩麇聚綠林，終非長策！不如乘此機會，殺敗洪仁發，立些功勞，向官軍投順，圖個衣頂榮身，豈不甚好？」眾人齊道：「大哥言之有理！就這個主意便是。」張嘉祥大喜。便督率手下，專待洪仁發。不料洪仁發雖然性急，還自有些分寸，竟向軍中傳令道：「我們兄弟，你可知道，秀全兄弟和韋昌輝、黃文金，那裡殺敗烏蘭泰，奪了永安城，威聲大震，早得了頭功；我們這會，如果不能拿住張嘉祥，便算失了禮面，怎好見人？這會務要奮心協力，把他拿的寸草不留，才顯得我們的本領。」三軍齊聲應道：「不勞說得，我們願聽號令！」洪仁發喜得手舞足蹈。果然領了那一千人馬望張嘉祥巢穴殺來。張嘉祥見仁發來勢凶猛，便當先迎戰；不提防仁發一千人，不事紀律，紛紛亂進，槍聲亂鳴，嘉祥手下的黨羽，一來寡不敵眾，二來又當不得這般猛勢，各先逃避。洪軍如乘風破浪，直進軍中，反把張嘉祥困住。嘉祥料不能脫身，急生一計，下馬向仁發投降。連左右護衛，統通二三十人，都被洪仁發留住。仁發非常得意，呵呵大笑道：「可笑石達開兄弟，把張姓的一番誇獎，今日卻是束手受縛也！」嘉祥道：「仁發我的父，那裡得知，張某這起一路兵，正欲接應你們，由富川取平樂府城投順洪軍，共圖大事，故此不戰就擒耳！」仁發聽了這話，心內一想，暗忖道：「秀全兄弟戒我鹵莽，石兄弟又說得張姓的如此能戰！這回又擒得如此容易，或者有點蹺蹊，也未可知！」便回嗔作喜道：「我也聽得石兄弟說過，和你有一點交情，要招你回去，同謀大事。只是我心上還信你不過，恐你反投清軍，卻又怎好？」嘉祥反笑道：「怪得人人說，你是鹵莽的，端的不錯。」仁發怒道：「我如何鹵莽？你且說來！」嘉祥道：「張某若要投順清兵，不在富川起亂了！張某不過要立點功勞才好。你們兄弟若不相信，今清兵將到富川，待我招齊舊部，殺退清兵，斬將搴旗，以表真心，倒是容易。只怕沒有這等度量！」仁發聽罷，心內本加憤怒，只回想怎好被這小人覷我！便向嘉祥道：「你若是有這般真心，我自然有這般大量。你留下你的兄弟作按當，你且去來！」嘉祥一聽，忙謝一聲，急的如飛而去。

時族弟洪容海在旁，進道：「張嘉祥那廝，達開兄弟說他性情反覆，今他神色不同，此去定不回矣！」仁發道：「怎好以不肖之心待人。想兩天內必有消息也！」不料過了兩天，不知逃到那裡，絕不見張嘉祥有些動靜。洪仁發大怒，便要進兵，再拿張嘉祥。洪容海急止道：「張賊未必可拿，清軍又是將至，且恐誤了石兄弟進兵的時期。不如回去，再行設法。」仁發無奈，只得押了留下的二三十人，傳令退兵。路上痛恨張嘉祥，咬牙切齒的罵道：「此後如見了張嘉祥，必以死命搏他。某與他誓不干休也！」當下且行且恨，急回昭平繳令。

石達開急忙出營迎接。仁發把留下的二三十人獻上。達開急問道：「曾拿得張嘉祥回來沒有？」仁發初猶滿面通紅，不便說出。達開再問一聲，仁發道：「人是拿得的！只是洪某不細，被他留下這些兄弟，託說投附我們，要先殺清軍，以表真心，因此被他逃去了。」達開聽了，頓足嘆道：「石某當初說怎麼話來？素知那廝雖是驍勇，實毫無信義；今他寧負義，斷送二三十名兄弟，反要單身逃去，今後我們反多一敵手矣！」時譚紹洸冷笑不止，仁發又羞又惱。達開恐仁發不好意思，急安慰道：「好兄弟，休要激憤。待再有機會，石某定能擒他，不過稍待時日耳！」仁發道：「何消說得！我若再遇他時，怎肯干休？誓拿此人，以雪今日之恨！」說罷，石達開便向那張嘉祥留下的二三十人說道：「張賊無義，陷了你們，卻自逃去，你們今又陣否？」那二三十人一齊答道：「倘仗大義，留得殘生，誓殺張賊以報，斷不失信也。」達開大喜。便招降那二三十人，仍令洪仁發統領前軍，望桂平出發。果然與洪秀全兩軍會合於桂平。向榮退保桂林，又被楊秀清會殺一陣，廣西越加緊急，此是後話，按下慢表。

再說浙江歸安錢江錢東平。自從被困監牢定罪，充發新疆，旋因花衣期內，未能起解。當時廣州城外，有一個世家子弟，喚做潘鏡泉。為人無心仕進，素性疏狂，所以那流俗人等，反起他一個「荒唐鏡」的綽號。只因當時兩廣總督子爵徐廣縉，廣東巡撫男爵葉名琛，各負虛名，不理政事，累得內患外攻，竟無寧日！潘鏡泉大憤，便寫了數百張不肖子、不孝男六個字，偏貼城廂內外。因此官府聞知，便要把潘鏡泉拿捕。潘鏡泉得了這個消息，急要逃走，正待尋個心腹人商酌：因念前日和錢江有了交情，自己又自很佩服他的，正好和他商量行止。那日便親到獄裡，找著錢江，把上項事情說了一遍。錢江道：「黑暗官吏，擅威作福；為足下計，倒是走為上著。只目下荊天棘地，廣東那藏得住身？不如先入廣西較妥！」潘鏡泉道：「先生得毋欲某從附洪秀全耶？」錢江道：「足下乃隱逸之狂士，非戎馬之英雄，去亦何益？且足下家人婦子，全在羊城，行止亦不宜造次。但到廣西找尋親眷，暫且安身可矣！」鏡泉道：「正合弟意！此行吉凶，望先生為弟卜之！」錢江道：「不勞多說，弟已為足下起得一課：乃泰之三爻，無平不陂，無往不復，艱貞無咎，足下盡可無事。就請速行。」鏡泉聽了，急謝過錢江，忙出了獄門，間關望廣西而去。

當時自潘鏡泉去後，官府拿他不著，仍恐他的黨羽從中又來唾罵官長，自當絕其根株。猛然想起錢江尚在獄中，久經定了罪案，這時便當起解！那廣州知府余浦淳，便請過督撫，發下批文，就令差役陳開、梁懷銳兩人，把錢江押解起程。要到韶州府裡，領得迴文，然後交代返省。還虧錢江這裡，在獄裡頗得人心，就是陳、梁兩差役，都當他是神怪一樣，以故曉行夜宿，從沒分毫苦楚。那陳開，又是沒處沒有朋友的，是以所過地方官商，稟明查照之後，一切衙中差人，都看陳開面上，竭力照拂。

錢江看見陳開如此豪俠，已有幾分看上了，獨惜陳開這人，雖有義氣，只胸中沒一點墨，如何辦得事！心裡正是嘆息。忽然第三天，早已到三水縣城，即到縣衙裡投報。本來押解軍犯，凡所過地方官商，該要受些刑棒，只因有陳開竭力周旋，因此錢江不特沒受些苦，反得沿途供應。

這日正在府衙裡差館歇足，錢江窺著左右無人，便向著陳開說：「大丈夫未經得志，本不宜說報恩的話。只錢某這番落難，得足下的厚恩不淺了！某知足下，是風塵裡不可多得的人，卻可惜屈在胥役裡，豈不是誤了前程？」陳開道：「某雖不才，自以失身致汙清白，亦深自悔！可惜公事在身，不能隨侍執鞭耳！今番待回省繳過迴文之後，倘得先生去處，當萬里相尋，死亦無憾！」錢江道：「丈夫貴自立。當今亂世，以廣東之險，粵民之眾，大有可為！今洪氏在廣西起義，正自得手，若能以一軍牽制廣東兵力，以助洪氏之成，其功不小！足下何不圖之？」陳開道：「佛山一帶，弟一呼而集者，可得萬人。先生之言，弟可以行之！」錢江道：「恐此皆陷陣衝鋒之輩，而非決謀定計之才也！況廣東形勢，起事必當要害，以弟愚見，當由省城以趨佛山，不宜由佛山以趨省城也！」陳開道：「先生此盲，弟實不解？若起事，必當要害；那洪氏何以們在金田？望先生一發開弟愚昧，實為萬幸！」錢江道：「此形勢不同也。廣東自經外息，兵力充斥：若是荒隅告警，官軍朝發夕至，容易解散。且以徒步之眾，先據荒隅之地，而後攻兵糧精足之堅固城池，斷乎不可！足下休得思疑。」陳開聽了，方才拜服！錢江又道：「足下左右，尚未得人。某此行，將在湖南，足下切宜祕密布置，某當遣人來助。若未得錢某主意，休得妄行，是為要著。」陳開一一拜領！陳開又道：「此行若到韶州，弟當便回，此時無人伏侍先生，又將如此？」錢江道：「韶州知府是胡元煒，某見此人，則災星脫矣。何必多慮！」兩人說罷，梁懷銳恰自外回來，胡混過了一夜，越日即起程，望韶州出發。管教：

數載睽違，倏忽重逢舊雨；頻年險難，頓教離脫災星。

要知錢江此去若何？且聽下回分解。

蕭朝貴計劫梧州關　馮雲山盡節全州道

話說陳開說稱，恐到了韶州之後，自己領了迴文，便要回省，恐錢江無人打點，因此懷著憂慮。錢江竟答稱到韶州府時，見了知府胡元煒，自有脫身之計，目前卻不便說明。陳開聽了，自是放心。過了一天，即同梁懷銳，依舊護送錢江起程，望韶州出發。有話即長，無話即短，不過四五天，早由四會過英德縣，直抵韶州府。陳開當下即享見知府胡元煒呈驗，因過了韶州，便是湖南地界，要另由地方官派差，護押犯人出境。當下胡元煒，把文書看過，心裡已有打算。即把錢江另押一處，不由衙裡差役看管，只派親信人看守；立刻就批發了，令陳開兩人回去。

陳開得了迴文，即來見錢江敘話：說明公事已妥，不久便回省了！心裡還有許多要說的話，礙著梁懷銳，不敢亂說。當下心生一計，拿些銀子，著梁懷銳買些酒菜回來，和錢江餞別。遣開了梁懷銳，即潛對錢江道：「此行終須一別！未知先生前途怎樣？又不知何時再得相會？弟實放心不下！」錢江嘆道：「足下真情至性，某已知之！某過此，便出生天堂矣！但目前不能說出。倘有洩漏時，不特累及胡知府，且於某行動亦甚不便也。」陳開雖然是個差役，還是乖覺的人，暗忖錢江此言，甚足怪異；又見胡知府把他另押，料然有些來歷，便說道：「這卻難怪！但某所欲知者，後會之期耳！」錢江道：「青山不老，明月常圓，後會之期，究難預說。但前途各自珍重罷了！」陳開聽得此言，心上悶悶不樂。錢江詐作不知，只再把廣東起事，宜在省城，不宜在佛山的話，重複囑咐一遍。陳開方欲再說，只見梁懷銳已自回來，忙把酒菜擺上，三人對酌。談了一會，然後睡去。

越日，錢江便催促陳、梁兩人回去。陳開無奈，只得起程。臨行時，又苦索錢江一言為贈。錢江信口說道：「宰羊拜佛上西天。」在錢江這句話，分明叫他由羊城起事，過佛山，入廣西去了！只陳開卻不懂得。似得個悶葫蘆一般，又因多人在旁，不敢多問，便珍重了幾句，各自灑淚而別。

不說陳開二人回去，且說胡元煒自從批發迴文之後，越日到了夜分，即令親信人等請錢江到後堂去。原來胡元煒，本與錢江是個同學中人。少年各抱大志，為莫逆交；兩人平日言志，元煒嘗言道：「弟才萬不如兄！苟能幹一事，以報國民，死亦足矣！」錢江道：「一事流芳，亦足千古。但某志下在此也！」元煒便問錢江之志何如？錢江道：「願復國安民，為漢之張良，明之徐達耳！」年既長，錢江忽請元煒納粟入官。元煒大驚道：「方今煙塵四起，天下正將有變，弟方欲附驥成名。且奴隸官階，小弟尚無此志，足下這話，得毋以戲言相試耶？」錢江道：「辦大事不在區區外面張皇，某殆欲足下將來作內應也！」元煒深然之。錢江便竭力資助，元煒遂報捐知府，分發廣東補用。恰值錢江任林則徐幕府之時，遂委他署韶州府去。到這時再復見了錢江，急的降階相迎，讓入上房裡坐定。茶罷各訴別後之事。

胡元煒先開言道：「天幸小弟得任斯缺。故人這段案情，偏經過弟的手裡。弟另押足下以親信人守之，蓋不欲足下為差人熟認也。世間可無小弟，斷不可無足下一人！足下明天便當逃去。後來禍患，弟願當之！」錢江道：「何必如此？某用足下，豈僅為救弟一人計耶？只換一獄中囚犯，替某充軍足矣！」

元煒道：「換犯頂替，恐有洩漏；衙裡義僕徐福、梁義，受某厚恩。且徐福相貌年紀，與足下還差不多，不如用他兩人押足下出門，到中途把足下釋放，即以徐福冒作足下，而以梁義為解差，較沒痕跡。此計你道何如？」錢江道：「如此甚妙！但恐替災捱難，實非易事耳！」元煒道：「此事容弟探之。」說罷便引錢江至廳上，自己在上房悶坐。

少頃徐福進來，見元煒托腮納悶，徐福便問元煒，怎地憂愁？元煒初只搖手不答。徐福問了再三，元煒才把與錢江厚交，今他有難，不能相救的話，說了一遍。徐福道：「小的受恩主厚恩，本該圖報；但有用著小人之處，雖死不辭！」元偉故說道：「如此必須捱苦！錢江乃某之故人，某寧死，何忍累及你們？」徐福聽罷，一發堅請要行。元煒乃大喜，拜道：「你能幹此事，令胡某生死不忘矣！」便把和錢商議的話細說出來，徐福概不退辭。便喚梁義進上房裡，告知此事。元煒見二人都已應允，即通知錢江，立即親自押了文書，著徐福兩人，乘夜打疊，準越早起程而去。

徐福、梁義二人聽了，一面打點行裝，胡元煒潛向錢江道事妥了，明天便行；但不知足下此行，將往何處？錢江道：「弟與洪秀全相約，原定在湖南想見。今洪氏戀攻廣西，月前料不能急進湖南！恐這回又須折入廣西矣。」元煒道：「此入廣西，約有兩路：若由乳源過陽山，繞連山而入富川，此路較近；但風聲太近，恐徐福不便更換耳！不如由樂昌過宜章，便是湖南境界，這時任由徐福替冒足下，足下即可入佳林，繞寧遠，出道江，便是廣西全州的地方了。路途雖遠，較為穩便！未審尊意若何？」錢江道：「此弟本意也！弟去後，足下當設法改調別省，廣東非洪氏用武之地；若在浙江、湘、鄂之間，弟所賴於足下者不少，願足下留意，勿負此言！」胡元煒點頭應允。隨具了三百兩銀子，交錢江作路費。

少時徐福回來道：「行裝已打點停當了！」胡元煒便令各人睡去。越早天未大明，元煒起來，催促各人起程。錢江與胡元煒灑淚而別。錢江此去，一到宜章，即入廣西而去；後來徐福由新疆逃走，此都是後話！

且說洪秀全這一枝軍，已逼近桂平地面，恰可石達開已到，兩軍會合，成為犄角之勢。一面差人從間道報知楊秀清，令他乘勝起兵。馮雲山進道：「此間有哥哥和石達開在此，不憂桂平不下！不知秀清兄弟如何擺布？弟願親往走一遭。」秀全道：「某甚不願兄弟離去左右。且兄弟孤身獨行，某亦不放心！不如勿往。」雲山道：「弟意以為各軍俱聚於廣西，甚非長策。弟聽得清廷以林則徐，辦廣西軍務，此人好生了得！猶憶錢先生囑咐弟時，著在廣西起事後，速進湖南。弟故欲以楊秀清一軍，由全州進湖南，使林則徐首尾不能相顧也！全州既定，向榮必退，哥哥即由桂平過全州，共趨湖南，有何不可？」秀全道：「桂林未下，廣西根本未成，某實不以此計為然。」雲山笑道：「哥哥豈欲廣西為基業耶？大局若定，何憂一桂林？錢先生之言，必不妄也！」秀全聽罷，默然不答。雲山堅請要行。秀全見他主意已定，遂不強留。雲山便扮作一個逃難鄉民，從小路望平隘山去。

那一日楊秀清、蕭朝貴幾人，正商議起兵，接應秀全。忽報雲山已到。秀清立即請進裡面，各人分坐後，秀清便問秀全軍情怎樣？雲山說了一遍，各人好不歡喜！蕭朝貴道：「昨得廣東潘鏡泉暗地通來消息，說錢先生已自起解了，未知兄弟那裡還有聽得沒有？」雲山道：「此事卻不聽得。弟料錢先生起解之後，必有脫身之計！弟意正欲由此起兵取全州，入湖南也！」秀清道：「此間各事齊備。只子彈太不敷用，槍械亦自欠些，如何是好？」雲山道：「某聽得廣西軍火，清官向由廣東接應。現在轉運局，設在梧州關裡，正是屯積輜重之地。若劫得此關，軍械何愁不足？但無人可行，亦是枉然！」

蕭朝貴奮然道：「兄弟何欺人之甚也！偷營劫寨，尚不能行，遑論安邦定國？此事蕭某可當之。」雲山便問以劫關之法？朝貴道：「更得一人為助。餘外只消四十人足矣！」說罷，便向雲山附耳說稱如此如此，雲山大喜。朝貴便請洪仁達同行。仁達更不推辭。朝貴就在團練軍中，挑了慣熟水性，身體強壯的，統共四十人，攜定乾糧，離平隘山而去。

這時廣西紛亂，商民來往，都結隊而行。朝貴、仁達，便將四十人扮作商民模樣，前後分兩隊，望梧州出發。所過關卡，都當他們是個商民，概不盤究。因此朝貴安然到了梧州。約過梧州二十里，原來朝貴有一族弟蕭仰承，平時向受朝貴賙濟，當時正在梧州操米艇業為生。朝貴尋著了他，求他代僱米艇十艘。蕭仰承自然從命。朝貴僱定米艇後，揚帆望梧州關來。

此時因桂平告警，所有梧州軍隊俱發桂平去了。梧州關裡，只有護勇三四十名防守；餘外約離二三里紮下一營清兵，卻不滿三百人。當下關吏見十艘米艇齊至，便令扦子手十人，分往各艇查搜。不提防朝貴艇內，每艇口人，見扦子手下來，即舉槍相向！扦子手那裡敢動？隨用物塞其口，使不得叫喊。關吏見扦子手許久不回關，只道有了私貨，再派護勇十名巡視，被艦內人如前法縛住，統通三次。

朝貴看見關裡只存八九人，即先率數人登岸，故作呈驗過關票情狀。朝貴一到關裡，又詐作遺失一票，再呼艇內人拿票來！旋又見艇內來了數人。登時已夕陽西下！蕭朝貴即領了各人，一齊擁進關裡，關吏措手不及，所存數人，即被蕭朝貴各人拿下。各以性命交關，那裡敢做聲？蕭朝貴即在關內，搜得洋槍數千枝，彈子十萬顆，或箱或袋，細捆停妥，都運下各艇去；關庫所存銀子，搜掠無遺。朝貴一發揚臂道：「煩苛關役，克剝商民，已非一日，留他也是無用！正好替民除害，更快人心！」說罷一刀一個，把關吏和扦子手殺個乾淨。然後回艇揚帆，望桂平而去。加以艇內各人，又慣識水性的，正是帆開如滿月，艇去似流星。到了越早，已是桂平境界。已有馮雲山派了數十人，扮作船伕一般，在上流迎接。朝貴大喜。一齊護送到平隘山，繳納計點，增了無數軍械，好不歡喜。

只說梧州知府朱元浩，這日不知為了什麼事，到關裡轉運局處，拜會頭執事。方到關前，先令跟人把電影傳進，見門房裡沒有人答應，急進幾步一看，吃了一驚！只見幾個屍首，橫滾在地上，都是血跡模糊的。跟人急的跑回，到朱元浩轎前稟報。朱元浩聽得，料知轉運局裡有了事變，只得拚著膽，到局裡察驗。命手下人等，紛紛搜查；但見倉庫空空，軍械無存；被殺的自關吏以至上下人等，統共九名。朱元浩不勝驚駭！立即回衙，一面稟報上臺去，一面睛派差人偵探此事。

過了一天，即有探子回道：「梧關上流，有無主米艇十數艘，想是強盜行劫軍械時用的！查此米艇，是梧州下流的一般裝整，若拿得艇主，自知得強盜下落了！」朱元浩道：「這話有道理！只劫去庫銀軍裝，已是緊要事情；況且殺了許多人命，非同小可！如何關前還有防軍駐紮，竟至沒人知覺？本官實在不明！你們速去查確回覆便是。」各探子自得了朱元浩號令，不敢怠慢，忙到梧州下流，密地查探。

此時各地都紛紛傳說梧州關被劫的事情！蕭仰承聽得這個消息，想起僱艇一事，料是朝貴所為，恐怕累及，忙先逃去。不提防蕭仰承逃後，各艇主尋他不著，只當蕭仰承是一班同謀夥劫的，深恐禍及自己，且防將米艇藉沒歸官，便急的具了一張稟詞，訴到梧州府去。朱元浩接了稟，旋見探子回報，都與稟詞內所說的差不多，朱元浩即令探子退下。暗忖：僱艇的是蕭朝貴，代僱的是蕭仰承；若是蕭仰承同謀，只由仰承僱艇足矣！何必另出朝貴的名目？想此事自是蕭朝貴所為！因不識艇主，故累及仰承耳。此事只追拿蕭朝貴一人，便可了事；若牽連多人，不免打草驚蛇，反令朝貴得以走避，實為失著。想到桂平團練局內，聽得有個蕭朝貴的名字，不如移文桂平縣令，著楊秀清交出此人。主意已定，立即移文桂平縣去。

那桂平張令，接得這道移文，暗想此事關係團練局，未便擅自拿人。便發下一函，請楊秀清到衙裡敘話。秀清看了那函，沉吟不語；馮雲山在旁問秀清有什麼事情？秀清隨把那函給雲山一看。雲山笑道：「此我們起事的機會也！」秀清便問何故？雲山道：「此必是蕭朝貴的事情發作了！移文到縣裡，要捉拿朝貴兄弟的。」秀清道：「這樣小弟身上不便，如何去得？」雲山道：「也不妨。待某扮作跟人，隨了足下去，縣令有怎麼話，看某眼色，一概應允便是。」秀清聽罷，見雲山願意同去，自己怎好推辭，便勉允諾。兩人立即更衣。秀清乘了一頂轎子，雲山拿了個帖子，在後跟隨，直奔桂平縣衙來。

霎時行到，雲山先把帖子向門上投進，少時門上傳出一個「請」字，秀清即帶了雲山，直進內而去。已見張令，具袍服出迎到廳上。分坐後，茶罷，張令先問團練局的情形。秀清應酬了幾句。張令隨把梧州府移文，說了一遍。雲山以目視秀清。秀清道：「既有此事，實在敗壞團練聲名，如何忍得？」張令道：「此事全在貴紳身上了！望即把蕭朝貴押到敝衙，免得本官發差拿人，致上臺疑慮團練局，實為兩便。」秀清道：「此易事耳！待小弟回去假設一宴，於席上拿之，毫不費力。這時送到父臺這裡，任由處斷，便是不勞父臺著意也！」張令大喜。略談了一回，秀清看看雲山的眼色，便起身辭行。張令又叮囑幾番，秀清一概應允。張令送秀清去後，自回內堂去。

秀清卻與雲山，仍望平隘山而回。雲山向秀清附耳囑咐，如此如此。秀清聽罷，雲山自回秀清府上。秀清便獨進團練局來，假作面色青黃不等，垂頭喪氣的情狀，左右急問何故？秀清嘆道：「不消說了！今舊乃知官場，是端的靠不得的。」左右再問何故？秀清才道：「今因本省有亂，要我們團練局出征去也！想我團練軍，要來保護桑梓，今不發槍械，不給軍餉，要我們充當前敵，如何使得？楊某寧待罪而死，豈肯送諸君於死地耶！」說罷放聲大哭。蕭朝貴早已會意，遂奮意答道：「我們不在，彼將奈何？」秀清道：「今若不往，縣令明天將發差拿人矣！」這兩句說完，只見洪仁達、李開芳、林鳳翔等，都暴跳如雷，罵昏淫官吏的不絕口。各營頭目，見此情形，都紛紛上前問訊，已知道這桂平縣令，要團練軍出境開戰了，少時傳遍了各營。正是人人憤懣，個個動怒，喧做一團。

楊秀清與蕭朝貴急出來慰道：「你們不用如此，我們自有主意了！」眾人一齊發喧道：「我們團練只要保衛桑梓，那裡肯當無械無糧之兵，受那種昏官的調遣？我們寧死，都不願去了！」朝貴道：「正為此事，有這個躊躇！因這等軍令，是斷不能去的。只因桂平縣令說過，若不允去，明天定要拿人。因此要想個法子。你們休得性急才是！」眾人聽了更怒道：「他若要拿人，我便和那班狼差，決個雌雄。那有斂手待斃的道理？」說罷都摩拳擦掌。秀清二人，又故意安慰一會，然後回局。一面通知雲山。雲山便冒作秀清名字，修了一稟：偽稱正在捉拿蕭朝貴，團練不服，恐防釀出大事，特請起兵到來彈壓等語。桂平張令，得了這一張稟子，立即調守備馬兆熊，帶兵一營，往平隘山彈壓！

不料這一營兵，將到平隘山地面，雲山便揚言道：「不好了！桂平縣起兵來拿人。」團練軍得了這個探報，紛紛執械向秀清面前請戰！秀清便說道：「眾人如此奮勇，楊某願與諸君誓同生死！只是現在宜不動聲息。俟彼軍到時，出其不意而攻之，料無不勝也！」各人得令歡喜而行。

這時馬兆熊，奉令彈壓，原不知楊秀清、馮雲山的弄計，只統了那一營兵，直奔平隘山而來。到時只見團練軍絕無動靜，便令安營。不想話猶未了，團練軍已紛擁進來。那時個個憤恨官軍，無不力戰。馬兆熊忽見團練軍進來，尚不知何故？及見團練似開仗的樣子，即令軍士禦敵。一來措手不及，二來寡不敵眾，三來團練軍由怒生奮，馬兆熊如何抵敵得住？團練軍裡左有蕭朝貴，右有馮雲山，中央楊秀清，各分隊進來，殺得屍橫遍野，馬兆熊大敗而逃。

楊秀清傳令收軍。計點軍士，幸無多損傷。回至團練局，正欲頒款賞給有功之人，忽見馮雲山，當眾大哭。軍中各營長，皆不知其故？紛紛問道：「現已攻敗官軍，正該色喜！先生因何哭起來？」雲山道：「列位有所不知！今番馬兆熊雖然敗去，料官場必以我們抗拒，再起大兵前來！在弟等本不難逃去。可惜列位皆本處人，日後姦官必然加害，如何是好？」楊秀清會意，即奮然道：「方今黑暗世界，縱得苟安，亦屬無補於事。已弄出，不如索性以圖大事，有何不可？」馮雲山道：「某實視官兵如草芥耳！若得同心協力，何事不成？就此起義，與洪哥哥相應便是。不知諸君，皆願意否？」各人齊聲道：「無有不願！」雲山大喜。即傳檄各營，先由恭城過全州，直出湖南而去。計議已定，便擇日起程，望全州出發。

軍行時，雲山暗令心腹人，把平隘山分頭縱火，燒個淨盡。秀清急問何故？雲山這：「足下有所不知！這團練軍，是用計逼成，非有心起義，與洪哥哥的人馬不同。若被清官知出我們用計，恐一張告示，從此解散矣！今使彼無家可歸，彼不從我，又將安在乎？」秀清道：「此計甚是！但恐人懷怨望，又將何如？」雲山道：「我只說恐清官把民屋發賣，以充軍餉，不如焚之，免官兵踞以為利，豈不甚妙。」秀清聽了，方才拜服。便一面申明軍令，依次而行，所過秋毫無犯。還喜恭城僻縣，無兵把守。不一日，已取了恭城。這時巡撫周天爵，先接了桂平縣詳文，已知道桂平團練軍反了，一驚非小！即令向榮，分軍救護去；彼又接得恭城令失城文報，一發催向榮趕緊分兵。向榮一連線兩條令箭，便向張敬修道：「本軍正與洪秀全相持，忽有分兵之令，恐桂平不能守矣！請將軍以本軍堅守，不能守，則退保桂平；我卻從後追擊楊秀清。得失在此一舉，願將軍勉之！」張敬修領諾，向榮便交割軍符，再囑咐道：「將軍非洪某敵手，守則可保，戰必無功，不可不慎！」張敬修聽得此言，只道向榮小覷自己，怏怏不樂。向榮無話，即領本部大兵，望全州而行。

且說馮雲山一路取恭城，過灌陽，入新安，勢如破竹。沿途招募壯丁，軍聲大震，直叩全州下寨。忽聽流星馬探報：知道向榮大隊追來。雲山聽得，謂秀清道：「向榮此次來追，必得周巡撫之令，故以分兵。但彼以軍情緊急，必倍道而行，不如回駐灌陽以待之！勞逸殊勢，向榮雖勇，必為所敗；向軍一敗，則洪哥哥得手，吾勢成矣！」秀清以為然，遂駐於灌陽、新安之間。先以千人成列，餘外俱埋伏，專聽號炮，分頭殺出。

且說向軍馳到恭城，已知秀清望北而走，以軍士過勞，欲稍歇士馬。提督張必祿道：「迄北一帶州縣，知救兵已到，秀清將無人可敵。而州縣紛紛降附矣！不如趕至灌陽，以鎮人心。」向榮聽了，覺此話也很有理，復督兵前進。時雲山計算向軍將來，傳令諸將道：「向軍到時，必爭入灌陽，閉城休歇。

唯我軍休令他入城，待其到時，喘息未定，急攻之可獲全勝！」分撥甫定，已見南路塵頭大起，向軍星馳電卷而來。向榮望見秀清軍少，心中大疑，因團練軍已有二千餘，又多降附，今所見僅千人，料有埋伏。便欲先爭灌陽。忽見秀清軍中，號炮一響，已分頭殺出。向榮見地勢失了便宜，急令人馬退後。唯秀清軍養精蓄銳，向軍如何抵敵？聞得一個退字，已各自逃竄。雲山令前營洪仁達先出，左有李開芳，右有蕭朝貴，分三路進殺，向軍大敗。馮雲山知前軍得利，急與林鳳翔引中軍親自來迫，不提防軍情得手之際，忽然一顆流彈，正中雲山左臂，翻身落馬。管教：

敵勢方摧，但幾清兵填血海；天心莫問，頓教皇漢墮長城。

要知後事如何？且聽下回分解。

洪秀全議棄桂林郡　錢東平智敗向提臺

話說馮雲山，領中軍親自追趕向榮，正在三軍得手的時節，不提防平空飛下一顆流彈，正中雲山左臂上，幾乎墜馬。幸得右護衛使林鳳翔策馬上前救護，保定雲山先退。這時雲山傷勢沉重的很，因欲鎮定軍心，只得勉強撐持。向秀清道：「兄弟速速進兵，休為我一人誤了大事。這會若能挫動向榮銳氣，廣西全省唾手可得！若因此退兵，不特失了銳氣，沮喪軍心，反使向榮軍聲復振，又費一番手腳了！」秀清聽罷，由林鳳翔保護雲山先退，依然統領大軍趕來。

當時中軍內裡軍士，早知雲山受傷，不免有些畏俱！幸虧洪仁達前軍尚未知覺，一面追趕向榮，此時立腳不定，約追至二十餘里，卻可好一片戰場。向榮急令前軍紮營待戰，自己卻自死力支撐一陣。不料楊秀清壓住中軍，卻令李開芳接應洪仁達，分兩路攻擊向榮。向榮便令左三營統將提督張必祿，抵禦李開芳，自領本軍抵禦洪仁達。兩軍正在混戰之時，偏是團練軍後營蕭朝貴，已自趕到，急從右路轉出，單擊向榮前軍。向榮那一軍，正在安營未安，如何抵禦？向榮知不是頭路，恐全軍俱敗，立再分兵兩營陽攻蕭朝貴，便乘勢退兵：先令張必祿領三營先退，自己親自斷後而去。

蕭朝貴便領這一枝生力軍，橫貫邀截張必祿。張必祿此時已腹背受敵，李開芳又漸漸逼近來了，張必祿猶望向榮救應，不想向榮本軍已被洪仁達牽制，移動不得。張必祿心慌，早失了隊伍，軍士紛紛亂竄。朝貴親領百人，衝入中軍，來捉必祿。朝貴大呼道：「捉得張必祿的，受上賞！」三軍一聲得令，冒死單攻必祿一軍。張必祿知不能免，急提槍自擊而亡！時軍士見統領已死，哪裡有心戀戰，只有各自逃命。朝貴一一招降。便令李開芳監住降軍，自己卻來會追向榮。時向榮已緩緩退去。恰值黃昏時分，天有微雨，秀清只得傳令收軍。這一場惡戰，好不利害！還虧向榮一員老將，盡力支援，除了張必祿三營之外，軍士還死傷不多：只折了提督張必祿。挫動銳氣，料不能進戰，便詳文申報周巡撫，催取救兵，不在話下。

且說楊秀清收軍回後，以蕭朝貴折了張必祿，便錄為頭功；餘外都記了功勞。一面犒慰三軍，然後同蕭朝貴來見雲山。只見雲山躺在床上，受傷已重，朝貴便親至床前問疾。雲山道：「大丈夫提三尺劍，憑三寸舌，縱橫天下，事之成敗，不必計也！某本欲與諸君井飲胡虜之血，以復國安民。今所志未遂，已是如此，亦復何說！今天幸有了時機，望此後諸君珍重前途，共成大事，某死亦瞑目矣！」朝貴垂淚答道：「兄弟之言，金石也，敢不盡心！望兄弟善自將息，保全玉將倚靠無人矣！似此將若之何？」半晌雲山才說道：「弟本庸材，辱承洪哥哥重寄，今不幸中道睽離，負洪哥哥多矣！東平先生文經武緯，勝弟十倍，不久必到廣西，何憂輔佐無人？只一件是最要緊的……」說到這裡，不覺雙目復開，往下就不說了。秀清再問時，雲山又停了半晌才再答道：「吾有所思也！」秀清徐問所思何事？雲山又道：「思吳三桂耳！不知國家大義，徒以南面稱尊，傷殘同類，自取滅亡，可為殷鑒！」秀清聽罷，把頭一點，只是不答。適林鳳翔至，請秀清點發軍糧，秀清旋與林鳳翔轉出。雲山私向蕭朝貴道：「將來誤大事者，楊秀清也！此話兄弟切宜祕密。仍望錢先生至時，煩兄弟代致一聲，將來大事成就，當即處置此人，想錢先生必有同情也！」朝貴便密記此言。少頃秀清入，再問雲山身後之事？雲山道：「今日大事，不憂不成。只和衷共濟，各勿猜疑，兩言足矣！人之將死，其言也善！望諸君休忘此言。」徐又長嘆一聲，執蕭朝貴手道：「再不能與兄弟共事疆場矣。所志未逮，能不痛哉！但吾死後，切勿舉哀，恐向榮以我三軍慌亂，乘機圍我也！」朝貴頓首謹諾。雲山言訖而卒，時年僅三十八歲！時人有詩讚道：

山川英秀自鍾靈，辜負雄才應運生；
大廈甫營梁已折，將軍欲去樹先崩！
坡壞落鳳悲龐統，谷過盤蛇弔孔明。
回首當年星隕處，東南隱隱有哀聲！

當時又有五律一首，單詠馮雲山用兵如神的詩道：

花縣誇英傑，金田創保良；宗聲承大樹，師事禮錢江；
斜谷謀先定，全州勢莫當！臨終憂後事，遺恨失東王。

自從馮雲山死後，楊秀清一面暗地差人，報知洪秀全。秀全不聽，萬事皆休；聽了正是魂向天飛，魄隨雲散，叫一聲痛哉痛哉！登時昏倒在地。左右急的扶起，灌救半晌，才漸漸醒轉來。不覺長嘆道：「某自與雲山論交於總角之時，奔走於患難之間，共死生，同榮辱，決謀定計，某方倚仰正殷，竟一旦棄某而去，使某如失左右手，此後我軍損一棟樑矣！某與向榮誓不兩立也！」說罷捶胸頓足，眾人無不下淚。石達開進道：「某舉一人，可代雲山者！明公果願聞之否？」秀全道：「某自物色英雄以來，師事者錢江；兄事者便是雲山。恐天下英才，應無出此兩人之右。今兄弟反說有可以代雲山之人，某真不信。」石達開當下聽了此言，頗不滿意。便向秀全道：「蛟龍不遇雲雨，美玉混於碔砆，為世所欺，固亦難怪！不意神武如明公，乃作此一般愚見也！

自來道，十室之邑，必有忠信，明公輕量天下士耶？」秀全聽罷，自知失言，急向達開謝過。隨問所舉者究是何人？達開道：「既藤縣李秀成也！此人躬耕隴畝，不求仕進；生平又不治經術，只研究定國安民之策，今年已二十八歲矣！其父李世高，每欲為之婚娶。秀成答道：『古人有言，匈奴未滅，何以家為！』，終不娶。其父嘆道：『是兒非常人也！』自此遂聽其所為。今其父已經去世，秀成正在家居。明公何不訪之？」秀全道：「某亦幾忘此人矣！現在兩軍相峙，某亦不便行動；且以雲山新故，正自傷感，可否兄弟代某一行。」達開聽罷，允諾而退。越日達開便帶領十數親隨人等，喬裝望藤縣而來。

且說李秀成，本名守城，本藤縣新旺村人氏。十三歲就穎悟非常。以守成二字不佳，請父親另改別名。其父笑道：「守成二字有何不美？吾兒何以欲改之！」秀成道：「兒願為開創英雄，不願為守成人物也！」其父大異之，遂改名秀成。那日正待出門耕作，只見十數人迎面而來，為首的，正認得是石達開。秀成料知有故，便回轉門首時，達開已到。秀成迎進內面，讓坐後，秀成先說道：「久別足下，忽經數載！近知足下從洪氏，創起義兵，救民水火，圖復山河，不勝厚幸！但不知倉皇戎馬，親自到此，究是什麼好意？」達開道：「秀全哥哥敬慕賢弟大名，意欲親自來訪，只以軍務緊急，未能抽身，故著某到此，望賢弟以救民為念。」秀成道：「秀全何如人也？」達開道：「此命世英傑，又何待言！」秀成道：「方今人心昏濁，除他一個，確無第二人！足下稱他，原是不錯。只是他還有一病，足下想已知之！」達開驚道：「秀全哥天姿英敏，究有何病？某實不知。賢弟試且說來！」秀成道：「苟安為敗事之本，洪公恐不免此病！」達開道：「然則，賢弟何以知之？」秀成道：「他久駐桂平城外，蓋欲楊秀清挫動向榮，彼乘機取桂林，以為基業也！若此遷延不進，使清廷各路，得徐為之備，豈是善策耶！且留胡以晃於金田，置羅大綱於江口，明是分屯堅守，欲據廣西，以為苟安之證。足下以為然否？」達開嘆道：「賢弟之言，如見肺腑。就請賢弟同行，面見洪哥哥諫之！」秀成道：「且住！他今日尚非用武之時也！他是能幹的人，且左右皆英傑之士，弟以隴畝匹夫，豈能動彼物色？足下休矣！」達開道：「此卻不然。他師事錢江，兄事雲山；識羅大綱於綠林之中，拔某等於江湖之上，受才如命。賢弟何必思疑？」秀成道：「錢江、雲山等，皆同盟起義之人。用羅大綱則資其兵力；用足下則藉以號召人心。某卻比不上足下！若用小弟，除是在行伍間，先立大功勞，方足以動彼，而堅後來之信任耳！」石達開深然之。秀成遂願起程。即喚胞弟毓成至，囑託家事，並說道：「某與石君，義如兄弟！且亡國已久，異族盤踞中原，幾無天日。今得洪氏奮起義師，某不得不盡心力，以遂生平之志！此後賢弟謹守田園可也。」毓成一一拜領。秀成與石達開，便與毓成作別，依舊路回來。

一路上說些閒話，不一日早到洪秀全軍前，時秀全正在帳中理事。聽得李秀成已到，立即出來迎接。看看秀成一表人物，心中自是歡喜！只見他邊幅不修，像個鄉愚的樣子，又不免見的奇異。當下迎至帳裡坐定。秀全道：「素聞大名，如雷灌耳！今日幸得想見。」秀成道：「農家子，有什麼學識？深辱明公過愛！倘不嫌鄙陋，得隨鞭鐙，以稍盡愚衷，願亦足矣！」秀全聽罷，略露一點喜色，便令左右，送李秀成到館驛安置。秀成辭出，石達開心上頗不自在。秀全隨問達開道：「我不信此人，果有許大的才幹？」達開道：「明公差矣！天下越大本領的人，卻不輕露頭角。若徒作驚人之論，只要顯得自己如何本領，此器小易盈。願明公勿信之！」說罷，又把秀成恐他苟安，及圖據桂林，殊非善策的議論，從頭至尾，說了一遍。秀全大驚：「彼真知我肺腑也！英雄之士，所見略同。從前勸我休取桂林的，有東平、馮雲山；及今李秀成，便是三人矣。此人見識，不在錢東平與馮雲山之下，我當用之！」便令石達開急尋李秀成，謝過，再請入帳內想見。

達開領了出來，才到館驛門首，只見秀成匆匆欲行。達開驚道：「賢弟將欲何往？」秀成道：「我固知秀全之不能用我也，今果然矣！留此何益？」達開急的安慰秀成，隨把秀全反悔，及令自己重新來請的意說出來，秀成道：「雖是如此，某料此人多疑！某視東平、雲山兩先生與他同盟結義的，卻自不同，某斷不敢驟居參謀一席。寧隨足下先立功勛，庶足堅其信任耳！」達開點頭稱是，便請秀成同往再見秀全。秀成道：「彼求我則急，我求彼必緩。某今不願再會，望足下為我善言復之！」達開無奈，只得獨自回見秀全。說稱「秀成自誓先立功勞，才復來見明公。自古道：『士各有志，不可相強。』明公由他罷了！」秀全此時心上甚是不悅，沒奈何只得聽之。便令達開與秀成共贊軍務。看官記著，自此秀成便在石達開軍中，日日講求方略，訓練軍人，專候征伐。不在話下。且說錢江自從在湖南宜章地面，與徐福、梁義二人分別，便扮作一個商人模樣，沿道江而下。這時廣西地面，紛紛論談洪秀全的亂事，錢江因此聽得馮雲山凶耗，倒吃了大驚！暗忖雲山這人，雖欠些學養，只是決謀定計，臨機應變，實不可多得的人物。這會歿於軍中，如折一心。想到此時，不覺暗地灑了幾點淚。那一日已到恭城，胡混尋一間旅店歇下。旋探得洪秀全已分遣石達開一軍，攻下桂平，現大隊正困平樂府。此時全州地方，已有楊秀清大軍屯紮，向榮只在靈江下流；張敬修已退住陽湖。其餘各路，都是些少人馬，早知得廣西清軍全不濟事。錢江就立刻望平樂府而來，要與洪秀全會面。

那日秀全正在帳中商議軍務，只見守營軍士，直到帳前稟稱：「有自稱錢某的到來，要見哥哥。小的不敢自主，特來享報！」秀全聽罷，料是錢江，巴不得三步跑至營前接見。當下見了，果是錢江，好不歡喜。便攜手同進帳裡來。讓坐後，各訴別後之事，秀全道：「為弟一人，累先生多矣！」錢江道：「此非明公一人事也！乃國家事耳！且英雄蒙難，古所常有，又有什麼怨呢？」說罷，隨同現在軍情？秀全把始末說了一番。錢江聽罷，沉吟少頃，便答道：「明公大失算！軍行因糧於敵，方為妙策。今尚留胡以晃一軍，久駐金田，以應糧臺，究是何意？為今之計，速召胡以晃回來，然後令楊秀清權駐全州，休使妄動！卻使從事者，從柳州上流，虛攻佳林，以分彼軍勢；卻會合於全州，直進湖南可也！還戀廣西作甚？」秀全深然其計。便令石達開，領本軍二萬人，同洪仁發、譚紹洸、李秀成分攻柳州。石達開正打點登程時，李秀成族弟李世賢，投到軍中。達開令他與洪仁發為前部，望柳州出發。按下慢表。

此時洪秀全，便依著錢江之計，先後召胡以晃、賴漢英回來。不一日賴漢英自永安至；胡以晃自金田至。一面會合軍中，一面令韋昌輝以本部取平樂府，作駐紮。然後大隊望北進兵。忽流星馬飛報軍情：說稱林則徐在潮州身故；清廷現派大學士賽尚阿，都督廣西諸軍事，現已到了！且向榮自從全州一敗，飛文告急；故周天爵又派勞崇光，領新軍萬人堵握上流，抵禦楊秀清。今向榮又與張敬修合軍，專候賽尚阿號令，與我軍交戰。各人聽了，都見清軍復振，面有懼色，錢江轉仰面大笑！洪秀全便問笑的怎地原故？錢江道：「若是林則徐到來，此人老成謹慎，可稱敵手！今委賽尚阿來，那廝懂得甚事？卻好斷送廣西軍人的性命！今向榮既候賽尚阿號令，非三四天後，不能出戰。我們趁此時機，就先取平樂府，作個老營可也！」說罷便帶領十名小校，親自往觀平樂府城形勢。

行不一二里，忽前途一騎馬飛來，錢江看得奇異，急命小校截住去路，把那人拖下來問他去處？還是不答。搜他身上，得著一封書信：卻是平樂府知府差往張敬修軍裡催取救兵的。因忖平樂府城裡，早已空虛。若以兵力急攻，彼付向榮會合之眾，必死守以待救兵，如此反費時日。想罷，便令韋昌輝退兵，隨附耳囑咐如此如此；又喚賴漢英囑咐如此如此。兩人去後，錢江自與胡以晃領軍一千，預備接應。此時平樂知府周應鴻，聽得韋昌輝兵退，只道向榮、張敬修兩人大兵已至，故韋昌輝收兵禦敵。且以城門久閉，阻礙行人，便率兵到城樓上守護，將西門開放，以便行人來往。只來往人等盤詰甚嚴。奈城門閉了數天，一旦僅將西門開放，因此來往擁塞道路，挑瓜賣菜，趕柴打草的不絕！賴漢英就趁這個時候，約帶百數十精健的人，扮作挑販買賣，乘機混入城中。夕陽既下，城門復閉。捱到初更時分，行人漸息時，因兵戈告警，各家都關門早寢。忽然飛報知府衙門火起，周應鴻正在各城門巡查，猛聽得吃了一驚。奔回衙去，不一時東南兩門，又一連幾處告報被火。周應鴻料知有奸細在內。只這時居民紛紛出門觀火，亂做一團，哪裡分得是亂黨還是居民？賴漢英趁勢奔到南門。還喜守城軍士，都跑往府衙及東南兩門救火，僅留下幾十個殘兵，賴漢英便率數十人，逐散軍士，斬開城門。原來韋昌輝先時已得錢江號令，帶三百人，在南門附近埋伏，這時便一擁進城，大呼降者免死！居民呼天叫地。周應鴻聽得革命軍進了城來，黑夜裡不知人馬多少，軍士又無心戀戰，但聽得革命軍由西南角擁進，只得領軍向東南冒火而進。才走至北門，只見賴漢英已親領百人趕到，斬開城門，早放錢江、胡以晃兩人引一千人馬擁進。周應鴻急的回馬逃走，望東門而來。急火光中喊聲大震：韋昌輝所領數百人，截住去路；周應鴻見前後受敵，料不能逃脫，遂下馬投降。錢江便令安撫餘兵，一面使人救火，三更而後，方才撲滅。越日便出榜安民。

此時洪秀全得了捷音，即令羅大綱、黃文金謹守大營，獨自進城與錢江商量計策。錢江道：「今番彼軍失了平樂，向榮必親自到來。彼軍本無能事之人，向榮雖勇，卻沒有七頭八臂，已如強弩之末，不足懼也！若破向榮一軍，餘皆不足道矣！」正議論間，忽報楊秀清遣秦日綱至，要稟請前途軍令。錢江便喚入，囑道：「此間甚是順手！就請足下致復楊兄弟，休要妄動！若賽尚阿、向榮大軍擁下，即可出戰，或不戰以牽制之，某自有破敵之計。」秦日綱拜領會後，錢江又道：「某向聞李秀成此人，好生了得！恨某遲來一步，未及與彼想見。今有一個緊要去處，恐非他不能了事，如之奈何？」說罷，只見韋昌輝進道：「運籌帷幄，自在先生；若是衝鋒陷陣，弟等亦未嘗落後，先生何輕視人耶！」錢江道：「非是某輕視兄弟！但此任甚是緊要。倘在差失，實非同小可。」昌輝道：「若得先生明示，倘有差失，願按軍法就是！」錢江大喜，便囑咐道：「彼軍糧臺，現駐陽朔。兄弟可領三千人，於明日黃昏而後，直入陽朔，放火為號，彼軍必即回兵相救，兄弟卻移兵轉攻向軍大營，某自有計接應。」韋昌輝得令去了。錢江又附耳向秀全授計：令與黃文金、羅大綱如此如此。隨令胡以晃駐守平樂，遙為聲勢；分撥已定，自與賴漢英來替洪秀全鎮守大營。

且說賽尚阿，自從到了廣西，便會合各路人馬，且得勞崇光這一枝生力軍，因此聲勢復振。遂大舉南下，來攻秀全。唯向榮心上只欲堅守，以待廣東援軍，頗與賽尚阿意見不合，只得把一切情形，詳稟巡撫周天爵。奈周巡撫見洪氏羽翼已成，早沒了主意，又因柳州一帶告警，所以移動不得，唯有勸向榮謹顧大局而已！那一日賽尚阿便令張敬修為前部，勞崇光為後應，自與向榮親攻秀全。

此時兩軍對峙，羅大綱自力先鋒。安營即定，洪軍卻不出戰，張敬修便自揮軍進來。羅大綱略戰一會，望後而退；張敬修卻不來追趕，正向中軍賽尚阿，稟請行止！賽尚阿便令向榮親統本部前來，會同張敬修追擊洪軍。不料向榮未到，洪秀全卻親自出營討戰。張敬修只道羅大綱敗去，秀全親自出來，暗忖拿得洪秀全一人，便是大事停妥，還恐失此機會，急的大兵趕來。秀全略戰一會，又望後而退，張敬修見連戰得手，遂揮軍直下。那張敬修正在追趕之時，忽向榮趕到，傳令退軍。張敬修憶起全州之役，向榮分兵時，謂他非洪秀全敵手。便疑向榮忌他成功，因此推託不願退兵。向榮道：「洪軍退得齊整，恐是誘敵，非真敗也！將軍不信，後悔無及矣！」正自爭論間，忽見陽朔城內火光沖天，軍心已自慌亂。隨見飛馬報導：「韋昌輝已直取陽朔去了！」張敬修乃大驚道：「果不出將軍所料！陽朔為三軍糧食所在，不可不救！」說罷，便急領軍望陽朔趕來救應。

時已夕陽西下。秀全探得彼軍移動，急同羅大綱引兵殺回。向榮情知中計，只得死力混戰；不提防張敬修行到陽朔，韋昌輝已自退去，反乘勢攻向榮後路。

向榮大驚，急欲退時，被秀全一擁而進，向榮隊伍錯亂，軍士被殺的不計其數。這時賽尚阿聽得前軍大敗，正要提兵救應，忽然正東一帶鼓聲震地，火光中現出無數旗幟，立即使人探聽，卻是黃文金一路。賽尚阿便不敢妄動。向榮看看救兵不到，便奮力殺退韋昌輝，只望與賽尚阿合兵。誰想羅大綱併力趕來，槍彈如雨點一般；黃文金又從東殺至。韋昌輝見向榮左右受敵，復奮力趕來，三路把向榮困在垓心。向榮正自危急，忽然西路上一枝軍殺入，衝動羅大綱一軍，直入重圍，力擋韋昌輝，救護向榮，卻是張敬修。此時向榮心中稍定，張敬修道：「四圍皆是敵軍，不宜再戰，速退為妙！」向榮、張敬修兩人，帶領敗殘軍士，只在樹林內奔走。秀全大呼道：「不入虎穴，焉得虎子？諸軍速宜追趕！」三軍一時得令，都奮勇趕來。黃文金一馬當先，本部軍兵繼進，齊望中營傘蓋紅頂花翎放槍擊來。向榮見許多彈子，都落在身邊，嚇得心膽俱裂，急令從人撤去認記。話猶未了，一顆子彈正中向榮坐下馬，把向榮掀倒在地來。管教：

赤膽將軍，險在場中拋老命；綠林強盜，翻從馬上拜乾兒。

向榮性命畢竟如何？且聽下回分解。

張國梁背義加官　賽尚阿單騎逃命

話說向榮正自奔走，不料一個彈子正中坐馬，掀倒地上來。正在危急，忽一騎飛來救起向榮，急取從人馬，換與向榮騎坐。眾視之，乃中軍前中營幫帶郭定猷也！向榮得命，急向後而逃。忽然正西一路紛紛衝入。原來囉大綱領人馬奮力殺將來，張敬修支撐不定，前面又遇韋昌輝阻截，張敬修只得望東而走，因此衝動中軍。此時清軍已被殺得七斷八落。羅大綱一枝人馬，本是綠林豪客，個個能征慣戰，比別軍更自利害，死命望張軍趕來。張軍中紛紛逃竄。那張敬修正在狼狽，又聽得前途喊聲大震，嚇得張敬修幾乎墜馬！正欲令人打聽，忽前途報稱：是賽尚阿領兵到來救應！張敬修心神稍定，急與賽尚阿會合奔回。不多時漫山遍野，都是洪軍，正南洪秀全；西南羅大綱；正東黃文金；正西韋昌輝，分四路追來。洪秀全傳令道：「時不可失！這會不到桂林不休。」三軍聽罷，人人猛進，個個前驅，卷地殺來。賽尚阿哪裡還敢戀戰？唯有策馬奔逃。正逃走間，忽一人撞入中軍，口稱奉向榮將令到此。賽尚阿急令傳他進去面稟，那人便上前稟道：「向提督以三軍大敗，若是各軍會合一處而逃，必被敵人追趕不了，且又失援應之力。望中堂速行打算！」賽尚阿聽了，暗忖此言甚是有理！便令張敬修退入永福，向榮望灌陽而去，自己卻回桂林。洪秀全恐夜深不便追趕，只得暫且收軍。

這一場大戰，清軍死的三千有餘，都、遊以下將校不下喪了十餘名，殺得個個魄落。聽得洪秀全名字，膽也寒了！一路上收兵，但見屍橫遍野，血流成河，好不悽慘！秀全嘆道：「均是漢族同胞，卻令塗炭至此，某實不得已也！」洪軍中見清官有戴著翎頂、死在路旁的，或以足踐之，秀全急止道：「彼亦死節忠臣也！各為其主，何必如此？」三軍聽得此言，無不嘆服！時人有詩讚道：

大度恢宏處，英雄自有真。敬懷忠烈士，畛域不須分。

當時又有詩贊錢江用兵的道：平樂城邊殺氣沖，先生帷幄運籌工；中興從此成基礎，彷彿南陽起臥龍。秀全行不及數里，只見錢江領了數十人，到中途迎接，秀全一見，即下馬相迎，歡喜說道：「先生神算，人所不及，想從此胡人膽落矣！」錢江道：「此非弟一人之力，乃諸兄弟之功也！」秀全便與錢江並馬而回。及到大營，早有賴世英接著，立即大開宴席，慶賀功勞，不在話下。

這時錢江便對秀全說道：「趁此大勝之時，休教向榮再養銳氣。」秀全大喜，隨派人傳令石達開、楊秀清，分路進兵。

石達開一路暫行慢表。且說楊秀清得了錢江號令，卻是要先攻向榮，待拿得向榮，絕了後患，才會合進湖南去的。楊秀清即對蕭朝貴說道：「向榮每戰必敗，看來是個沒用的人。錢先生偏注意在他身上，某實不解！」蕭朝貴說道：「弟遊廣東時，向聞錢先生說，此人雖無甚計策，只是勇敢耐戰。且經戰事已久，軍令整肅，甚得人心。若有數萬訓練之眾，糧械足備，使他獨掌全權，實未可輕敵！今他以賽尚阿反居其上，是天使之敗矣！望兄弟休便輕視。」秀清聽罷，頗有不悅之色。便道：「足下向說雲山和錢先生，同有一般本領。想雲山在時，勸某直進湖南。今錢先生反令回擊清軍，某實不解！由他怎麼說，我們自進湖南可也！」蕭朝貴聽到這裡，心中大怒，只念目前發作起來，反恐有礙大局。想了一會，即和顏說道：「兄弟休要如此！錢先生主意不是不進湖南，不過目前恐勞崇光乘我們之後耳！兵機前後不同，兄弟何苦生氣！」楊秀清聽說得有理，才不反對，於是會合諸將商議進兵之計。

且說賽尚阿，至桂林地面，計點敗殘軍士，不滿三千。欲待進桂林省城去，又羞見滿城文武！況且自己奉命都督廣西諸軍，是斷不能不出的。聽得勞崇光一軍，正扎靈川，不如移兵那裡。待與勞崇光合兵，較有把握。想罷便先令軍士埋鍋做飯，然後起程，望靈川出發。將趕至十餘里，只見勞崇光早引一枝軍遠地迎接。見了賽尚阿，即下馬在道旁等候！賽尚阿想起他身擁重兵，聽得兵敗，卻自不來救應，心中甚是不悅！奈這會正靠他一路兵，怎好發作？只得隱忍說道：「敗軍之將，何勞兄弟遠接！」崇光道：「卑職聽得前軍有失。奈此處正當衝要，恐楊秀清乘機掩襲，故不敢遠離，只在附近打聽耳！今幸中堂無恙，待重整軍威，再圖恢復可也！」賽尚阿聽罷，才知勞崇光不發兵的原故。兩人遂並馬同進城裡來。勞崇光一面置酒與賽尚阿解悶。酒至半酣，賽尚阿嘆道：「某當初奉命督軍，只道小醜跳樑，容易剪滅！

今日遇之，方知洪秀全名不虛傳也！朝廷自此成一心腹大患矣！」勞崇光道：「廣西兵微將寡，實難為力！奈屢至廣東催取救兵，那徐廣縉和巡撫葉名琛，今天說要防外攻，明天說要防內患，互相推諉。自烏蘭泰死後，已再無接應。卑職料廣西實無能為矣！」兩人正談論間，忽報向榮親至，賽尚阿急與勞崇光出迎。

向榮入內坐定，賽尚阿道：「將軍夤夜趕至，必有事故？」向榮道：「某先到此，三軍隨後至！某軍中統領有江忠源者，此人謀勇足備，分發廣西知府，現到某軍中。他料楊秀清必襲取靈川也！」賽尚阿道：「若靈川有失，彼必取桂林。靈川城池難守，如之奈何？願得一見江忠源，以決大計。但不知此人何在？」向榮道：「現在門外，弟不敢造次引見。」賽尚阿便令請江忠源。入內想見已畢，賽尚阿便把靈川難守，恐楊秀清趨攻桂林，一一問計。江忠源道：「彼軍不攻桂林也，洪氏必不以廣西為基業。石達開一軍，不過虛張聲勢耳！彼蓋欲盡破吾軍，使無後顧，然後大隊入湖南去也！」賽尚阿幾人聽罷，深服其論。便問應敵之計？江忠源道：「天幸馮雲山已死，楊秀清若來，吾必破之！」便向賽尚阿說如此如此，可以破楊秀清也。賽尚阿大喜，便令依計而行。

此時楊秀清自從與蕭朝貴議事之後，立即通函，知會洪秀全接應。隨留秦日綱守營。令蕭朝貴、洪宣嬌為前部，引大隊望靈川而去。忽離靈川十餘里，蕭朝貴駐兵不進，秀清不知何事？正要差人問個原故，忽見蕭朝貴已自進來，向秀清說道：「靈川，本有勞崇光重兵把守。今遠望不見城中動靜，只西北小山上扎一營盤，人馬卻是不多。其中恐有埋伏，未可輕進。」秀清道：「清軍屢敗，已成驚弓之鳥，望風逃遁，何必多慮！」蕭朝貴道：「向榮非畏事之人也！」秀清道：「向榮已退灌陽，如何知驟攻靈川？且兄弟言向榮有勇無謀，何以這會又懼他有埋伏？吾計已決，限今晚即下靈川，休再多言！」秀清說罷，洪仁達又說道：「如朝貴兄弟畏懼他人，我願自為前部。」秀清道：「如此甚妙！」遂改令洪仁達為前部，轉令蕭朝貴、洪宣嬌隨後接應，以備緩急。一面催兵進行。

將近離靈川城不遠，忽見城東山林內現出些少旗幟。楊秀清道：「想此軍就是埋伏軍矣！朝貴兄弟料的不錯。但如此埋伏，何足懼哉？」便令李開芳，引二千人往攻西北小山上的營盤；令林鳳翔引三千人抵禦東山林內的埋伏軍；自與洪仁達親攻城去。蕭朝貴道：「既是兄弟要進兵攻城，我就在這裡紮營。若有緩急，亦可救應。」楊秀清從之。

蕭朝貴紮營甫定，秀清即令洪仁達直攻北門。不料城上並無人馬把守。洪仁達絕不費力，已攻進北門。但見城內亦無一兵，只見有些少居民，在街上來往。見了洪軍，都紛紛逃避。其餘各家，都是關門閉戶，真像個予逃兵火的樣子。洪仁達只道勞崇光先期逃去，因此不疑。並不阻當，直進城內，即令軍士四下紮營。

先說李開芳引兵至西北山上。那零星人馬見了李開芳軍，卻已一鬨而散。李開芳草草紮下，還虧楊秀清因慮蕭朝貴之言，未敢這進城裡，只在城外安營。忽到了黃昏而後，城中一個炮聲震地，這炮便是號炮，蕭朝貴便知中了敵人之計，急令洪宣嬌引一軍往西北小山上接應李開芳；卻自領軍往東門外山林接應林鳳翔；一面請楊秀清救護洪仁達。分發甫定，即聽得城中喊聲震地！原來城裡作關門閉戶的，都是伏兵，江忠源督令分頭放火。洪仁達見軍心慌亂，急的傳令逃去。江忠源冒煙突火來捉洪仁達。那洪仁達無心戀戰。知得楊秀清一軍，尚在北門，未進城裡，急殺條火路，望北門而來！楊秀清欲進城去，又不知伏軍多少，正自難決；旋見洪仁達帶領敗殘軍士，狼狽奔至，楊秀清只得把住北門．接應洪仁達，阻住追兵。

此時江忠源猶望東北兩路伏軍，殺入圍困供軍。不料勞崇光埋伏西北小山下，已被李開芳、洪宣嬌死力抵禦，因此不能得手。洪軍又不曾盡數入城，向榮伏在東門外山林，又被蕭朝貴和林鳳翔拌住。江忠源便請令賽尚阿，引大隊從北門直趕出來。楊秀清見軍心已亂，忙傳令各路分退。這時江忠源、向榮、勞崇光奮力趕來！蕭朝貴親自斷後，且戰且走；不提防清軍後面塵頭大起，施旗蔽日，蜂擁而來，三路清軍，一齊望後而退。

原來洪秀全因秀清起兵時函請接應，因恐有失，特令錢江統領黃文金、羅大綱兩路向靈川殺來。將到靈川地面，猛見殺氣沖天，炮聲不絕，錢江知道兩軍交戰，便令軍士倍道而行。正見楊秀清兵敗，急令羅大綱要截向榮後路。蕭朝貴認得救兵已到，便揮軍殺回，反把向榮困在核心。且疲戰之後，擋不住羅大綱的生力軍，向軍被殺的不計其數。向榮正在危急之際，忽北路一枝人馬殺入，力擋羅大綱，救護向榮，乃是江忠源。忠源道：「敵軍勢大，速退為是！」於是江軍在前，向軍在後，望西北而退。

忽流星探馬報稱：「楊秀清、洪仁達、李開芳、林鳳翔、洪宣嬌五路之兵，分三面殺來。」江忠源嘆道：「吾計不成，反遭此敗，有何面目見人。」便欲拔刀自刎，左右急的扶救。早有胞弟候補同知江忠濟，保護殺出重圍！忽當頭一軍，迎頭殺來，卻是洪宣嬌引一隊兵截住去路。江忠濟奮力把洪宣嬌殺退，會同向榮，乘勢殺出；幸得勞崇光接應，齊望靈川奔回。看看離城不遠；不提防鼓角喧天，喊聲震地，黃文金引軍殺出，把清軍衝為兩段。江忠源見首尾不能相顧，自與勞崇光、江忠濟先回靈川。黃文金死命追趕。此時向榮手下軍士，紛紛逃竄，只剩數十騎望西而逃。但見樹木叢雜，向榮正自心慌，忽然林裡一枝軍轉出救護向榮。黃文金見敵人有了救應，恐遇埋伏，只得收兵而回。

原來救向榮的不是別人，就是張嘉祥。他自從富川敗後逃到這裡，再進五七百人，阻截山林，勒收行旅。這會聽得向榮兵敗，欲從此處圖個出身，因此帶了手下人等，特來救應。當下向榮得他救護，便問壯士何名？張嘉祥具以實對。向榮道：「此地非棲身之所！方今四方多事，何患無出頭之日？不如隨某回去，尋個一官半職，也不枉為人在世。」張嘉祥大喜。就帶了賊眾，跟隨向榮去。後來向榮認為義子，帶他與勞崇光想見，商量個保舉；又恐困敗得賊人救護，於面上不好看，遂與他改一個名字，喚作張國梁，反稱他剿平張嘉祥一路，遂升為都司，在向榮軍中效力，此是後話不提。

且說勞崇光幾人逃回靈川，尋著賽尚阿，各訴兵敗的原故。賽尚阿道：「江兄弟自是妙計！可惜敵人勢大，兼有救應，以至於此。今孤城難守，又無援兵，如之奈何？」江忠源道：「守則堅守，逃則即逃，遷延不斷，必誤大事！」正談論著，忽各門飛報洪軍紛紛圍了！忠源道：「此時便不可逃矣！速籌守禦才是。」賽尚阿便令分兵守禦四門。江忠源更申明軍令，撫卹殘兵，竭力死守。洪軍一連攻打兩日不下。錢江道：「靈川城池甚固，卻如此難攻，想城內必有能者。」遂令各軍分截靈川糧道，一連三日，又依然如故。錢江道：「兵不在眾，城不在堅，視夫人力耳！李秀成百騎下柳郡石達開傳檄震湖南徒攻何益？不如撤開一路，讓他逃去！」說罷便令羅大綱撤去西門一路。這時早有報入賽尚阿軍裡。賽尚阿道：「我方守困，彼忽退兵，必有埋伏。不如勿逃！」江忠源道：「中堂之言是也！彼見我軍死守，彼軍亦連日苦戰，不欲疲其兵力耳。請勞方伯和中堂先逃。某兄弟兩人斷後可也！」賽尚阿從之，即令勞崇光先行，自己居中，江忠源斷後。定於五鼓做飯，乘著天色未明，引領敗殘軍士逃出西門而去！

錢江探得清軍已退，對諸將道：「古雲窮寇莫追，但不宜令他休養銳氣。」便令各路進城。留蕭朝貴、洪仁達在城外紮營，分布犄角之勢；只命羅大綱引軍追趕。並囑羅大綱道：「今番不必再求大勝，即殺他餘軍，孤彼軍勢足矣。他能計敗秀清，堅守靈川，軍中必有能事之人，休便輕敵！」羅大綱領命而去，追至十餘里，只見黃文金正欲這條路回來。文金卻不知錢江怎地意見，急的接應羅大綱，迎頭攻擊。賽尚阿那裡還有心戀戰！只道洪軍是預先埋伏的軍士，又各自逃命；只有江忠源奮力抵禦羅大綱，勞崇光又支撐不住，賽尚阿正如驚弓之烏，恨不得爹孃多生兩條腿，早逃性命，便引左右心腹的人，雜在亂軍中落荒而逃。管教：

堂堂宰相，微服幾罹性命之憂；矯矯英雄，傳檄足壯山河之氣。

要知後事如何？且聽下回分解。

李秀成百騎下柳郡　石達開傳檄震湖南

話說賽尚阿，自從逃出靈川，因羅大綱引兵追至，黃文金又前途攔截，這時腹背受敵，料不能支援，便喬裝雜在亂軍中，帶領左右心腹，獨自逃走。正是一時無主，軍逃四散。勞崇光、江忠源又首尾不能相顧，只得各自殺出重圍，直望桂林奔回。羅大綱又因得了錢江的號令，不敢窮追，便與黃文金會合，殺了一陣，即乘勝收兵而回。

賽尚阿見洪軍已退，勞崇光、江忠源又先後奔到，方始心安。計點敗殘軍士，自經這兩場惡戰，僅留下四五千人；餘外降的、死的，都不計其數，好不傷感。隨後接著探軍的回報導：「自靈川逃出之後，一路上洪軍並無埋伏。黃文金一路，原是追趕向提督回來，中途相遇的；羅大綱的追兵，又是虛張聲勢。今敵軍已全數退至靈川附近駐紮了。」賽尚阿聽說，隨讚道：「江兄弟，料事原是不錯。靈川一役，不過敵軍人馬眾多，故有此敗，非戰之罪也！便令厚賞。江忠源班師自回桂林去。

且說錢江見全軍得勝，一面飛報洪秀全大犒三軍；自此由全州至靈川，下至平樂、桂平一帶，都是洪軍的勢力，把清軍兩廣要道，統通斷絕了。那日洪秀全到靈川，和錢江商議進兵之計。錢江道：「軍士連月疲戰，現在清軍大敗，料不敢復出。正宜休養幾時，再圖進取湖南。」洪秀全點頭稱是。錢江便令置酒與洪秀全慶賀，所有將士都陸續到了，只楊秀清託病不至。秀全私問錢江道：「某料秀清未必有病。這會不到，究是何意？」江道：「哥哥原來不知，此人眼光不定，面生橫肉，久後必不懷好意。自今起事之際，自不宜同室操戈，隻日後自有處置，哥哥不必憂慮！」洪秀全聽罷，心上半信半疑，旋喚蕭朝貴入內，問以秀清行動。朝貴道：「他曾對弟說，哥哥勸他起事之時，曾許他日後有九五之尊。只有此句，餘外卻沒有怎麼說來。」秀全答道：「此我當日要靠著他的財力，實一時權宜之計，也不想他就從這裡懷著歹心。但得大事已成，讓他登其大位，某有何怨？」說罷，蕭朝貴又把馮雲山臨終之言，對錢江說了一遍。錢江嘆道：「雲山真非常人也。天不假以年，可不痛哉！」秀全聽得，亦為下淚。少傾三人齊轉出來，肅各將士入席。只見洪秀全面有淚容，倒見奇異，只不敢造次多問。各人便先後就座。酒至半酣，黃文金起身，向秀全問道：「自軍興以來，戰無不勝，攻無不取，今大勢已成，三軍歡樂，哥哥卻面帶憂色，究是何故？小弟實在不明！」秀全猶未答言，錢江急代答道：「方才某在內面，和哥哥談話，正唯見今日大勢已成，各兄弟戮力同心，故得如此。奈憶起雲山兄弟，中道歸天，不由得心上不傷感。自今以後，望各兄弟一發奮勇，以繼雲山兄弟之志，挽回江山，實為萬幸。」各人聽罷，都喏喏連聲的應允，再後舉杯把盞，痛飲了一會。錢江向秀全道：「某有一言，不知哥哥願聞否？」洪秀全道：「某與先生原是個心腹交，有話便說，何用猜疑！」錢江道：「某知哥哥有一令妹，年已長成，卻是個女豪傑。今朝貴兄弟中年喪妻，正合匹配，可否讓小弟做這個媒，使兩家結為婚姻，是一件好事，未審哥哥意下如何？」秀全聽罷，不勝之喜！隨說道：「先生之言，正合某意；但得朝貴兄弟不棄，就是萬幸了。」朝貴道：「那有嫌棄！只怕小弟庸才，匹配令妹不上，如何是好？」錢江道：「彼此同心起義的人，休說這話。明日正是黃道吉日，就從明日定婚，一切虛文都不用備辦了。」朝貴聽了，自不推辭，秀全更自歡喜。此時洪宣嬌在席上聽得錢江說起她的親事來，早已面色紅漲似的，掩面逃席去了。各人聽得，自然沒有不鼓掌贊成。一連又飲了數杯，然後散席。錢江便令人分頭打點親事。俗話說：「人多好做作。」不多時早把各事辦妥，做媒的便是錢江，並請洪秀全兼主兩家婚事。

到了明日，楊秀清知道蕭朝貴和洪宣嬌結親。秀清知道朝貴是自己將士，防他作了洪秀全的羽翼，只這事斷不能拆散的，不如乘機已結蕭朝貴為是。便故作歡喜的進來，向秀全說道：「某病中聽得朝貴兄弟和令妹結親，是一件好事。只周公制禮，沒有一人兼主兩家的婚事道理，這女家主婚的自然是哥哥，男家主婚的讓小弟一人成此美事。」錢江在邊聽了，急說道：「如是甚好，難得楊兄弟這般識得大體。」秀全見說，自然沒有不應承。

那日蕭朝貴便與洪宣嬌成親。換過吉服，交拜天地，然後送入洞房，說不盡新婚的樂處。一連兩天，又是大排宴席，好不熱鬧。事後朝貴向錢江問道：「先生聽秀清要與小弟主婚事，先生卻如此喜色，究是何故？」錢江道：「此人心懷叵測，誠如雲山之言，後必為患。但大事未定，苟使自相殘殺，敵人反得乘間而入，不可不慎。他要主婚事之意，蓋欲籠絡賢弟為羽翼也。某見昨天犒賞軍士，他竟推病不至，故乘這個機緣，消其嫌隙耳。此事賢弟切宜祕密。久後我當圖之。」朝貴聽罷，方明此意，只有祕而不言。

自此洪秀全和錢江日日訓練軍人，休養士氣，專候征伐，不在話下。

且說石達開，自領了錢江之令，獨統一軍，由柳州出發。論起這個路途，本攻不得廣西要害，且從這裡沿上游進湖南，又是路道迂繞。實則錢江之意，欲分清軍兵力而已。向榮亦知其意：故柳州沒有重兵把守，只令副將劉金成領二千人馬，鎮守府城。那一日劉金成聽得石達開兵至，料敵不過，已雪片文書到桂林告急。奈這時桂林無兵可調。賽尚阿只令張國梁、江忠濟同進，率三千人到柳州助戰。早有細作報石軍中。時石軍已到洛容，離城十里下寨，石達開便請李秀成商議進兵之計。秀成道：「行軍之道，上策在謀，其次在勇，清軍那裡副將劉金成，原不懂事；只聞江忠濟救兵將到，此人卻有點本領。趁他未到，自當先發制人。某願得精兵百人，取柳州城池，雙手奉獻。」石達開道：「軍中無戲言，恐賢弟未可輕敵。」秀成道：「那敢戲哥哥？探得劉金成部下，只有二千人，已分兵一千把守洛容交通要路；餘外重兵聚於東門。某素知柳城外南路，有一小山，離城不遠。某今夜就從這裡偷過，直掩西門，如此如此，卻可破劉金成也。柳州是個殷富地面，取得時有益軍糧不少。」石達開聽得大喜道：「如此請賢弟領百人先行，某再令韋昌輝領精銳一千人，乘夜出發，為賢弟接應。某大軍卻隨後來也。」秀成便領命而退。回至下處，選了精銳善戰的百人，打疊起程。只各人都懷著寡不敵眾的意見，面有畏色。秀成奮然道：「某非輕舉妄動者。只以力戰，不如計取，故百人已是有餘。諸君若計死生，懷疑懼，某當獨往。」那百人見秀成如此說，各皆奮勇前行。秀成便置酒與百人痛飲一會，已近夜分，便令百人預帶縱火之物，聽令而行；兼藏利刃，攜了長槍及預造下的軟梯，都已帶足。

那時正是二月下旬，滿天星斗，月色無光。秀成引路先行，百人隨著而進，悄悄地偷過小山，只抵柳州城西門外，已是三更天氣。軍士見東門一帶刁斗森嚴，西門卻悄無人聲，疑有埋伏。秀成道：「那有埋伏？正唯如此，某故敢以百人來也。他只道東門是我軍來路，故以重兵守之。庸人見識，何必多怪！」說罷軍士各自無言。秀成便令把軟梯搭過城牆上。還喜城不甚高，軍士一齊擁上，適有巡城兵兩人行至，見了那百人，正待逃走，秀成眼快，一把揪住一人，餘一人已被軍士拿住，都不敢作聲，隨把兩人分做兩段。秀成先分五十人下城，去奪開西門；自領五十人擁至城樓。那城樓裡，只有二三十人駐紮，見秀成五十人進來，卻逃不得一個，都教他魂魄往謁閻羅殿上去。秀成隨領一百人直殺奔城裡：分頭在各要道縱火。柳州知府王兆棋，聞驚跑出衙來，不提防被秀成人馬衝過來，中彈落馬。秀成令軍士一發吶喊助威。這時都傳說洪軍攻破西門，知府戰死了。居民擁兒抱女，呼兄喚弟，要逃兵火。那一百人個個奮勇。這時劉金成聽得敵軍已攻進城裡，嚇得三魂去二，七魄留三，又在黑夜裡，不知敵人多少。但見火光沖天，軍聲震地，劉金成已沒有主裁。只見守備李應元，奔至東門請兵禦敵，劉金成才分三百兵分頭救火；令百五人尋敵軍接戰，餘外都留守東門。分拔甫定，忽城外喊聲大震。原來韋昌輝已得石達開將令，引二千人接應。清軍紛紛報導：「石達開大隊來了。」劉金成急返城樓一望，見分駐洛容要道的一千人，已各自潰散；這時清軍已無心戀戰。李秀成領著百人，直殺過東門來，左衝右突，加入無人之境。虧了守備李應元，有些主見，恐秀成奪破東門，裡應外合，忙到東門保護。恰值李秀成兵到，從暗覷明，分外真切，便放出「擒賊必擒王」的手段，槍聲響處，李應元早已落馬。秀成乘勢殺了一陣，李應元部下都一鬨而散。李秀成不去追趕，先搶開東門，引韋昌輝大隊進來。劉金成見不是路，急上馬殺出東門而逃，李秀成不去追趕，趕忙出榜安民。

次日石達開大隊俱到。韋昌輝、李秀成率軍士迎入城裡。石達開謂李秀成道：「昔甘寧以百騎劫營，傳諸千古；今賢弟以百人下府城，更非甘寧所能及。洪哥哥聞之，當令心折矣。」秀成道：「小小伎倆，某料劉金成無謀，故冒險行之，實不足為訓也。」說著時，不覺已到府衙。秀成隨令厚葬王兆祺、李應元屍首，一面再議進兵之計。秀成道：「我軍已下柳城，士氣尚未疲憊，就當乘勢進兵。」石達開依從其計，遂撥一千人馬守柳州；自己率全隊出發。

且說江忠濟、張國梁領命，引兵援救柳州。救兵如救火，一路上倍道而行。才過永福縣，只見劉金成同著數十人狼狽奔至，哭訴柳州失守之事。江忠濟見柳州已失，只得率兵回駐永福，預備石軍來攻；一面使人通知賽尚阿。當下賽尚阿聞柳州已失，驚慌無措。江忠源道：「某料石軍必不攻桂林。我軍可派兵緊守永福，勿使有失。」勞崇光道：「桂林為全省命脈，彼軍勢所必取。彼軍若乘勝攻取桂林，全省休矣。以弟愚見，寧失十永福，不可失一桂林，望中堂思之。」賽尚阿道：「勞方伯之言，正合某意。」遂不從江忠源之言，調江忠濟、張國梁引軍回桂林。江忠源又道：「雖是如此，恐江忠濟、張國梁中途有失，也不可不準備。」賽尚阿聽罷，便令向榮、江忠源各領二千人接應。

當下江忠濟聽得回軍之令，嘆道：「自撤藩籬，而聚於孤城之中，大為失算。只將令不可違也。」即傳令退軍。約行十餘里，只見路途崎嶇，樹木叢雜，江忠濟傳令暫緩行程。忽探馬報導：「前面山林中隱隱現出旗幟，此行恐要謹慎。」江忠濟聽罷，便欲退回永福，忽然後軍探馬趕至，報稱：「我軍才離了縣城，李秀成不費一力，已領軍襲了永福。今來路不知人馬多少，望大人從速計較。」江忠濟此時見前後皆是敵軍，呆了半晌，說不出一句話。張國梁道：「事已至此，只管前進便是。」江忠濟沒奈何，只得奮勇向前。不一時間喊聲大震，左有譚紹洸，右有洪仁發，兩路殺出。江、張兩人，急得分頭接戰。不提防石達開、李世賢大隊追至。江忠濟無心戀戰。那洪仁發見了張國梁，正如仇人見面，分外眼明，恨不得生擒到馬上。張國梁急殺條血路望桂林而走。只有江忠濟尚困在垓心，欲隨著張國梁而去，爭耐洪仁發死命追趕，急的望南而下，不料斜刺裡又來了一枝軍截住去路，卻是韋昌輝。石達開也隨後趕到。此時軍士已多逃散。江忠濟料不能脫身，又恐受敵軍所辱，遂轟槍自擊而亡。石達開乘勢殺了一陣，於亂軍中尋得江忠濟屍首，命帶回營中，以禮葬之。然後引兵來趕張國梁。追殺數里，見向榮、江忠源已有接應，石達開遂傳令收軍，自回與李秀成相議，便撤去永福之兵，並離開桂林，領全軍直奔靈川，與洪秀全會合。秀全聽得石達開已到，自與楊秀清、錢江出來迎接。石達開急下馬，見禮畢，秀全道：「柳州永福之戰，賊軍膽落矣。藉兄弟之力，成就事功不少。」石達開道：「此非弟一人之力，乃秀成之謀，與諸兄之功也！」錢江道：「名下無虛士，秀成智勇足備，吾不如之。」秀成聽罷，急的謙讓一回。洪秀全便令重賞李秀成，隨大合諸將會議進湖南之計。錢江道：「今宜先定官制，使各有次序，然後統屬軍人較易，主公以為然否？」秀全道：「先生之言是也。但愚意更欲頒定國名，使各兄弟得所瞻仰。」錢江道：「中國原是漢族，就名大漢的便是。」秀全道：「雖是如此，但我們以宗教起義，意欲從這裡取個國名，你道何如？」錢江道：「現在宜號召人心，故宜取一個漢字，若事成之後，與外國交通，卻別作商議。」秀全從其計，便先取國名大漢。隨說道：「今若遽定官名，除了軍務，仍未有事可辦，不如暫定營中官制便是。」各人聽罷，都無異言。便令錢江定議。一面定議留守之人，然後進兵湖南，各人都以第一天將楊秀清聲望素著，即留他與胡以晃、秦日綱並將校數十員，共統軍駐紮全軍要道，一來應付糧草，二來鎮定已克的各郡城池，伺隙以窺桂林。不在話下。

且說錢江議定營中官制，然後點齊人馬，統通大兵馬步各營，不下十萬人，擇日出師湘省。都督前部：第二天將復漢將軍石達開；虎威將軍、第三天將蕭朝貴；安漢將軍、第四天將韋昌輝；各路救應使、靖虜將軍、第五大將黃文金；中軍左統領、虎衛將軍、第六天將洪仁發；中軍右統領、定威將軍、第七天將洪仁達；第八天將行軍司馬譚紹洸；第九天將護糧使林彩新：第十天將後路都督李世賢；第十一天將前軍副都督羅大綱；第十二天將後軍副都督賴漢英；左文學掾周勝坤；右文學掾陳仕章；中軍掌旗官吳汝孝；掌令官龔得樹；各路稽查李昭壽；裨將劉官芳、賴文鴻、古隆賢、楊輔清、張玉良、李文炳、何信義；帳前左護衛、第十三天將李開芳；帳前右護衛、第十四天將林鳳翔；軍師說贊方略兼大司馬錢江；參謀襄理方略，第十五天將李秀成；齊奉千歲洪秀全，擇日興師伐清；又令陳坤書、吳定彩、蘇招生、陸順德四人，監造舟船，沿湘江而進，水陸策應。分撥已定，申明軍法，整齊隊伍。前部石達開、羅大綱引將校二十員及馬步人馬先行，起程時先把檄文布告道：

前部都督、第二天將、復漢將軍石達開謹奉大漢千歲洪意，以大義布告天下：蓋聞歸仁就義，千古有必順之人心；返本還原，百年無不回之國運。自昔皇漢不幸，胡虜紛張，本夜郎自大之心，東方入寇；竊天子乃文之號，南面稱尊。陽借靖亂之名，陰售併吞之計。而乃蠻夷大長，既竊帝號以自娛；種族相仇，復殺民生以示武：揚州十日，飛毒雨而漫天；嘉定三屠，匝腥風於遍地。兩王入粵，三將封藩，屠萬姓於溝壑之中，屈貳臣於宮闕之下，若宋度唏嘘於南浙，故秦泥不封於西函。嗚呼明祚，從此亡矣！國民寧不哀乎？遞其守成之世，籌其永保之方，牢籠漢人，榮以官爵，伈俔之輩，雍乾以還，入仕途而銳氣消，頌恩澤而仇心泯，羅於萬劫，經又百年。然試問張廣泗何以見誅？柴大紀何以被殺？非我族類，視為仇讎。稍開嫌隙之端，即召死亡之禍。若夫獄興文字，以嚴刑慘殺儒林；法重捐抽，藉虛銜網羅商賈。關稅營私以奉上，漕糧變本以欺民，斯為甚矣。尚忍言哉！洪公奉漢威靈，憫民水火，睹狼梟之滿地，作牛馬於他人，用是崛起草茅，縱橫粵桂。早臥薪以嘗膽，爰破釜以沉舟，忍令上國衣冠，淪於夷狄；相率中原豪傑，還我河山。自起義金田，樹威桂郡，山岳為之動搖，風雲為之丕變。英雄電逝，若晨風之梯北林；士庶星歸，甚涓流之赴東海。一舉而烏蘭泰死，再舉而賽尚阿奔。固知雨露無私，不生異類；自今天人合應，共拯同胞。今廣西已定，士氣方揚，軍兵則鐵騎千群，將校則旌旗五色，特奮長驅，分徵不順。中臨而長江可斷，北望而幽雲自卷，凡爾官吏，爰及軍民，受天命者為其人，當思歸漢；識時務者為俊傑，胡可違天？所有歸順之良民，即是軒轅之肖子；如其死命助胡，甘心拒漢，天兵一到，玉石俱焚。本天將號令嚴明，賞罰不苟，若或擾亂商場，破壞法紀，輕置鞭笞之典，重以斧鉞之誅。各自深思，毋貽後悔。如律令！

自此檄文布告之後，遠近震驚，赴軍前投順者，不計其數。管教：

造成天國，先安大局下長江；直撼中原，又令三湘成戰地。

要知洪秀全此去如何？且聽下回分解。

胡林翼冷笑擲兵書　曾國藩遵旨興團練

話說石達開，自得令帶領前部先行，臨行時，把檄文遠近布告，這時已震動了湖南一省，早有把這個消息報到湖南巡撫那裡。湖南巡撫張亮基，桐城人氏。為人頗有才幹，還能實心辦事，自從廣西起亂，不時奏報到京。此時道光帝已經歿了，太子早已被踢身亡，各大臣便擁立道光帝次子，喚做奕詝的登位，改元咸豐。那咸豐帝較道光帝強些，辦事卻有決斷。聽得張亮基頻頻奏報廣西亂情，料知洪氏大勢已成，不易和他敵手；又因廣東逼近廣西，兩省原有關係，唯賽尚阿統通置之不理，不覺憤怒。就降了一道諭旨：調賽尚阿回京，另調勞崇光辦理廣西軍務。就把一個葉名琛，升任兩廣總督去；一面令張亮基募兵堵御湖南，並飭他令省內在籍大紳，興辦團練。這時候勞崇光知道洪氏勢大，料不能勝他，一味的遷延不進；賽尚阿恨不得早日回京，卸了責任。唯有張亮基得了這道諭旨，立刻出榜招軍，號令屬下文武官員，分頭訓練人馬；又勸令在籍縉紳，倡辦鄉團。從此湖南省內，就有許多喜功名、樂戰事的人物，出來辦事。

就中先表一人，姓胡，名喚林翼，號叫詠芝，本是一個翰林院庶吉士。見鄰省有戰務，料知這場干戈，不易了事，就想圖個軍功，博一個妻封子蔭。遂不及散館，捐了一個候補道，指省貴州。這胡林翼生下來，倒也有些異兆：因宅子裡有所小園，樹木眾多，那日不知何故，百鳥在樹林裡互相飛鳴；無數雀鳥，集在屋上，恰恰產了他下來，因此取名兒叫林翼。果然讀書穎悟，早已游泮水，折桂枝，步南宮，入詞館，從世俗眼上看來，好不歡喜。可惜這人，有這般聰明，只知取功名，做高官，卻沒有一點復國安民的見地。

閒話休提。且說他自從翰苑改捐道員，因見時事日非，將有亂象，便苦志講求兵法。與同省曾國藩、左宗棠、郭意誠三人為密友。常謂諸葛孔明為古亮，左宗棠力今亮；郭意誠為老亮，自己卻自認為新亮。曾國藩見他如此說，便問他視自己何如？林翼卻是笑而不答。其自負如此。及至洪秀全大軍進伐湖南，胡林翼正在家居。那一日往訪故人羅澤南，亦是湖南人氏，號羅山。為人勇敢，且饒有膽略。那時聽得林翼到訪，便迎進裡面坐定。寒暄幾句。林翼見案上羅列書籍，隨信手取來一看，卻是兵法七冊，草廬經略等書。林翼笑道：「羅公業此則甚？」澤南答道：「今天下紛亂，正吾人進身之時。雖一知半解，或從這裡博一個功名，也未可定。」林翼笑道：「羅公乃高明之士，何所見不廣耶？這等兵書，只可在一千年前欺弄無知之徒，今時卻是用不著了。」澤南便道：「昨曾老賜弟一函，勸弟多讀兵書，將來有個用處；今老兄反說用不著，小弟實在不明。」林翼道：「曾老懂得甚事！若是臨法帖，說詩律，他還有點能耐。老兄試想，近來槍炮何等利害，料不是古老成法，可能取勝；其中或不無可行，究不足為訓。但得將校勇敢，軍人用命，便是節制之師；器械精良，準頭命中，即是戰勝之品；為將的隨機應變，身先士卒，賞罰無私，自是將才。何苦研究古法。且談兵法的動說先賢諸葛亮，試問諸葛亮又讀的那些兵書？豈不是混鬧的。」說罷，隨把那兵書擲回案上。羅澤南道：「足下說的，自是名論，令小弟佩服。只近來聽說曾老，欲謁撫軍張公，要興辦團練，以衛梓裡。曾致意小弟將來到他那裡，好助他一臂，足下以為何如？」胡林翼道：「此足下之事，某本不宜說及。只辦大事的人，須精明強幹，才足以服從。曾公外局，還是一個恂恂儒者，唯心地上嗎？」那胡林翼說到這裡，往下就不說了，急得羅澤南摸不到頭腦。便問道：「究竟他心地上卻是怎的？」林翼道：「自悔失言。現承明問，怎不得不說：他對人本有一個謙恭的氣象，籠絡人才，他自然有的本領；奈心地裡沒一點才幹，且好用才，而又好忌才。若在他的手裡，早是能征慣戰的人，他卻可以認為生死交；若要謀個出身，恐上不過三司，下不過府縣，始終要受他節制，他才得安樂。倘要求到督撫的地位，除非離了他手下。總之，不願他人的聲價，出他頭上，卻是的確的了。」羅澤南這裡聽得，心上覺有些不悅。便答道：「這樣看來，曾老是個忌才害賢的人物了？」胡林翼道：「這樣說來，又有些奇處。他是一個好名矯飾的人，害賢的事他卻斷斷幹不出。他拿一個老前輩的氣象待人，是謙虛不過的，人卻不敢把他來怠慢。只他遇著才幹的人，總不願聲價出他之右，自然要籠絡到他的手裡，畢生要聽他的使用；倘或籠絡不來，他就有點不妥，這是方才說過的了。」澤南聽罷，點頭答兩聲是，究竟心上還不以為然。林翼又說道：「他現時要辦通省團練，又恐有志之士不能招徠，曾到撫軍那裡，設法求朝上降一道諭旨，使他辦理，好拿著諭旨來壓服同人。只是丈夫貴自立，若不是遇著大本領的人，胡某斷不願甘居人下。」羅澤南默然不答。胡林翼早知他不甚贊成自己議論，便說些閒話，辭了出來，望宅子裡回去。

到半路上，忽前途一人呼道：「詠翁往那裡去？」胡林翼舉頭一望，不是別人，卻是郭意誠。急上前答道：「連日無事，因往羅山處坐了片時。誰想回到這裡，卻遇老兄。老兄今欲何往？」意誠道：「無事出外遊玩，正要回家去。看那一旁有一座亭子，我們可到這裡坐坐。」說罷，便攜手到亭子裡，在石磴上分坐已定。意誠道：「足下到羅山那裡，究有何事？」林翼道：「別無他故，不過閒談而已。」隨把和羅山談論曾氏的說話，說了一遍。意誠道：「足下差矣。曾老雖沒甚才幹，庸庸厚福，將來必至臺閣將相的地位。且有這般外局，彼此都為大事，足下休要中傷他才好。」胡林翼道：「小弟那有不知。只這些人，胡某誓不同事也。」意誠道：「誠如足下之言。曾老亦曾有書召弟，他恐權柄不專，曾面謁撫軍，要請代奏：給發諭旨，然後舉行。弟亦頗不以為然。足下與他分道揚鑣，好是極好，只有二句話，請兄牢記：曾老才不及足下之才；足下福不及曾老之福。請記此言，後來當必有驗。」林翼聽罷，沉吟半晌，隨又說道：「公言是也。只我輩但求事功，何論福命。」說罷，便握手而別，各自回去，不在話下。

且說張亮基，自從領得諭旨，要勸諭各紳倡辦團練。這時石達開正沿江而上；洪軍又遣兵分攻新寧、寧遠、新田等處。石達開又已過道江，下永州，直取祁陽，勢如破竹。湖南省內迤南一帶已雪片文書告急。湖南本屬內地，兵力向來單簿。此時張亮基好生著急。幾番勸諭曾國藩辦團。奈曾國藩要得了諭旨，然後興辦。

原來曾國藩，乃湘譚人氏，號滌生。素性拘迂，不論怎麼事情他遇著時，倒要顯出自己道學的氣象。常把忠臣孝子四個字，掛在口頭裡，他同父的兄弟五人，國藩居長，其次國璜，又次國華，又次國葆，又次國荃，國荃別號沅甫。那兄弟五人，就算國荃有本領。國藩早年得志，是從三甲進士，翰林院檢討出身。他常恐各弟出他頭上，常說道雙親年邁，諸弟倒要在家奉養，休要出身仕進，勿離了父母膝下才好。說到這裡時，又恐各弟見他既說這話，自己反要出身做官，覺不好意思，便又說道：「我不幸列了仕途，苦不能似諸弟常常侍奉父母，心上還自抱歉。唯有每天寄書一通回鄉，問問父母安好，就罷了。」內中各弟，唯國荃最知他的心事，只礙著一個兄長，不好多言，卻只得由他而已。那曾國藩雖然外局有這般道學，唯心性裡卻實在風流少年：嘗眷戀一土妓，喚做春燕，暮去朝來，已非一日，早有個白首之盟。曾有一聯贈春燕。聯道：報導一聲春去也，似曾相識燕歸來。後來因不知從那處，染一個癬癩之疾，就嫌春燕身子不淨，只道從她身上沾染得來的。因此就和春燕絕交。春燕忿甚，遂至自盡。自此之後，那癬來得好生利害：在隆冬時，猶自可；若在春夏之交，就渾身發作起來了。這時自忖身為官宦，有這惡疾，很不好看。就託稱這癬是自幼生來的：因老孃產下他時，夢一條巨蟒入屋，因此生得渾生似鱗的一般。世人聽說，因他後來做了大官，也有信他的；獨是鱗的原是鱗，癬的原是癬。鱗是沒有發作的。諱癬為鱗，豈不可笑。只是他在京當翰林時，酒食戲游上，倒巴結得幾個王公大臣，所以那年大考，就得了一個二等第二名，升了翰林院侍講。不上數年，竟升到一個侍郎地位。

當洪秀全進兵湖南的時候，正在丁憂，居鄉守制。他把個謙恭的容貌，鄉籍間倒傳一個名譽，況且又是一個大紳，辦理團練這點事不用他，更有誰人？其後張亮基因他要領得諭旨，然後創辦，只得奏到北京那裡，求咸豐帝頒發諭旨下來。果然六百里加緊，十來天上下時光，就降下了一道諭旨：著湖南巡撫張亮基轉到在籍待郎曾國藩，倡辦團練，以衛桑梓。那張亮基接諭之後，便即行通知曾國藩去。國藩這時因諭旨已經到了，洪軍又壓境，自不能不辦。只自忖茲事體大，自己本身又沒有什麼才幹，只要靠人扶助。方自籌度間，忽守門的拿一個名刺傳進來，卻是郭意誠姻家，到來想見。

原來郭意誠與曾國藩本是一個姻親，平日又是意氣相投的。國藩見他素有才略，這會正合靠著他，今他先自到來，正中其意。急忙引進裡面，分坐後，國藩道：「姻丈駕到舍下，必有見教。」意誠道：「怎麼說。姻翁這會有個為國建功立業的機會，特地到來賀喜。」國藩道：「姻翁這話，想是為奉旨辦團的事。只姻翁如何早已知道？」意誠道：「今兒正在撫轅裡出來，是撫軍張公說來的。現在軍臨境上，統宜早些籌策才是。」國藩道，「現在正要尋姻翁商議，尋個相助之人。」意誠道：「君家兄弟皆卓犖不凡，正合用著。尋人實在不難。」國藩道：「某實不願兄弟離家，使高堂缺人奉養也。」意誠聽了，點頭說一聲是；隨又說道：「羅公澤南，是姻兄向來賞識的，怎地卻忘記了？」國藩道：「一羅澤南，恐不足濟事。弟意欲商請胡詠芝，姻翁以為何如？」意誠道：「詠芝自待甚高，恐不為足下用也。」國藩道：「是亦難怪。但上為朝廷，下為桑梓，何故芥蒂？然則就煩姻翁指示一切，意下如何？」意誠道：「弟素性疏懶，不能任事。除羅山而外，所見驍勇可恃用者，莫如塔齊布、楊載福兩人。姻兄若得此兩人為輔，自不難成功也。」國藩聽得大喜。說道：「姻翁此來，益弟不少。日後有事，再當奉教。」意誠謙遜一番而別。

國藩自郭意誠去後，一面修書致羅澤南、楊載福、塔齊布三人，說明奉旨興辦團練，求他相助的意思。那三人原是一勇之夫，自接得曾國藩的書信，那懂得民族的大道理！只當有一個侍郎肯抬舉他，好不歡喜。都不約而同，先後到曾國藩宅子裡，聽候差使。國藩一一安慰。就借公局作團練辦公的地方，募集鄉勇五千人，分為五隊。即令羅澤南、塔齊布、楊載福三人，各統一路；自己卻統中隊；只有一隊，還欠管帶之人。次弟曾國璜進道：「各胞弟皆具進身之志，饒有膽略；且相隨兄長左右，一可以相助，二來又得兄長隨時指點，原是不錯。卻皆棄而不用，何也？」國藩道：「愚兄忝在仕途，自以受朝上深恩，故不得不竭力圖報，別家庭而缺定省，非我志也。今又使各弟同去，高堂垂耄，還有靠何人？反使愚兄益滋罪矣。」國璜道：「弟不才，不能宣力國家。若是侍奉高堂，準可勉力；其餘三弟擇一而用，未嘗不可。且移孝作忠，又何礙於天倫？願兄長思之。」國藩聽得此話，實覺無言可答。沉吟少頃，只得勉強答道：「弟言亦是。但兵凶戰危，有何佳境？不知三弟中，有誰人願去？」說猶未了，只聽得國華、國葆、國荃齊應道：「弟等皆願往不辭。」國藩一聽，覺得三弟皆願同去，不知處置那一個才好。又想一會，說道：「九弟沅甫，尚須讀書；處事恆有沉毅之氣，可隨余往。餘外就煩兩弟，日侍高堂，晨昏無缺，以贖愚兄離家不孝之罪可也。」說罷，各弟皆默然不應。國藩便帶國葆同去，使他自統一路。不上數天，團練已經成事。所有器械，都由官家給發，陸續打點糧臺。先把成軍情形，詳報張亮基，日日訓練，以候戰事。管教：

共振軍聲，翻倒湘江成血海；警來噩耗，竟催天將隕長城。

要知後事如何？且聽下回分解。

洪宣嬌痛哭蕭朝貴　錢東平大破曾國藩

話說曾國藩奉旨興辦團練，次第成軍，由塔齊布、羅澤南、楊載福、曾國葆，分軍統率，規模井然。巡撫張亮基，便據情奏報北京，不在話下。且說石達開前部已到祁陽。張亮基知衡州緊急，立把衙裡公事，囑託藩、臬兩司，代拆代行；隨用胡林翼為參謀，親自引軍來救衡州。一面致書曾國藩，明引團練軍策應。於是兩路大兵，直奔衡州而來。石達開聞報，忙到中軍，與洪秀全、錢江商議進戰。此時秀全恰會著客。原來胡以晃遺書，薦一人來歸，洪秀全即令喚入。只見那人生得威風凜凜，氣象堂堂，約三十上下年紀，見了秀全，一揖就坐。

你道那人是誰？原來就是陳玉成，湖北麻城縣人。自幼父母亡過，學得渾身武藝，最精不過是槍法，能於百步內百發百中。向在湘、桂之間，散放布粟，遠近皆聞其名。秀全到廣西時，早聽得他的名字，這回想見，自然大喜。便道：「素仰兄弟大名，如雷貫耳。今得相遇，足慰平生。」陳玉成道：「莽夫不識大體。倘蒙不棄，早晚執鞭隨蹬，稍盡犬馬之勞，實為萬幸。」秀全道：「雄才不願終老牖下。何況亡國已久，正該圖個光復；某不自量力，為天下倡，但得兄弟們同心協力，此不特某一人之幸也。」陳玉成聽言謙讓。正談論間，忽報石達開到。秀全暫令陳玉成退下，讓石達開進來。秀全道：「石兄弟獨自到此，必有事故。」達開便把張亮基、曾國藩兩路興兵來援衡州的事情，說了一遍。錢江先答道：「曾國藩不打緊，只他手下一人，名喚羅澤南；張亮基軍裡一人，喚做胡林翼，都是文武足備的，賢弟未可輕敵。今且前進，某當另派勇將來助兄弟也。」說罷，便即喚李秀成道：「素知兄弟能謀善戰，且向在石軍營裡。今可到石兄弟軍前，以備策應，某隨後自有計也。」李秀成領令而行。秀全又向石達開道：「兄弟多識此間豪傑。今胡以晃薦陳玉成到此，兄弟曾識其人否？」達開道：「某聞之久矣，只未識其面。此人向在廣西潮海一帶，散放布粟，人人畏服。實江湖上有名人物。既然到此，某願與他想見。」秀全便邀陳玉成進來，告以達開願見之意。陳玉成聽說，即上前向石達開聲喏！達開急回道：「聞名不如見面，見面勝似聞名。素仰大名，幸會幸會！」陳玉成急答道：「小弟有何本領，要勞將軍過獎！」達開謙遜一會，隨對秀全道：「弟視陳兄弟氣概，勝弟十倍。今前軍正需用人，願請陳兄弟到營裡相助。倘蒙允許，弟所賴者不淺也。」洪秀全從之。便令陳玉成與李秀成，隨石達開往前軍去。三人別過秀全、錢江而行，一面伸明號令，直取衡州。

這時曾國藩團練軍已到，錢江又恐初進湘省，防失銳氣，便再令蕭朝貴、楊輔清引五千人，接應將來。隨後，錢江又率大隊繼進。早有細作報知張亮基，張便和曾國藩商議道：「洪軍全軍到此，聲勢甚大。此行恐先挫銳氣，則必至兩湖震動，計不如堅守為上。」國藩道：「某亦謂然。但朝廷付任於某等兩人，若並不能一戰，恐洪軍更分掠各郡，旁入江西，四面緊急，將不能收拾，卻又如何是好？」胡林翼道：「某所慮者：眾寡不敵耳！今番為湖南第一次戰事，不可不慎。某聞楊秀清以不得主之故，常懷怨望；不如遣人，間道入廣西，散布謠言：稱洪秀全不與楊秀清共進湖南，使之孤軍留守，實修怨而欲陷秀清於死地；秀清必聞而生疑。然後，我堅守衡州，以待其變；一面增募軍兵，並加緊飛調湖北各軍，以資調遣，較為上策。」羅澤南道：「胡公言之甚善。但廣西所以致敗，全在將不知兵。洪軍烏合之眾，不足為慮，以我訓練之師，準可一戰。以弟愚見，不如兩策俱行：一面遣人入廣西行詠芝之計；一面與他開戰，何必多慮？」胡林翼爭道：「以江忠源之謀，向榮之勇，先後損兵折將，望風披靡。洪軍中料多能事之人，不得謂烏合之眾。兵法說得好：『知已知彼，百戰百勝。』某不才，願公等思之。」張亮基聽罷，便請曾國藩決議。那曾國藩又素信羅澤南的，便道：「羅山之計甚高。且洪氏大勢已成，不宜再令養成銳氣，速戰為是。」遂決依羅澤南之計而行。先遣人入廣西行事；隨令曾國葆引軍助守衡州，餘外都候石達開接戰。且說石達開已準備攻取衡州。忽報蕭朝貴、楊輔清領軍到，便大會諸將商議。李秀成道：「錢先生力贊胡林翼與羅澤南，料不是等閒之輩，本不宜輕敵。但清軍如先調合湖北各路，以厚軍力；再令江西分兵策應，復令向榮、江忠源等，攻楊秀清，以牽制洪哥哥大軍，這樣實費籌畫。今彼見不及此，而恃才輕於一戰，其心驕矣。吾因其驕而用之，如此如此，可以破曾國藩也。」石達開便令各軍退十里下寨。洪秀全聽得這個消息，一驚非小，忙召錢江問個細底。錢江道：「有李秀成在，料能忖度軍情。且張亮基等與賽尚阿不同，最宜謹慎，但恐向榮等乘機伏楊秀清之後，於我大礙，我一發與李秀成相應，大軍暫緩前進；另派韋昌輝、李世賢統軍在後，以照應楊秀清可也。」洪秀全一一從之。這時曾國藩聽得達開已退；洪軍又不進，不知何故。正自躊躇，胡林翼道：「彼軍人數三倍於我。忽然退去，恐有計也。」國藩道：「大約因胡兄弟這條計在廣西散布流言；或因楊秀清有了變，故洪軍急於打回耳。自當追之，不宜失此機會。」帳裡諸將都覺此言有理。只要胡林翼不信入廣西的人，有這般神速。只是石達開縱然退兵誘敵，洪秀全又何以中途不進，好生詭異，因此沉吟不語。團軍各統領皆主速宜追趕。曾國藩便令楊載福，張亮基便令副將王興國，各引前隊先進；隨後張亮基、曾國藩各引前軍趕來。

只見前面山林之內，都是洪軍旗幟。胡林翼急道：「洪軍人馬既離此不遠，曾國藩團練軍又不知勝負，不如暫緩進兵，以觀動靜。」張亮基亦以為然，便飛令王興國勿進。忽然探馬報導：「洪軍已分遣水軍蘇招生、陸順德兩將，沿湘江直攻衡州府去也。」張亮基聽得，便欲回救衡州。胡林翼諫道：「若此反受牽制矣。府城尚有曾國葆一軍助守，未必遽行失陷。不如調兵斷彼水軍來路，較為上策。」張亮基聽說有理，隨差人報知曾國藩。

原來曾國藩望見洪軍旗幟，只道是洪秀全疑兵之計，死命追去。忽聽得衡州府城被洪氏水軍攻擊，便撥塔齊布回救府城。此時石達開知曾軍移動，一面令羅大綱、陳玉成直攻曾國藩，留李秀成、蕭朝貴牽制張亮基；自己親護舟師前進。分撥既定，陳玉成先出，羅大綱繼進，分兩路直取曾營。

那時曾軍正在移動，陳、羅二將已卷地擁來。還虧羅澤南有些主意：號令三軍，堅持不動。無奈洪軍中陳、羅二將，來勢太猛；羅澤南支撐不住，反困在垓心；又因寡眾不敵，左衝右突，不能得脫。正在危急之際，忽然北路上一枝軍殺入，羅大綱前營紛紛退後，直透重圍，救出羅澤南。眾視之，乃楊載福軍也。澤南道：「曾公現在那裡？」楊載福道：「曾公已退出後路。敵兵勢大，不宜戀戰。」便會合殺將出來，猶望張亮基一軍救應。誰想張亮基撥陳坤修一軍，往截洪氏水兵，都被石達開殺退。張亮基各路俱敗，早忙了手腳。胡林翼道：「現在四面皆危，這裡又受牽制。不如將計就計，請公假作移營，往援曾軍之狀；彼見我兵動，必銳意趕來，某卻如此如此，可以止洪軍也。」張亮基從之，急領各營望曾軍接應前來。胡林翼便先令一軍埋伏，自己仍作退狀。那蕭朝貴聽得，即請進兵。李秀成道：「彼去得整暇，恐非真退。切勿誤追。」蕭朝貴大呼道：「各人皆立大功，豈進湖南後，我輩遂為木偶耶？」便不聽李秀成之諫。秀成再止道：「石哥哥在此，諸事尚多從我，你何故違令？」蕭朝貴道：「我從洪哥哥出入患難之中，那有你來？你今日立過多少功勞，卻來傲我？我卻不依！」說罷，便領本部奮勇趕來。李秀成無奈，只得隨後照應，以防伏兵。

當下蕭朝貴見張亮基和胡林翼，走得不遠，越加馳軍疾進；不想林內一枝伏兵殺出，槍聲響處，彈如雨下，李秀成覺得，正要殺散伏軍，奈離得太遠，救之不及。嗚呼不幸，一顆彈於飛下來，正中蕭朝貴腦袋上，登時跌落馬下沒了。李秀成大怒，揮兵直截過來，把數百伏軍殺個寸草不留。胡林翼欲回救時，已是無及。秀成即令把蕭朝貴屍首扛回軍中。便統本部及蕭朝貴部兵大隊，殺將進去。那洪宣嬌在營裡聽得丈夫已歿，不覺眼中流淚，心中大憤。隨引一隊女兵，跟隨李秀成而進。部將郜雲官問秀成道：「哥哥前不欲朝貴追，今番卻自來追，何也？」秀成道：「前不欲追者，懼伏軍耳。今伏兵已過，吾何懼哉！」便會合各路，與羅大綱、陳玉成、洪宣嬌分頭趕來。張、曾兩軍那還有心戀戰，只顧死命而逃。李秀成追殺二十餘里，看天時將晚，始傳令收軍；洪宣嬌獨進，追至胡林翼後路，立殺數十人而回。這一場惡戰，殺得張、曾兩軍，人人膽落，遺下屍首，及獲得輜重器械無數。隨與石達開會合，秀成便令舟師退後。石達開道：「舟師正自得手，何故便退？」秀成道：「舟師先進，所以誘敵耳。孤軍不行險地，況在夜裡乎？」達開深服其論，即傳令收兵，達開道：「今日仗兄弟之謀，全軍大勝，可惜蕭朝貴不聽號令，以至於此；今後失一棟樑矣。」洪宣嬌聽得，更感觸起來，放聲大哭。各人安慰了一會，回到營裡。達開便把勝仗情形，及蕭朝貴因何致死，報到洪秀全軍裡。

秀全初時聽得大勝，正自歡喜；後來又聽得蕭朝貴不聽李秀成之勸諫，以至陣亡，遂放聲大哭道：

「朝貴兄弟與某等論交於患難之中。正欲同心戮力，共謀光復，不竟朝貴竟先我而亡。今後吾折一臂矣！哀哉朝貴，痛哉朝貴。」哭了一會，各人都為勸慰，秀全方才收淚。便與錢江商議進兵。錢江道：「前軍一勝，湘人膽落矣。乘此進兵，正合時矣。」便督大隊人馬前進，到時，已見石達開、李秀成出迎。秀全先贊秀成戰勝之功，隨問起蕭朝貴死事。石達開先將朝貴不聽號令，以致中計的原故說明，秀全為之搖首嘆息。李秀成即進道：「大王與諸將，皆出生入死之兄弟，既著聲望，又負勛勞；秀成以隴畝匹夫，驟司軍令，宜乎眾人之不服也。今至損折國家棟樑，實由於此。自此願退居士卒之列，以聽驅策，再不敢居上位，以誤軍情也。」洪秀全急執秀成之手說道：「皆是吾不明之故。因愛惜兄弟，故為嘆息，願卿勿以芥蒂生嫌。」秀成道：「弟以庸才，荷蒙不棄，久欲同心協力，上雪人民之恨，下報兄弟之仇，那有芥蒂生嫌的道理？」各人聽得，無不感動。隨議厚恤蕭朝貴。錢江道：「現在只得以厚禮葬之。待國基既立，然後追贈封官便是。」洪秀全從之。錢江道：「今後彼軍既敗，必飛調長沙各路接應，而分道求救於江西。我宜先發制人。」便令林彩新領五千人，及部將十員，從間道先取醴陵；隨令賴文龍、古隆賢，各領三千人，分取攸縣及耒陽兩縣。並囑咐道：「這三路是江西來路，幸彼軍無兵把守。諸君此行，一舉可下。得了這三處，不特可以驚嚇曾國藩，亦足以屏障江西。事不宜遲，就請便行。」三人領命去後，錢江便與李秀成乘馬，領了數十騎，親往湘江巡視一遍。並沿路觀看衡州府城西南兩路而回。隨大集諸將聽令。先對李秀成說道：「今張亮基全軍退入衡州，而曾國藩又分布城外，以為犄角。吾巡視湘江及西南兩路門者，欲彼知吾從這條路進兵也。今彼搭浮橋，透過右岸，另屯兵隊，志在防我水道耳。」即喚吳定彩、蘇招生、張順德囑咐道：「三位可帶舟師先進。各船篷面都用白鐵包著棉花，遮蔽內外，以避彈子，冒險前進。先燒浮橋，斷彼接應，看東門火為號，乘機殺入城中。」三人得令，自去準備。錢江又喚陳坤書囑道：「兄弟可帶舟師護住陸軍。但看浮橋燒斷，即渡陸軍登過右岸，殺散敵兵。」各人去後，隨令李秀成領一萬人帶同陳玉成、李世賢、賴漢英，直取曾國藩；又喚石達開、羅大綱，囑咐如此如此；又喚韋昌輝、譚紹洸，囑咐如此如此。分撥已定，傳令午刻造飯，申刻起兵。

洪秀全自領李開芳、林鳳翔統中軍，為各路救應。且說張亮基探得蕭朝貴戰死，便對胡林翼道：「蕭朝貴乃洪秀全妹丈，親愛逾於常人。恐連日治喪，洪軍不能遽出矣。」胡林翼道：「洪軍隨後來也。彼軍本利在急戰，況加以蕭朝貴之恨，那有不來？只城孤兵寡，不可不慮。」正說著，早聽得洪秀全大隊擁到。胡林翼便督率軍士守城，晝夜親自巡閱。那日正見錢江、李秀成兩人巡視湘江及城外西南兩路。林翼道：「彼欲從此路進兵也！」便令加兵，守護西北兩門。少時與張亮基登城樓遠看：只見漫山遍野，都是洪軍。林翼大驚道：「彼軍如此之眾，而我調長沙各軍，至今未到，如之奈何！此城料不易守，不如退兵為上。」曾國葆道：「戰既不勝，守又不能，有何面目回見湘中父老？某寧死不退！」張亮基聽罷，不能主裁。忽攸縣、醴陵、耒陽三處，文書雪片飛到，都是催兵救應的。胡林翼道：「彼分掠三路，欲斷我江西救應之兵也。奈他雖告急，只此處自顧不暇，何能分兵？」張亮基道：「請兵不救，是棄三郡矣。恐朝廷見罪，如何是好？」林翼道：「某寧受罪名，以求實際。此處正當長沙要衝，非那三郡可比，望中丞思之。」正議論間，只見曾國藩策馬而至。見了張亮基，便問行止。張亮基故作問道：「洪氏軍勢甚盛，某欲退而避之，尊意若何。」國藩道：「退兵誠是！但我退後，不特衡州失守，且彼將隨我而進，恐兩湖皆震動矣。不如堅持一陣，以待長沙救兵，較為上策。」張亮基聽了，更無思疑，便請國藩回營，準備應敵，一面飭兵守城。

果然到了次日，見洪軍紛紛調動。將近黃昏時刻，水師已沿河而進。張亮基即令軍士環岸放槍，無奈打出去，皆不中要害。吳定新乘著南風，督船先進，直泊浮橋，縱火燒之。張亮基撤軍救應。此時陳坤書，已渡陸兵過了右岸，水陸並進。清軍在右岸的僅千把人。瞧見洪軍殺來，又見浮橋被毀，不戰自亂。張亮基急調軍防洪氏水軍登岸。不想石達開、羅大綱大隊擁到，直攻西南兩門。張亮基手忙腳亂，待撥兵助守；不料東門守將飛報禍事：說稱韋昌輝調百人直抵東門，依錢江密計，各攜火藥一包，放在城腳，轟發起來。那東門城牆整整陷了數丈。韋昌輝乘機擁進。陳坤書等見東門火起，急領水陸各營，登到岸上，殺進西門而來。一面繞過南門，接應石達開進去。張亮基見三路俱失，急急領敗殘軍士逃去；此時猶望曾國藩一軍救應。不提防曾國藩各營，早被李秀成牽制，不能衝突進城。及至東門火起，軍民大亂，李秀成乘勢殺進去，曾軍各自逃走。羅澤南立殺敵數人，不能阻止。那陳玉成一馬當先，撥開殺路，直入軍中，來捉曾國藩。還虧塔齊布、楊載福擋住一陣，擁護曾國藩望北而逃。李秀成、李世賢、賴英分頭趕上，又虧羅澤南親自斷後，隨戰隨走。不提防石達開自進衡州之後，就令羅大綱領軍，會合韋昌輝從斜裡望曾軍殺來，塔齊布、楊載福雙戰不利，只望西北而逃。忽然李秀成趕至，大呼道：「城池已失，全軍皆敗，去將安逃？降者免死！」於是國藩之軍聞說，紛紛投降。羅澤南大怒，方欲阻擋，奈李秀成軍如海湧，急得會合曾國藩而逃。不料正東又一枝軍殺入，嚇得曾軍呼天叫地。原來洪秀全親領李開芳、林鳳翔帶兵到此，反把曾國藩困在核心，軍士各自逃竄。正在圍困既急，忽然西北方一彪人馬殺入，力擋羅大綱，直透重圍。眾視之，乃胡林翼、曾國葆也。曾國藩道：「詠芝到此，吾無憂矣。但不知張公何在？」林翼答道：「衡州已失，張公已退至上流。目下敵軍勢大，速退為上。」便傳令各路一齊退走。林翼便與澤南親自斷後。不料說猶未了，後面喊聲又起：李秀成、陳玉成、韋昌輝依舊趕來。曾國藩正奔走間，忽被彈子擊中坐下馬，那馬後蹄一掀，把曾國藩掀倒在地下。此時左右皆因慌亂，不能救護，好不惶急。忽見胡林翼軍內，一員馬將跳彭玉麟恤情贈軍餉 郭嵩燾獻策創水師下馬來，一手挾起曾國藩，復飛身上馬，殺出重圍，曾軍便乘勢退去。洪秀全見敵軍去遠，始傳令收軍回衡州。

那曾國藩被救之後，使問那將是誰？那將大聲答道：「屈居下僚張玉良也。」國藩驚道：「如此可謂埋沒英雄。獨惜足下驍勇如此，何不早言？」張玉良道：「用非其時，言亦何益。且懷一才而急欲自見，某不為也！今番亦聊以小試耳。」原來張玉良亦湖南人氏，素有勇力，且又善戰。曾國藩聽得，嘆羨不已。少時見敗殘將士，陸續俱到，僅留下千把人；再行十餘里，已見張亮基亦只剩下一千餘人，紮在小山之上。國藩上前想見，各訴敗軍之事。管教：

皇漢天兵，直似雄風吹敗葉；風塵俠士，猶如毛遂處囊中。

要知後事如何？且聽下回分解。

彭玉麟恤情贈軍餉　郭嵩燾獻策創水師

話說曾國藩退兵之後，見了張亮基，各訴敗兵之事。張亮基道：「早聽胡詠翁之言，不至有今日之敗矣。」曾國藩道：「某此時亦在無可如何。只是朝廷寄湘省責任於中丞與某二人，若並不能一戰，反使長成敵軍銳氣，而致城池失守，恐至人心震動耳。」說罷，不覺淚下。隨又道：「此行若不得張玉良，則某亦不能與中丞想見矣。」張亮基急問何故？國藩便把被救情形，一一說知。張亮基聽得有如此戰將，急命張玉良上前想見。少時左右引張玉良至。只見張玉良威風凜凜，到時長揖不拜。張亮基即急起迎讓坐。隨道：「豪傑屈不見用，某之罪也。」遂令厚賞他銀子。一面飛奏朝廷，報知兵敗情形；並保舉張玉良，以為營官。

忽然耒陽、攸縣各處官吏，都紛紛奔至，說稱城池失守。曾國藩大怒，欲治各官之罪。張亮基道：「眾寡不敵，非各官之罪也。且我們擁兵不下二萬，而不能保守一衡州，又何責彼耶？」曾國藩聽了此話，滿面羞慚。隨說道：「現今各城失守，報到朝裡，恐不免見罪，如之奈何？」張亮基道：「兵敗致罪，國法也！某又何辭。豈敢粉飾以欺朝廷哉？」隨向胡林翼道：「現今軍勢已衰，此地不宜久居，恐敵軍掩至，吾等皆為齏粉矣，足下有何高見？」胡林翼道：「此處離衡陽不遠，不如退到那裡，招集流亡；

隨調武昌、長沙各軍，並招募新營，再請江西援應，養氣待時，或可再戰。否則非吾所敢知也。」張亮基從之。便傳令各營，齊望衡陽而退。

且說洪秀全大軍既定了衡州，立即出榜安民，一面賞恤各軍士。此時湘省人民，皆知洪氏大勢已成；且又知得光復山河的道理，都恭迎王師，助糧饋餉的不計其數。於是洪秀全聲威大震，移檄各郡。不多時醴陵、攸縣、耒陽三縣報捷已到，便欲加封各人官爵。錢江道：「近來豪傑紛紛來歸，亦以亡國之痛，思展長才，助明公之力，以報答國家耳。果其志在官階，則將願為貳臣，以從張亮基等之後，豈復能為我用耶？今若勝一仗，加一官，若至天下大定之時，恐封不勝封，將何以自處？竊為明公不取也。」秀全聽畢，恍然大悟，便止加官之令。傳令大宴將士。這時大小將官，都已到齊，正在飲宴之際，秀全欲議收取長沙之計。李秀成道：「長沙一局，無異桂林，克之誠費兵力。我不如攻其易者，以振軍威。然後沿湘江，克武昌，以撫臨江、浙。種族之理既明，待布告新國之後，則東南各省，張檄而定，何憂一長沙？此時長驅北上，自無後患。若徒據目前根據，既懈軍心，又費時日，使滿清得徐為之備，實非良策。願明公思之。」錢江聽罷鼓掌道：「李秀成之言是也。今彼軍既敗，必調湖北各軍，以保護長沙。中國留軍於此，由衡陽以攻長沙為名，即足以牽制兩湖各軍。就乘湖北空虛，以攻武昌，則勢如破竹矣。」洪秀全兩皆從之。

忽報楊秀清差人送禮物到來犒軍，兼賀大勝。秀全急召那人入內想見。

那人原來是胡以晃的親弟，喚做胡以昶。錢江先問秀清在軍中，作何舉動？

胡以昶道：「現在聽得清廷調向榮、張國梁及江忠源三人，回守湖北。唯廣西散布謠言：說主公獨進兩湖，恐不利於秀清，因此秀清深懷疑慮。幸家兄胡以晃力為解勸，方始無事。因前兩天，秀清妻室歿了，現在卻沒有什麼動彈。只來日大難，望先生何以處之？」錢江道：「此必敵人反間之言也。」說罷，令胡以昶暫行退出。秀全便復問錢江以處置楊秀清之計？錢江道：「我有一間之微，敵人即欲乘機煽動，是不可不慎。故目下切忌生嫌，當以調和為上策。某思得一計在此，望主公決之。」隨附耳向秀全說稱如此如此，秀全大喜。錢江隨轉出來，秀全即移身入內，見了洪宣嬌，即把秀清的舉動，一一說知。洪宣嬌道：「如此看來，不知哥哥怎麼處置才好？」秀全便把錢江囑咐的話，細說出來。宣嬌聽了，早已會意。

那一日見廠蕭朝貴的妹子，名喚蕭三孃的，宣嬌本與三娘，有個姑嫂情分。便乘間說出楊秀清的舉動。三娘道：「大事未定，若先相矛盾，反使敵人得利，恐不宜以猛手段出之，須於兩處調停妥當，實力利便。」宣嬌道：「正是如此。現錢先生有一個妹子，欲與秀清續婚，使大家和好，示無嫌隙，此計甚善，唯錢先生的妹子，尚在年幼，恐不能久待，是以來決。」蕭三娘本是個警覺不過的人，聽了此話，暗忖許久：不聽得錢先生有個妹子。這回說來，覺得可異，想不過打動自己而已。隻身為女子，横豎要嫁人，且兄長朝貴生時為大局之計，與他周旋，自己怎好拂主公之意，以誤大事。想罷便答道：「尊嫂這話，我不相信。因何不聽得錢先生有個妹子？你如何這樣說。若別有謀，還當實說才是。」宣嬌聽罷，便附耳說了幾句。蕭三娘登時兩臉暈紅了。原來錢江素知楊秀清最畏婦人。故欲以蕭三娘嫁廠楊秀清，使調停其間。這會蕭三娘聽得，心上本不甚願嫁秀清；只重以秀全之命，又是國家大事，實不好推辭，只得應允。宣嬌大喜，急往報知秀全，秀全又轉告錢江。大家畫計已定，秀全即差胡以昶回去，並備些禮物，弔唁楊秀清之妻。隨對以昶說道：「秀清中年喪妻，大不幸也，洪某實在傷感。今有一頭好親事，當與秀清兄弟為媒，以成其美事：即是朝貴兄弟的妹子蕭三娘，確實不錯，望對秀清兄弟善言之。」胡以昶領命而去。

回至全州，復過楊秀清。說稱秀全哥哥，聽得兄弟失偶，甚為感傷。現有弔唁的禮物，及有頒賞諸軍士的，都交楊秀清收過了。隨又把秀全主張他與蕭三娘結婚的事說知。楊秀清素知蕭三娘有幾分姿色，且有才略，心裡自然歡喜，隨點頭稱善。胡以晃在旁，又加以一力贊成，秀清便回書至秀全，謝其作合這頭親事。秀全忙與錢江商議。錢江道：「他既應允，自事不宜遲，立刻成親可也。」秀全從之。即致書楊秀清，請他擇個成親日子，送將過來。忙即打點親事：先令洪仁達，帶了蕭三娘送到全州就親。錢江又囑咐蕭三娘一番而罷。果然那日楊秀清準備迎親。大吹大擂的宴賀，好不鬧熱。洪秀全又令軍中各將士，紛紛致賀。

自楊、蕭成親之後，夫妻自然親愛，蕭三娘又聽錢江所囑，在秀清眼前，盛稱洪秀全之德，並說他無時不記掛秀清。秀清聽得，暗忖自己，方自思疑秀全，原來秀全反是個好人，卻不免錯怪了。奈究竟日前聽得謠言，又不免記在心上，便把這來歷對三娘說知。三娘道：「此是敵人反間之計。你反認以為真，何其愚也。」秀清恍然大悟。三娘又道：「妾前聽得洪哥哥說道，但得大事已成，無論何人登位，卻是心安。這樣看來，豈不是錯怪了人。」秀清道：「我一時愚昧，見不到此。」便立刻修書到洪秀全那裡，說明自己猜疑的原因，並謝前過。秀全好不安樂，即同錢江商議進兵之計。

早有細作報到衡陽。張亮基聽得蕭、楊結親之事，便向胡林翼問這個是怎麼意見？林翼道：「此必是因我們布散流言，有了嫌隙，故為此計耳。他們手段很好，只我們卻要防備。」曾國藩道：「某雖在此，甚憂長沙。恐彼從間道，乘我不備也。」胡林翼答道：「此事可不必多慮。彼不取桂林，即是不取長沙之意。必將上攻武昌，斷我南北交通之路，則東南各省皆在彼掌握中矣。彼何憂一長沙耶？但根本之地，亦不宜不顧。此處離長沙不遠，不如先催取長沙各軍，再行打算便是。」張亮基道：「現在軍中糧食短少，運糧的又不接續，吾甚憂之。」林翼道：「正唯如此，今彼兵四出分掠，若問道絕我糧道，實為大患。今衡陽地面離長沙較近，尚易接應。若目前不濟，不如募捐於民，以應目前之需。中丞以為然否？」張亮基稱說甚善。遂傳令商民，勸示捐助。叵奈衡陽是個瘦地，募捐總然無效。

卻說黃文金聽張、曾兩軍退兵乏糧，便入見洪秀全，欲請兵往追。秀全求決於錢江。錢江道：「歸師莫掩，窮寇莫追。且我所慮者，他會合湖北、江西各軍，以阻我耳。今乘此機會，以視師衡陽為名，到時另使能事者引勁旅，率耒陽、攸縣、醴陵之眾，以入江西；今先令水師望湖北出發，吾因沿陸路以趨武昌可也。」洪秀全深然其計。遂令陳坤書、吳定彩、蘇招生、陸順德四將，統水師沿江而進；隨令石達開先引前部，望衡陽出發。

且說曾國藩、張亮基回至衡陽，早有縣令迎至城裡，就將縣衙門作了行臺駐下。一面撫卹敗殘軍士；爭奈武昌、長沙兩路救軍，總是不至。原來清軍自從衡州大敗，長沙一夜，十室九驚，只道洪將攻到長沙的了。故糧道亦為之阻窒。募捐又是不足用的。曾國藩看得如此，正在無可計較，忽糧務委員到來，請發軍糧。並說道：「糧期已逾十數天，軍士已有怨言，恐不能再緩矣。」曾國藩聽得，此時實在慌忙。忽又探馬報稱：「洪秀全已遣石達開前部，望衡陽而來矣。」這時兩面急報，嚇得曾國藩魂不附體。急得令糧務委員暫退。隨與羅澤南相議道：「軍糧缺乏，洪軍又至，恐必使人心瓦解，長沙亦將震動，如之奈何？」羅澤南道：「以弟愚見，石達開行程甚緩，未必志在攻取衡陽；但眾寡不敵，亦不得不避之。唯目下軍糧緊要，屢催長沙運糧不至，不如就在城裡富商謀借五六千，較為穩便。」曾國藩道：「城內並無知己。借款二字，如何說得容易？」羅澤南道：「以老兄乃一個本籍大紳，憑個名目借貸，或能如願，也未可定。」曾國藩乃點頭稱善。是時已打聽得，城內一間當鋪，素稱殷富，是個有名的謙裕餉當字號。曾國藩便穿過袍服，望謙裕餉當而來。到時把一個名刺差人投進去，說稱要與司事人會面。那夥計見有曾國藩三個字，自不敢怠慢，忙代轉遞去了。

原來那司事人姓彭，名玉麟，別字雪琴，乃本籍一個諸生。為人外貌卻甚剛嚴，只心裡上卻是好名不過的。只因功名不得上進，因此悶悶不樂；又因家道困難，還虧平日有個剛正的虛名，就浼親朋，薦到這間店子裡司事。

這會聽得曾國藩到來想見，暗想他來不知有甚事故？只要接他進來，當這干戈擾亂之時，好歹口上談兵，說個天花模樣，或憑這個機會有個好處，也未可知。想罷，便請曾國藩進至裡面坐定，透過姓名。曾國藩把彭玉麟估量一番，果然生得一表人物，心裡已自歡喜。便說道：「素聞足下慷慨之名，未能會晤。今日一見，足慰生平。」玉麟道：「小可微名，何足動侍郎清聽！只明公此來，必有見教，望乞明言。」曾國藩道：「因在衡州以眾寡不敵，被洪軍殺敗，逃走至此。現因軍糧缺乏，恐軍心生變，欲在貴號挪借五、七千銀子，暫濟目前；待長沙運到之後，即行交還。此為朝廷大事，且足下向有俠名，幸勿見卻。」彭玉麟聽得，暗忖店裡的款項，本不是自己的，自己本無權挪借。唯他是一個侍郎，且奉命帶兵，這會借款，算是借與朝廷，是個大大題目。縱然是老闆責備，也是沒奈我何。況且我拿款來借他，他自是感激我，是虧在老閫，居功只在我一人，看來實是不錯。想罷，便開口道：「些些小事，有何不得。借了之後，東主有什麼責言，晚生願以一身當之。只明公在衡州，如兵臨險地，似非善策！即衡陽亦不是久居之地，望明公恩之。」曾國藩聽罷，覺此人如此信義，又能暢談兵法，早看上了他，便答道：「原來足下不特是一個慷慨之人，還是個高明之士，倘願出山，曾某願為力保。」玉麟道：「出身有何不願？當今四方多事，正欲略展微忱。只怕朽櫟庸材，不足發明公之夢耳。」曾國藩聽罷，稱讚不已。彭玉麟就開了櫃子，取了白金五千兩，交過曾國藩。國藩領過之後，隨稱謝道：「此行得足下之力不少。他日軍事得手，誓不相忘也。說罷，即握手而別。帶領從人，一路回來，感激彭玉麟不已。

回營後，即對張亮基說知，就把軍糧分撥已定。忽流星馬報稱：「石達開前軍已離衡陽不遠。」胡林翼即時張亮基說道：「此地不能守矣。速退為是。」張亮基立即知會曾國藩：傳令各營，拔寨退兵，齊望長沙而去。石達開到時，聽得張、曾兩軍俱退，仍恐有詐，使人打聽，果然是一座空城，遂唾手得了衡陽。一面飛報洪秀全，齊到衡陽駐紮。再定行止。

且說彭玉麟尚在衡陽城裡，單恐洪軍知道借款曾國藩的事情，發作起來，有些不便，欲單身逃走，往尋曾國藩，討個好處；只還有一件事，心上還不安。原、來彭玉麟前年已喪偶，只留下二子，未進當店以前，曾在鄰鄉設帳授徒，適鋪鄰一個孀婦徐氏，差不多二十多歲的年紀，姿首頗佳。徐氏常見彭玉麟外貌端莊，心裡早自屬意，只難以啟口。探得彭玉麟生平好畫梅花，筆法卻有一種勁氣，便遣丫鬟遞上一扇，求玉麟代畫梅花，故意露其芳名示意。那彭玉麟內性本是風流跌蕩的人，便慨然應允。果然不上三兩刻，早把那扇兒畫停妥。隨就畫上題詩道：俊俏天香笑亦愁，芳姿原是幾生修。知音料有林和靖，無限深情在裡頭。

題罷即把那扇交過丫鬟，當即回報徐氏。那徐氏看了，不禁情感於中。暗忖這人不特是個莊重儒生，竟是個風流才子，這個姻緣，自不好錯過。想罷，便回一書道：

薄命人徐氏，書奉雪琴先生文席：自親芝顏，早系魂夢。顧不敢以造次出之者，誠以君本讀書，宜敦士品；妾方守節，尤貴莊嚴，名譽所關，人言可畏！故以慎密行之耳。然心雖如此，情自難禁。聊遣丫鬟，乞書示意：叨蒙不棄並詩，捧讀之餘，神魂不知何往。自念妾以蒲柳之姿，何敢以梅花自比；然而和靖自命，多情如君，妾銘感多矣。妾聞之：君子不以言戲人，言出於君，而聽於妾，神明共鑒，生死以之。此後令媒通禮，一唯君命！若始挑之，而終棄之，妾固敗名，君亦喪德。如此妾無顏生於天地矣。書不盡言，死待遵命。敬依原韻，和成一章。自知珠玉在前，不免大方見笑，亦聊以示意耳。未注薄命人徐氏斂襖。書後，又復一詩道：獨倚妝臺眺晚愁，敢因薄命怨前修；爭得秀才半張紙，好香吹到下風頭。

書罷，再命侍婢送到彭玉麟那裡。玉麟得了，不勝之喜。自此吟詠往還，殆無虛日。徐氏送饋飲食各等，已非一次，便成了白頭之約。只是徐氏守得頗正，因待玉麟妻服滿後，始行合巹，玉麟只得聽之。不料好事未成，已漸漸洩了出來。鄉人就互相傳說，都道這個教學先生，是很不正派的了！這樣連徐氏也沒有面目見人。只得勸玉麟力圖改業，奮志前程而已。彭玉麟因此就託親朋，薦到這間當店。此時見人言嘖嘖，又因初在當店，外局少不免要慎些，故此圖娶徐氏的事，就暫時按下不提了。誰想到店未久，就遇曾國藩借款一事；及至秀全進兵衡陽，彭玉麟恐洪軍查出見罪，急得要收拾逃走往尋曾國藩，好歹唸著借款之情，有個好處。唯心中本放不下徐氏，只念曾國藩是個最講道德的人，若然帶了個少婦同行，反令曾國藩小覷自己，自然帶不得徐氏同去。但恐此行不通知徐氏，本對她不住；若要通知時，又怕徐氏苦苦纏住，實在難以打算。只古人說得好：「寧教我負天下人，莫教天下人負我。」不如自行逃去。待至發達時，再迎徐氏，也未為遲。想罷，便攜些細軟，對店伴詭稱出外些時，竟望長沙而去也。後來徐氏聽得，竟信彭玉麟有意負她，遂投江而死，此是後話不提。且說彭玉麟直奔長沙而去。探得曾軍已屯紮長沙對面，名喚沙洲的地方，玉麟便投刺入內請見。曾國藩聽得彭玉麟已到，念起當時借款之情，自然感激不盡。忙請進裡面，述起衡陽失守的情形，不覺泫然淚下。隨說道：「雪琴到此，現軍中正少文案一員，可權在此間。倘有機會，國藩自當竭力保舉。」彭玉麟便稱謝不已。正談論間，忽報翰林院庶吉士、郭嵩燾，別字子美，到來拜會。原來郭嵩燾與曾國藩，本屬姻親，又最莫逆。國藩忙接進裡面，向嵩燾道：「子美別無來恙？到此必有見教。」嵩燾道：「因親翁回軍到此，特來拜謁。」國藩道：「敗軍之將，有何面目見故人耶？」嵩燾道：「眾寡不敵，勝敗亦兵家之常耳。只有個緊要去處，故晚生不忖冒昧，聊進一言。不知姻翁願聞否？」國藩道：「有何不願？就請明示。」嵩燾道：「我軍只靠陸路為應敵；今洪軍分遣水師出現於湘江，或進或不進，我已防不勝防。將來長江一帶形勢，反折入於敵人之手矣，今宜建立舟師，仿廣東拖罟形式製造，訓練水師，以固江防，實為上策。」曾國藩稱然其計。時湖北各軍已陸續趕到，因此長沙清營，軍聲復振。曾國藩便商議建立水師一事。管教：

舳艫千里，長江各振軍威；戎馬兩年，天國重光漢祚。

要知後事如何？且聽下回分解。

左宗棠應徵入撫衙　洪天王改元續漢統

話說郭嵩燾獻策創練水軍，曾國藩深信其言，便與張亮基商議：依廣東拖罟之法，製造舟師，不在話下。

張亮基因這時光，軍務憂勞，染上了一病，故軍事反決於曾國藩之手。

但是胡林翼對張亮基說道：「某昨探洪軍帷幄主謀之人，上者是錢江，次則李秀成，此兩人好生利害。」張亮基道：「此兩人從那裡出身？」林翼道：「昨據廣西知縣李孟群馳書來報，稱李秀成向來隱居不仕，躬耕隴畝，研究兵法，善於臨機應變；並且馭眾有方，人為樂用，不可輕視也。錢江向參粵督林則徐幕府，因事充發新疆，不知怎地便能脫回。此人天文地理，無所不通；諸子百家，無所不曉。且政治軍旅，更其所長，活是王佐之才。吾軍中實無其右者。明公當謀以對待之。」亮基道：「賢士歸於洪秀全，羽翼成矣。不知錢江是充發軍臺的，何以擅自回來？亦不可不查究！」林翼道：「由廣東至新疆，路經百數州縣，應有押送犯人文憑，只不知是在那個州縣逃脫？抑有頂冒？此人狡計極多，無從查悉；或者從新疆逃回，亦未可知。目前查究事小，應敵事大，明公以為然否？」亮基道：「人謂滌生徒好虛名，今果然矣。誠不如足下知彼知己也。為今之計，申奏朝廷，令江、浙、湖北各省準備戒嚴。奈目下軍糧支絀，難募新軍。某不特恐湖南難保，即長沙亦屬可危，非能事者不足以定大計。今湖北撫、藩，尚在待人而用，某欲破格保足下為湖北布政，兼署巡撫，俾握軍事，以壯上流聲勢，足下意下何如？」林翼道：「某若湖北安身，則為湖北之事，不復為明公效力矣！此間軍事需人，又將奈何？」張亮基道：「可擇賢士以代之。」林翼道：「賢士不可多得。某舉一人，可以敵錢江者，明公欲聞之否？」亮基道：「那有不願？足下速為我致之。」林翼道：「此人性質豪邁，識略冠時。若得此人，軍務必有起色。但他素性最鄙滌生，恐不願與同事左宗棠應徵入撫衙洪天王改元續漢統耳！」亮基道：「究竟此人是誰？若與滌生有些意見，某可從中調停之。」林翼道：「此人湘陰人氏，現居長沙省城，壬辰科已登賢書姓左，名宗棠，別字季高，即意誠先生所謂今亮的便是。」亮基道：「吾聞此人久矣。但此人學問雖高，只性質甚傲，將來何以馭之？」林翼道：「明公欲用其人乎，抑欲馭其人乎？如欲用其人，則但求於國家有濟可也；若徒欲馭之，則某亦從此去矣。」張亮基聽罷，恍然大悟，先向林翼謝過，遂託林翼往訪左宗棠。林翼不敢怠慢，便親自造左宗棠的宅子來。先把個名刺，傳進裡面。左宗棠見是胡林翼到此，料然為著軍務而來，便請進裡面來。分坐後，宗棠道：「詠芝軍書旁午，今撥冗到此，有何見教？」林翼道：「弟應撫臺張公之聘，以公事頗繁，未能拜謁。今長沙各軍，連戰皆敗，雖然眾寡不敵，亦是人謀不及使然。倘洪氏大勢一成，國勢恐不可為矣。今奉張公之命到此，願足下出其餘緒，以救國家，實為萬幸。」宗棠道：「疏懶之人，本不足以談軍事。且洪氏以復國為名，其言甚正，吾輩拒之，實力不順。足下以為何如？」林翼聽得大驚道：「如此，則足下反欲助洪矣。奈清朝二百年統緒何？」宗棠道：「此中亦有個斟酌！待觀洪氏法度如何？如其大勢可成，吾必聽之；若其不能，則丈夫不甘老牖下，我當有以處之也。」林翼道：「昔王猛舍晉以輔前秦，彼豈不知順逆耶？誠以天意不可違。且豪傑處世，不宜汩沒而終也！願足下思之。」宗棠聽罷，默然不答。林翼又道：「足下果無意出山耶？」宗棠答道：「是又不然。張公欲委以軍糧之任，則目前不敢與聞；若是衙中大事，則某願任之。雖然，子，吾密友也，故以心腹相告，足下幸無洩漏。望於張公之前，為弟善言復之。」林翼聽得，怏怏而別。回見張亮基，隱過別話，只言左宗棠不願參與軍事，只願幫理衙中事務而已。亮基道：「目下軍務緊急，某欲用宗棠者，只此而已。若衙中各事，自有他人代勞也。」林翼道：「明公差矣！彼既能任衙中幕府，豈見各事緊急，還能坐視不救耶！」張亮基道：「公言是也。」遂復令林翼致意左宗棠。宗棠道：「既承張公厚意，義不容辭。但張公在一日，某當任一日；若張公不在時，某當告退。」胡林翼道：「兄言甚當。人生出處，準能強之？吾兄準可放心。」左宗棠便慨然領諾。胡林翼大喜，立即回報。張亮基就聘宗棠到衙裡辦事。自此長沙事務，就由左宗棠辦理，不在話下。

且說洪軍既進衡陽，那日洪秀全大集兄弟，會議進攻之計。黃文金進道：「今大軍俱屯於此，殊非良策。不如依錢先生說，遣能將，分大兵，分道進攻江西；而以全軍下長沙，以為基本。哥哥以為然否？」李秀成道：「進兵江西，實非其時；不如先由長沙，直出武昌，能握長江上流，以斷彼南北交通之路，則江西、閩、浙皆吾掌中物矣。以莫敵之勢，長趨直進，誰能阻之？若一旦分兵，恐江西一軍，未能得手；而大局震動，不可不審也。」秀全聽罷，目視錢江。錢江道：「江西不可不進，武昌不可不攻，誠如秀成之言。若進江西，今非其時矣。不如先圍長沙。如其不克，則直進武昌可也。」秀全道：「以百勝之師，豈一長沙不能下乎？」錢江道：「彼軍氣已復，湖北救軍又至。銳氣聚於長沙，未可輕視。縱能克之，而大費兵力，又稽時日，則不如不取為愈矣。」正議論間，忽報水師統帶官陳坤書到。洪秀全接進裡面，問以何故到此，陳坤書道：「清軍今在洞庭湖，大造舟師，欲與我水軍為敵。今湖北能戰的軍營，大半調到長沙，不如乘虛攻之。苟進克湖北，則湖南氣奪矣。主公以為然否？」錢江道：「如此則天助吾也。宜先令水師，由洞庭湖取岳州，以窺漢陽，則武昌唾手可得。今乘他水師未備，宜速進兵為是。」洪秀全深然其計。便再撥精兵五千名，令陳坤書帶領，由水路先去。一面起大隊人馬，來攻長沙。

早有細作報到曾國藩那裡。國藩便親來與張亮基商議。胡林翼道：「今我軍以屢敗之餘，且眾寡不敵，戰亦無益；不如盡行退入長沙，較為穩便。」曾國藩爭道：「全軍聚於一城，恐非善策，且我處處讓之，恐被乘機直進湖北，則事不可為。」張亮基不能決。胡林翼道：「既是如此，不如我軍先入長沙，以厚根本。留曾軍在此，以為犄角，你道如何？」曾國藩以為然，只向張亮基請以多隆阿相助。張亮基許之。便令多隆阿統三千人，附於曾國藩，以壯聲威。隨把本軍退入長沙而去。不料正移動間，探馬飛報禍事：說稱洪氏水軍已克洞庭湖，直取岳州去。一路當者披靡，洪軍人馬不知多少，岳州甚是急危，特來報知。張亮基聽得大驚道：「如此則此間危矣。」便請曾國藩一併退入長沙。說猶未了，洪軍前軍已到。只見附近村落鄉民，拖男帶女，紛紛逃竄。呼聲震地，軍心盡皆惶恐。羅澤南嘆道：「止如山立，進如潮湧，彼軍中真有能人也。此時移退長沙，亦不及矣。便請下令，堅壁以待之。」且說洪軍到時，秀全便欲進擊曾軍。錢江急止道：「敗曾軍如折枝耳。彼若以長沙精兵衝出，則我腹背受敵。不如分兵壓之。」便令李秀成同譚紹洸、黃文金、李世賢、賴漢英、洪仁發、洪仁達直逼曾國藩，而以全軍攻圍長沙。當分軍時，李秀成道：「某本後進，資望較淺，二洪皆主公兄長，從事已久，某恐不能令之也，願主公別擇賢者，免誤大事。」錢江先答道：「善哉李秀成之言。此鑒於蕭朝貴之所以失也。」秀全答道：「彼此均屬兄弟。任統帥者，便有特權。倘有違令，當以軍法從事。」又謂仁發、仁達道：「三軍將令，在於統帥。願兩兄弟毋得輕玩。」兩人唯唯領諾，唯心中卻不免惡忌李秀成，有些不服。只秀成得秀全之命，便慷慨起行。可巧湖南提督余萬清一路，領了張亮基號令，以本軍六千人，附入曾國藩麾下。曾國藩見軍勢復振，只道余萬清一路，是一枝生力軍，就令他作前部。不提防尚未成軍，李秀成已到，把余萬清慌得魂不附體，領軍望後而退，因此曾軍大亂。秀成乘勢攻之，直取中軍，把曾、余軍分做兩段。少時李世賢、譚紹洸、黃文金、洪仁發、洪仁達俱到。曾國藩見不是頭路，急命塔齊布、羅澤南、多隆阿一齊禦敵。還虧他三人支援一陣，便退三十里下寨。李秀成見大軍攻圍長沙，尚未得手，即傳令收軍，紮下營寨，再候行止。

且說秀全親統大軍，攻圍長沙，恰楊秀清由全州趕到。秀全問廣西近情何如？秀清道：「現聞江忠源調署湖北臬司，不日起程；向榮前因兵敗免官，今已開復，將調來兩湖與我軍對敵。張國梁亦升副將，都隨向榮去了。」秀全道：「如此是廣西似無內顧。此間軍糧亦足，奈食鹽缺少。因我軍連營陸路，鹽運艱難，不可不慮也。」錢江道：「若非透過湖南，食鹽實無把握。為今之計，宜四處發人徵鹽，用小包裝運，以濟目前。一面用法圍攻長沙。但求奪滿人之氣，而後直趨湖北，庶無後顧也。」秀全聽得，便令發人四處徵鹽。那一日，胡林翼正登城樓，望見洪軍漫山遍野，把長沙圍得水洩不通，心甚憂慮。忽見洪軍皆用小包運物進營，乃喜道：「此必食鹽無疑矣。因彼軍久屯陸路，食鹽實其所苦。不如四處阻窒鹽引，彼斷難久居，是乃解圍之一策也。」張亮基從之。打發去後，果然洪軍怔鹽，越發棘手；整整圍了四十餘天。長沙未下。秀全心慌，便募集採煤的，不下千人，仿鰲翻之法，先築土營，隨開了地穴，直透城垣，埋下火藥；時長沙南城，裡有金雞、魁星二樓。樓下正是火藥埋處。俱用線索通引，以待轟發。不料胡林翼登城，用遠鏡窺觀洪軍，只見軍士築就土營，負鋤攜鏟，往來不絕。大驚道：「此必從道地攻城也！宜阻截之。」乃命參將張協中，在城中掘開濠道。誰想協中去猶未久，轟天響的霹靂一聲，南路城垣陷去五六丈，張協中登時殞命。洪軍正欲進城，胡林翼急調各軍到南門守禦。早有副將林紹良領一千人先出，力阻洪軍。這時洪軍萬槍齊發，林紹良死於亂軍之中。不多時，清兵各營，大半奔至南門。林翼又命軍士乘戰時，築土為垣，力行抵禦。錢江見清兵聚於一處，急切不欲遽入，便對秀全道：「我此行本志，不在得取長沙；今乘彼軍忙亂，可以偷過長沙直趨岳州矣。」洪秀全從之。便傳令李秀成一併拔那時曾國藩、張亮基皆疑洪秀全誘敵，不敢來追。秀全便領大軍望前緩緩而行。於岳州途間，忽石達開部下將校名喚曾天養的獻上一顆玉石，晶瑩可愛。並說道：「當長沙城陷時，小將先撲城垣，故得之。想是道地發出者。小將不敢隱匿，因此來獻主公。」秀全聽罷，與錢江、楊秀清、李秀成、石達開互相傳看，覺此玉面面通靈，端的非常之寶。玉中隱隱現出太平二字。錢江首先讚道：「此天所以賜主公也。」是時傳遍各營，齊呼萬歲。秀全大喜，就升曾天養為都指揮使。不覺行近寧鄉。錢江望城內旌旗齊整，忽探馬來報導：「此清副將紀冠軍之兵，是護糧往長沙者。」錢江道：「既有糧草，必有食鹽，當以計取之。」便令譚紹洸、黃文金領軍在後埋伏；餘外各軍，詐作奔走之狀。紀冠軍果然領軍五千人來追。不及二十里，將欲退時，左有譚紹洸，右有黃文金，兩路殺來，秀全引軍殺回，冠軍大驚。正欲退時，恰遇黃文金，措手不及，腦上中著彈子，墜馬而死。秀全盡降其眾，隨入寧鄉。所得糧餉器械無數。才望岳州出發。行到那裡，只見陳坤書等，早領兵接進岳州城裡。

原來陳坤書等到岳州時，清提督博勒恭武棄城而遁。故陳坤書等，不費一戰之力，已得了岳州。秀全好不歡喜。此時各人都有推請洪秀全改元正位之心：先有石達開、韋昌輝入見錢江，告知此意。錢江道：「天賜玉璽，時不可失。」便入見洪秀全，說明將士推戴之意。秀全初猶推辭。錢江道：「今萬眾一心，如主公固卻，不特冷眾兄弟之心；且楊氏自念羽翼未成，斷不敢遽懷二心，何多憂慮？」秀全道：

「眾人之意皆同否?」錢江道:「那有不同?」隨出門外,引一班人進來:卻是石達開、李秀成、黃文金、陳玉成、韋昌輝、譚紹洸、洪仁達、洪仁發、李世賢、李開芳、林鳳翔、羅大綱、曾天養、陳坤書等,錢江並呼道:「昨日之謀,主公允矣。」於是眾人一齊俯伏,皆呼萬歲!管教:

兩年力戰,已重開漢室威儀;萬歲歡呼,又復見新朝氣象。

要知後事如何?且聽下回分解。

封王位洪秀全拒諫　火漢陽曾天養鏖兵

話說錢江引石達開等十餘人，入見洪秀全，皆俯伏同呼萬歲。洪秀全便對錢江道：「諸君以大義責孤，孤不敢不從。只今宜先定國號，布告中外，然後整飭制度才是。」錢江道：「主公以宗教起義，崇尚天父天兄。今主公既為天子，可稱天王。國名就喚天國的便是。」眾人聽了，皆鼓掌稱善。秀全道：「年號又將若何？」錢江道：「長沙城外，已有玉璽出現，早露出太平二字，此皆大王上應天命所致。就依作國號，何必多疑。」洪秀全一一從之。便改為天國太平元年，頒行天下。時滿清咸豐元年也。隨後即商議改正制度。李秀成道：「滿清入關時，下薙髮之令，屠殺漢人，不計其數，實漢人之大恥也，今中國本宜返本還原，一律蓄髮易服，以復我皇漢威儀，則華夷之界辨矣。」秀全點頭稱善。即令錢江改定制度、服色。隨奉洪天王冠天冠，服黃龍袍，祭告天父天兄。各事停妥，便議封賞各有功的兄弟。錢江進道：「光復漢家，戰功不可不封，名爵亦不可太濫；宜仿漢朝制度，定為侯爵三等，以辨等差。其餘就依著指揮使名目，下的就是都尉、檢點、都監等名目；文官設總丞相府，掌樞密事。餘外六部，皆作丞相，各有專司。今大事草定，實難完備。待天下一統光復時，因時制宜，逐漸修改可也。」秀全道：「孤自與眾兄弟起義以來，奔走患難，皆如手足，各以兄弟相稱，原是平等道理。若以孤一人徒居大位，使各兄弟不能共享榮名，孤不忍也。孤意欲擇尤加封王位，以壯國家聲勢。事成之後，各使就上歸藩，仿姬周封建之法：俾兄弟功臣，累世擁護王位。先生以為何如？」錢江諫道：「大王差矣！天賦雖是平等，各位原有高下，且所以能令眾者，以號令所出耳。大王若親賢愛士，則君臣如師友，何必使名位相同，而始謂之親愛耶？上觀往古，旁觀各國，未聞有君臣同尊者。即周室稱王，而諸侯封建，上者亦不過稱公，縱大王不忍專權，在百官亦宜分次序。若是不然，恐難令眾。願大王思之。」李秀成道：「錢先生之言是也。方今軍事方殷，必有主持軍政者，而後諸將可以奉行。若各自為主，恐名位相當，即權勢等，亦誰肯奉令而遵調遣者？初則互爭權柄，繼則抗違軍令，皆所不免。如此則國家未定，而水火內興，禍將不遠。昔漢封七國，晉封八王，亂隨相屬。行諸承平之日，猶且不可，況在今日乎？大王高明，何以見不及此！」秀全聽罷，終不釋然，便問石達開意見如何？達開道：「料事深達，臣不如錢江；多謀能事，臣不如秀成，何必多問？臣等非不欲居高位，享榮名，想亦時勢不可耳。大王當自審也！」當下各人議論紛紛。

且說楊秀清聽得各人推戴洪秀全，有勸進之事，便和蕭三娘商議。三娘道：「此乃大事，亦是公事，君侯何以不與聞？宜速趨進朝，贊成此舉，當不失開國元勛；當人心歸一之時，君若稍懷異志，不特國家難救，抑且禍患難知。不可不察。」秀清以為然，便趨上謁見洪秀全，並呼萬歲。隨說道：「臣弟秀清，適有微恙，是以未能與各兄弟同來。今病稍愈，特來進謁。」

天王道：「勞賢弟多矣！」說罷，即把擬封諸兄弟王位之事，問秀清意見若何？秀清道：「大王自廣東起義以來，即與眾兄弟同赴廣西。臣弟等毀家赴義，正是生死與共，禍福相同；且雲山已死，朝貴又亡，臣弟每一念及，常為傷感。今大王已有今日，若不使各兄弟得享同等榮華，竊為大王不取也。」洪秀全意愈決。錢江又道：「誠如李秀成之言，恐諸王相爭，各不用命，大事即去矣。臣何忍見此。」說時不覺泣下。黃文金、洪仁達便挾錢江出去。少頃，石達開、李秀成亦辭出。錢江於路與李秀成道：「某等追隨患難以來，言聽計從，誠不料有今日也。」石達開道：「國家隱患，即伏於此；不特吾等的不幸，亦漢統的不幸，吾等何不以去就爭之。」錢江道：「大王畏懼楊秀清，乃欲以王位買結其心。若秀清未到，或猶可切諫及止。今秀清一力主張，是大王意決矣！爭亦無益。」說罷，復嘆道：「雲山若在，斷不使大王行此事也。」石、李二人均為嘆息。不說三人回去。

且說秀全自錢江等出後，心內原有些悔意。只秀清在前既已主張，自己又早已說出來，自然不得不行。便即封楊秀清為東王，追封馮陸逵為南王，蕭朝貴為西王，韋昌輝為北王。四王封後，秀清、昌輝一齊謝恩。又封洪仁發為安王，洪仁達為福王，石達開為翼王，錢江封靖國王，領丞相事。以秦日昌為天官丞相，胡以晃為地官丞相，李開芳為春官丞相，林鳳翔為夏官丞相，黃文全為秋官丞相，羅大綱為冬官丞相，皆封公爵。又以李秀成、陳玉成、曾天養、李世賢、譚紹洸、賴漢英皆為副丞相，俱位侯爵兼指揮使。其餘李昭壽、陳坤書、楊輔清、蘇招生、吳定彩、陸順德、洪容海、羅亞旺、范連德、萬大洪、林彩新、郜雲官、林啟榮皆任元帥，兼都檢使，以上各員，俱以天將名之。餘外進秩有差。定議後，即令製造官服，分頒各兄弟功臣。楊秀清又奏道：「大王既正位天王，繼承漢統，兄弟皆受殊恩，只是六宮內政，主持不可無人。臣弟有一女，年已十八，甚有賢德。欲進侍大王，助理內政，未審大王意下如何？」洪天王聽得，見秀清一旦如此恭順，心甚歡喜，便準奏而行。自此楊秀清既與天王稱兄稱弟，又為國丈，位東王，掌軍機，且李開芳、林鳳翔、楊輔清一門羽翼，皆任丞相，貴盛無比。

那錢江聽得天王封自己為靖國王，竟欲上表力辭，即往商諸李秀成。秀成道：「天王既定主意，各官受封，料不能更改。且先生若退居下位，恐更不能令眾矣。」錢江覺得有理，便罷力辭之意。李秀成便示意石達開，使言於洪天王，更以錢江為軍師兼軍中大司馬之職。天王一一允從。又令各王妻室，皆稱王娘；丞相以下妻室，皆稱夫人。各事停妥之後，休兵數天，然後大集眾臣，共議起兵，為窺取湖北之計。

楊秀清、石達開、韋昌輝等，及丞相以下數十人，皆在一堂會議。只有錢江稱病不至。洪天王心知因昨日諫止封王之事，不聽其言，心中有此不遂，故此不到。因此洪天王心裡到不自在。且當時既定了爵位，李秀成已反居下僚，亦不敢遽行進策。只有東王楊秀清，自忖進兵湘省以來，未有寸功，即欲領軍獨取漢陽，為立功固權之計，便擬八路攻城之策。石達開道：「漢陽為數省通衢，四至八達，皆咽喉之地。看來是個重鎮。今滿清湖北巡撫是常大淳，乃是無謀之輩，並未增兵助守。臣弟願得精兵千人，會合水師各軍，親取漢陽，雙手奉獻。」天王聽罷，猶未答言，各將已紛紛進計：有言明攻的，有言暗襲的，天王以錢江未到，未敢決行，終不能定議。只對眾人說道：「諸兄弟奇謀勇略，想皆可行。孤當親造錢軍師寓裡，再決此事。」眾人聽了，各自退出。洪天王獨留李秀成未去，即一同來見錢江。路上謂秀成道：「今日議取漢陽，賢弟獨不發一言者，何也？孤不敢決行者，正以賢弟未嘗說及耳。」秀成道：「臣弟在下，自當聽諸王號令，何敢越俎言事？古人說得好：位卑言高，罪也！臣弟是以不敢。」天王嘆道：「孤不聽錢先生及賢弟阻止封王之諫，實誤大計。今已如此，後更可慮。只是悔之無及矣！」秀成道：「東王之意，不得軍權，怎肯干休？恐諸將未必盡肯為彼用命。則國事殆矣。」天王聽罷，不覺為之長嘆。

正說話間，已到了錢江的寓處。早有左右傳到裡面，錢江只得裝著病，迎接天王。只見天王背後，李秀成亦已隨到，一齊到了堂上。錢江道：「臣弟適有微恙，未能造謁，今又勞天王屈駕到此，何以克當？」天王聽罷，把眼看看錢江，見他沒有什麼病狀，心上更不安樂。即說道：「正聞先生身體不快，特來探視。」錢江答道：「但覺胸中結鬱，有些氣滯，餘外別無他病。不勞天王費心。」天王道：「方才會議窺取漢陽，有議明攻的，有議暗襲的，孤不能決。因此來就決於先生。」錢江沉吟少頃，即答道：「兩策皆是，但求得其人耳。若用明攻，非大兵不可。巡撫常大淳雖屬無謀，然江忠源已到湖北按察使本任，他知漢陽重要，漢陽一失，武昌亦危，現擬以大兵親自守之；向榮亦自廣西奔到，必會合江忠源死守此地。我若以大兵攻之，必費時日，而彼得徐為備矣。不如先發制人，趁他未至，以精兵數千人，先行奪之，實為上策。」天王道：「此任非謀勇足備者，不足以當之，孤欲以李秀成當此重任，先生以為然否？」錢江道：「秀成才自可用，只愁一區區丞相，終不能令眾，如之奈何？」天王聽了，默然不語，徐徐說道：「石達開如何？」錢江道：「可矣！就以李秀成副之。並令水軍由鸚鵡洲沿江而進。限三日內，須下漢陽，遲則滿軍救兵一至，反費手腳矣。」天王點頭稱善。此時才把昨日違諫封王之事，道歉一番而罷。

天王回府後，即令石達開、李秀成領三千人渡江，攻取漢陽；並領李世賢、陳玉成、曾天養、賴漢英等將士，立即起行。達開一面傳令陳坤書，預備水師接應，不在話下。

且說江忠源，自從在廣西經過數載，原有些本領；還虧廣西巡撫周天爵看上他，把他奏保，蒙恩破格錄用，因此得調湖北按察使，兼署藩司、領襄辦湖北軍務的差使。那忠源到任後，料知湖北並無戰將，可巧清廷又因向榮久經戰陣，便令一併馳赴湖北，並授他欽差大臣。故此向榮乃星夜望湖北出發。唯江忠源聽得洪天王在岳州改元正位，不久必爭漢陽；正要調兵動守，只怕眼前趕調不及，即傳令副將朱翰，領兵五千先行；與漢陽知府董振鐸併力守禦，虛張聲勢，以為疑兵。自己卻隨後出發。原來那朱翰只是一勇之夫，毫無計策。才到了漢陽，即與董振鐸商議：董知府領兵守城，朱翰自領本部，在城外紮營，分布犄角之勢，專候天國兵到來交戰。早有細作報到石達開那裡。達開已知漢陽戰守未備，急令人銜枚，馬勒口，倍道而行。到時，只見漢陽城內旌旗大整；城外另又屯兵，約三五千人。李秀成進道：「城內怔塵不起，必無大兵：彼肅整旌旗，另屯城外，不過虛者實之耳。今先調水軍，水道先行攻城，城內必然慌亂；吾因以實力攻其城外屯營，二者若敗其一，則人心益懼，而漢陽下矣。」石達開以為然。即令陳坤書以大船四艘，小船十艘先進；隨後大隊水軍皆隨江上下，以攻西南兩門。果然董振鐸恐城中有失，不暇與朱翰聯繫，移兵往守南門沿岸，兼顧西門。李秀成見城內兵有移動，即調兵進攻朱翰。這時正是十一月中旬的時候。將至夜分，恰見烏雲布合，達開恐天降雨，不欲乘雨用兵。秀成道：「北風甚急，風隨雲卷，必無大雨。最好得驍勇者，乘著黑夜，直抵城濠，用藥焚之，彼軍必然惶亂。朱翰一鼓可破矣！」說猶未了，則只見曾天養攘臂道：「小弟願往。」秀成道：「兄弟既自要去，須領百人各攜火藥一包，到濠邊擲下，縱起火來，吾自有計捉朱翰也。」曾天養得令，即點飛捷的百人，準備停當。入夜寒風凜冽，百人結束而行，不動聲息，擁至城濠，把火藥放下，放起火來。霹靂的一聲，火勢驟發，城垣已卸下一幅。是夜火乘風勢，直掩城內，延燒民房。一來因隆冬時候，各物遇火即著，又因風勢太猛，不多時，只見一派通紅，貫徹內外。董振鐸只道城內有了奸細，暗作洪軍的內應，一時手足無措。那朱翰又只道天國水師攻進了城，因此無心戀戰，正待逃奔。忽然鼓聲大振，石達開已領諸將，帶兵掩至，正如疾雷不及掩耳。朱翰即命部將，分頭抵禦。只可憐官兵五千人，一聞號令，不戰自退。朱翰立殺數人，那裡殺得住。時石軍已直壓陣前，李秀成親自擂鼓催進。朱翰大怒，急自率兵接戰。夜裡又不辨石軍多少。朱翰即令本軍，放槍轟擊時，李秀成正在擂鼓催進。黑夜看不真，忽被一顆彈子飛來，從左臂飛過，臂上已著微傷。秀成恐鼓聲一歇，軍士膽阻，只得忍痛，擂鼓愈猛。前後左右各營，只道中營得勝，一齊擁進：左有李世賢，右有陳玉成，如排山倒海一般。朱翰身中數彈子，猶自死力支援，不提防石軍四圍衝至，已圍得鐵桶相似，各闖入朱翰營中，拔出短刀，如斬瓜切菜，殺得人人膽落，個個心驚：有逃命的，有投降的，不計其數。朱翰料不能挽回，殺條血路逃走。抖起精神，馬頭到處，敵軍紛紛退避。正要殺出重圍，只見後面鼓聲又起，一將趕來，大呼道：「滿奴逃往那裡去？李秀成在此！」朱翰聽得李秀成，更自心慌，只顧前走，不敢回馬交戰。不料當頭又一軍攔住去路，卻是石達開。朱翰知不能脫，急得拔劍自刎而亡。石、李兩人乘勢殺了一陣。自朱翰死後，清軍無主，各自投降，秀成一一安撫。忽報漢陽大火，秀成忙率馬步前往瞧視。

原來曾大養自城濠縱火之後，城垣整整陷了數丈，天養乘勢攻入，進了漢陽。便分頭縱火，燒得一個漢陽像火城一般。比及石達開兵到時，已是烈焰騰空，漫天徹地。知府董振鐸，已死於亂軍之中。曾天養殺至南門，先接陳坤書等登岸；後又復縱火，正燒得得意，又越過北門來，意欲一併焚燒。恰遇李秀成大喝道：「城池已下，與居民何辜？兄弟休再縱火。」曾天養聽得，看看是李秀成，方才住手。秀成急令軍士，分頭撲滅，直至兩日後方才息火。及至江忠源帶兵到時，見漢陽已失，隨即收兵回武昌去。

石達開立即出示安民，分恤被災人民，又責無養自後不得如此。天養道：「我們到時，他卻不獻開城門，憐他則甚？不如縱火燒盡，到覺乾淨。」李秀成聽說得可笑，只得以大義解釋：宜有愛民之心。曾天養始無話說。管教：

一炬飛揚，漢陽郡直成瓦礫；萬軍齊下，武昌城又起干戈。

要知後事如何？且聽下回分解。

向榮大戰武昌城　錢江獨進興王策

話說石達開既救火漢陽火勢，又分恤被火之家，然後責備曾天養。那曾天養猶以不能盡燒漢陽為憾。還虧李秀成以大義相責，方始無事。石達開、李秀成把捷音報到洪天王那裡，天王即同楊秀清、錢江等，領人馬齊到漢陽駐紮。天王看見漢鎮為數省通衢，百貨山積，果然好一個巨鎮，令官吏等就住在會館裡。各人看見漢陽被火之後，民舍凋殘，百姓許多失所，錢江就令搭數十棚廠，權把難民安置；一面發帑賑濟饑民，不在話下。

且說向榮自從得滿清廣西巡撫周天爵題奏，因此復得重用；旋又拜欽差大臣之命。張國梁亦得記名提督，儘先補用總兵。向榮既得重權，又兼統湘、桂各軍，兵勢復振。就行知江忠源，為協守武昌之計。時大國太平元年，滿清咸豐元年。

洪天王既定漢陽，便議收取武昌。楊秀清道：「武昌居長江上流，得之可以直撼江南，俯視江西。我軍數千之眾，已下漢鎮，全軍銳氣尚盛。且漢陽與武昌，只是一水相隔，克之實如反掌矣。」錢江道：「東王言之有理。但武昌雖然易取，只向榮新授大臣，合湘、桂兩省精銳，不下三萬人；又得張國梁相助，若與江忠源裡應外合，敵之亦殊不易也。」洪天王道：「先生屢稱向榮本領。唯自軍興以來，向軍未嘗一勝，其本領何在？」錢江道：「此人英悍耐戰。往日之敗，不過以無謀之輩，肘制其上耳。今既為欽差，又擁重兵，實為勁敵。須得一文武兼備者御之，使不能與江忠源相應。然後專取武昌，方有把握。」楊秀清道：「臣弟欲以本部兵獨當向榮。俾眾人得專力武昌，萬無一失。」錢江道：「東王若要去，須要謹慎，休得輕視向榮。倘有差誤，關係非小。」秀清怒道：「據先生說來，諸君皆合立功，偏楊某是無用了？」大王向秀清說道：「賢弟不必生氣。就請以本部兵抵向榮，孤更撥一員上將助你。」說罷，即喚李秀成道：「孤素知賢弟謀勇皆優。今撥汝五千人為後路。倘有緩急，便可接應東王。」李秀成不敢推辭，只得領命而行。

羅大綱道：「方今隆冬時候，河水已涸，江上浮漲巨沙，水師難進內港。不如以兵船作浮樑，貫以鐵索，由漢鎮直進武昌省城，則進兵自易。」錢江道：「此計甚妙。但恐我築浮樑，江忠源即引軍阻吾工事，實費時日，請暗中準備兵船、鐵索各等工事，待遲數天，一月將盡，夜色無光，然後乘夜砌造浮樑，分為六道，以渡大軍，便可直搗武昌城。今探得向軍已抵洪山，我宜把水師先渡過武昌東岸，彼軍船隻未備，防兵又駐守城裡，槍攻則遠不能及，炮攻則有礙向軍，亦不能施放。既可隔絕江、向二人相通，亦可以壯楊秀清聲援。我即可相繼而進，豈不甚妙？」洪天王鼓掌稱善，即下令依計而行。

這時向榮已抵洪山下寨。那洪山正在武昌城東路。向榮因見漢鎮已失，不欲並守孤城，便分布犄角，以便進戰。錢江打聽得清楚，暫緩進攻，奈楊秀清自領本部萬人有餘，並健將李開芳、林鳳翔，及將校郜雲官、萬大洪、李昭壽、范連德等，正欲渡江來攻向榮。李秀成急趕上止道：「天王以十餘萬之眾，且不敢遽渡武昌，今東王若急要進兵，一渡過彼岸之時，勝則大功，敗則不可收拾矣！願東王思之。」秀請道：「天王以爾為後援者，謂我不能勝向榮也。且大丈夫不可為人所料。吾必渡江，請子觀其勝負可矣。」遂不聽李秀成之言。秀成無奈，只得報知洪天王。隨令陳坤書、陸順德各備水師策應。及錢江聞之，急對天王道：「三軍之所以能用命者，以將令所出也。東王如此，何以服人。吾必阻之。」便飛令阻止楊秀清渡江。不料軍令到時，楊軍已渡過右岸矣。石達開道：「不如大軍俱填浮樑而進，猶可以懾向榮也。」天王以為然。遂依錢江前策，準備一切。

那時向榮已探得楊秀清之兵已經渡江，只看洪軍的大隊動靜，然後發令。因見同時洪軍水師布滿江面，乃嘆道：「洪軍此舉，將以水師為聲援，而後進攻武昌。某聞東王素不聽令。今如輕進，吾先破之；彼全軍自膽落矣。」即傳令軍中幸勿妄動，待破中軍大舉旗時，一齊出發；又令張國梁引五千兵，靠江紮營，截斷洪軍水師；並令總兵湯貽汾、陳勝元分左右翼以待，張敬修往來接應。

當下楊秀清安營既定，即令部雲官、萬大洪分兩路先進，見向榮絕無動靜，只得收軍。及至黃昏時候，復令部雲官搦戰。向榮依然不動。來回衝突，奈向榮依然不動。楊秀清又只得收軍而回，心上十分憤怒，只無可如何。誰想過了一夜，天上尚未大明，忽然寨外人馬喧天，鼓聲震地，楊秀清從床上驚起，正欲問時，原來向榮人馬已殺至營前。秀清軍裡人不及甲，馬不及鞍，個個如夢初覺。向榮軍士蓄銳已久，到此時無不耀武揚威。楊軍不能抵擋，各自逃竄。向榮先令湯貽汾、陳勝元兩路先進。秀清往後而奔，即欲令三軍渡江回來。唯時向榮隨後已到。時因天色初曉，餘露未散，不辨向兵多少。但聞向榮軍士呼道：「捉得楊秀清的受上賞！」秀清心慌，又欲靠著陳坤書的水師渡回，奈又被張國梁阻截。此時覺四至八道，都是向軍。張敬修在後營裡，知道全軍得勝，因憤從前屢敗，此時正要爭功，又催軍前來，聲勢更自凶猛。楊軍裡的將士部雲官、萬大洪，雙戰張敬修不住，軍士折傷甚眾。

陳坤書、陸順德欲遣水師登岸援應，都被張國梁阻壓。楊軍因此大敗。張敬修正追得得意，忽聽鼓角喧天，兩路人馬殺到，奮力殺退張敬修，救出楊軍大半。眾視之，乃老將林鳳翔及部將李昭壽也。秀清大喜，便欲會合一同渡江。林鳳翔厲聲諫道：「某正為聞得東王要退兵渡江，故飛軍趕來。彼來我走，向軍豈能殺盡我那！若要渡江，則彼乘半渡時擊我，我軍不死於刀槍，必死於波濤，恐無瞧類矣。」楊秀清大悟，便令軍士齊望後路奔來。不多時向軍大隊都至。向榮、張敬修、湯貽汾、陳勝元分道殺來。老將林鳳翔，急令部雲官、萬大洪保護楊秀清先行，自己與范連德、李昭壽親自斷後，且戰且走。少時，李開芳亦調兵趕到，合力抵禦向軍。奈向軍乘勝之餘，一股銳氣，全無懼怯，猶自死命來追。這時楊軍兵敗，李秀成早已知道。奈隔江相向，不能馳救，急飛報洪天王軍裡。錢江大驚，即請：「令石達開、韋昌輝、黃文金、洪仁發、陳玉成、羅大綱，分軍沿浮橋六道，直攻武昌城，以挾制向榮。武昌可下而向軍亦退矣。」天王從之。

六將得令，一齊舉兵。錢江又囑咐各人，帶兵不在多，只求快捷。吾隨後即以大軍接應。因此石達開等，各領一、二千人，立刻起程。星馳電卷，渡浮槺而過。錢江又隨令陳坤書、陸順德不須接應楊秀清，速移各船，駛攻武昌城去。天王道：「如此，恐東王勢反孤矣。」錢江道：「楊軍尚慾望勝那，水師既不能登岸相救，留亦何用。」天王方且無話。去後，錢江又令李秀成假作渡江之勢，以懾向榮之後。那時向榮正趕楊秀清，與李昭壽、李開芳、林鳳翔混戰。急聽後軍報稱，錢江已令六將軍，沿浮槺直攻武昌去。向榮大驚道：「武昌人馬不多，必難守禦；若失了武昌，是失去湖北也。我不可不退。」便令以後軍為前軍，乘勝退回。李開芳、李昭壽、林鳳翔卻不能追趕。統計這場惡戰：楊軍彼毀去營壘數十座，失其槍炮二千有餘，楊秀清將敗兵退人妙河，計點兵士：整整或死或傷的，失了四五千人，悔恨不已。且說向榮收兵退至洪山。總兵張國梁進道：「武昌城裡，只有江忠源，斷不足當洪之眾；撫軍木偶耳。不如分兵一半入城，而以一半扎城外禦敵，較為上策。」向榮以為然。先把此意報知城內。那巡撫常大淳恐開城不便：一恐洪軍乘勢掩入，二恐人民出降，猶豫不決。差人問計於江忠源。時江忠源正自巡城，聞得這點消息，即來見常大淳說道：「人民倘有出降，彼軍由西南兩路而進，向軍若進以資助守，亦是一策，但宜繞過南門而進，使彼不能掩入；另撥兵陽作接戰，洪軍亦未必遽能偷過南門也。」常大淳道：「人民倘有出降，又將如何？」江忠源道：「降否視乎人心。果其有變，即留在城內，亦未足濟事也。」常大淳方悟，即時回覆向榮。向榮正擬分軍：不提防雷霆震動，霹靂的響一聲，傾盆的大雨降下來，火藥不燃，槍炮無功，因此不能分軍。

這邊洪軍都由錢江預作準備，便令冒雨而進。一面募死士鑿開城濠，先令水師潛進：陳坤書冒險先人南濠，都由小艇搶進城濠內；陸順德又選勇士數十人，由城濠先自登陸，出其不意，殺倒守城軍士，大呼道：「天國兵已攻進武昌城了！降者免死。」城裡兵、民聽得大驚，各自慌亂。這時石達開等六人攻城正急，西門一帶，正在兩軍死力相持。忽撫衙差官，奉到常大淳令箭，馳馬報導：「敵軍已進南門了！」江忠源早已吃驚。猶故作鎮靜的說道：「武昌城池高深，洪軍豈易進來耶？休得搖亂軍心。」只是軍士聽得，已不戰自亂。知府明善只道真個失城了，急得自刎而死。軍士見了，各自逃竄。江忠源立殺數人，猶止不住。石達開、韋昌輝乘著忙亂，併力攻城，紛紛把火藥擲下城邊去；西門城樓一角，早炸作粉碎，未幾城樓亦復傾墜。那逃不盡軍士壓死千人有餘。城中呼天叫地。韋昌輝、羅大綱兩軍先搶進城上。城裡清兵那裡還敢阻擋。江忠源不能挽回，急飛奔撫衙而來，要與常大淳一齊棄城而去。不提防常大淳聽得洪軍先後把西南兩門攻下，如驚弓之鳥，自討若要逃時，倒不免有失地之罪；若要不逃，又怕被洪軍拿獲。只得暗地流了幾點淚：背著家人，到後花園裡在株古松樹下，自縊而亡！時人有詩嘆道：天兵齊下卷荊襄，八路英雄撼武昌；偏有不知亡國恨，尚留一死報君王！

自常大淳死後，城中益亂。前按察使涼星源，及道員傅炳吉，倒同時殉難。江忠源知得常大淳消息，不復再進撫署，急得奔至南門，可巧向榮大隊亦到，便會合而逃。

那時石達開諸將，聽得江、向已經合軍，亦不來追趕，只分頭搶了各道城門。不多時，洪天王、錢江全軍已到。只道武昌全城俱定，便欲躍馬先進。錢江諫道：「元帥系三軍之命，猶不輕臨險地，況大王為萬民之主那？今武昌雖下，仍在人心惶亂之際，大工恩威未布於此地，須防不惻。今宜點步兵一隊先行，大王繼進可也。」天王從之。便令裨將鄧勝領步兵一隊先行。才進到西門城門裡，忽城濠內伏兵齊起，鄧措手不及，死於馬下，軍士叫起來。錢江大驚，急督率兵士接應。原來江夏知縣夏鳴盛，因憤恨武昌城池失守，志在刺殺天王，以圖恢復。遠地早見洪天王與錢江並馬先行，只道天王乘勝得意，自為前馳，故先伏數十人在城濠裡，當其進城時，即行發作。不料到了城邊，因錢江一諫，改換鄧勝先行，故殺了鄧勝，卻不曾傷及天王，亦雲幸矣。若無錢江一諫，天王生死，仍未可知也！當時有詩贊錢江道：

武昌城外戰雲飛，運籌帷幄仗軍師。
謹慎直同諸葛亮，片言救主脫危機！

又有詩贊洪天王道：

草茅崛起承天命，皇漢聲靈有主張。

縱使賊臣扶逆滿，豈能狡計害真王。

當下洪天王因聽錢江之諫，不為夏鳴盛伏兵所害。錢江知道鄧勝已死，急得督兵進戰，那夏鳴盛猶自手執繡旗，大呼殺敵。錢江即令賴漢英相與巷戰。那夏鳴盛雖然奮勇，奈寡不敵眾，怎能抵禦？那時黃文金在城裡又聞得城內有變，急馳來到西門，把夏鳴盛手下數十人，不留一個都砍為肉泥一般，然後迎天王進去。就借巡撫衙門，作了行宮。一面出榜安民，不在話下。

且說楊秀清兵敗之後，退入妙河，因聽得大王既定武昌，即收兵回至城裡，先告訴兵敗原因；言下有憤恨李秀成擁兵不救的意思。洪天王安慰了一會。未幾李秀成一到，天王道：「東王兵敗，若得賢弟進兵援應，恐向榮未必遽行得志也。」李秀成道：「隔江相向，即馳救已不及；且起程之時，弟屢諫東王不可渡江，東王不從，故遭此敗。臣弟勉強渡江相救，恐半渡被擊，則兩軍俱敗矣。弟非畏死，誠以同敗無益也。弟蒙大王賞識，屢委重任，自愧資望較淺，不足服人，故前失於蕭朝貴，今又再失於東王。自今以往，弟願為偏裨，以從諸王之後。否則有令不行，勝敗非敢知矣。」洪天王聽罷，默然不答。時錢江在旁，亦隨口答應：「弟屢言向榮雖短於謀，唯久經戰陣，臨事謹慎，且驍勇耐戰，未可輕視；東王自恃其勇，不聽吾言，故至於此。非李秀成之咎也。」天王點頭稱是。一面分賞有功諸將，並賞李秀成，以為進諫者勸。東王心上，自然不服。唯素知李秀成智勇過人，不欲與他失歡，外面還與他巴結。秀成心知其意，亦不計較。

那一日天王，請諸將商議進兵何處時，聽得江忠源與向榮各軍已分屯黃州、興國、大冶各州縣，江甫授軍亦至，因此清軍聲勢復振。又聽得清廷因常大淳已死，已調胡林翼為湖北布政使，兼署巡撫。故洪天王之意，不欲遽離武昌，以下江南。楊秀清便乘勢進道：「長安為古帝王建都之地。重關疊險，可以久守。不如遣兵由河南直取長安，以為基業；然後分兵四川，握險要而圖之，亦一策也。」黃文金道：「四川天府之雄，漢高因之以成帝業；武昌四戰之地，斷難久守。東王之言，願大王從之。」錢江道：「江南乃國家著華之地，進可以直趨北京，退亦可以自持，此用武之地，而大王若捨此不圖，改兵而西，使滿清徐復元氣，誠為大王不取也。」洪天王聽罷未答。時已議論紛紛，大半以取長安及西川為善策；主取金陵者，只錢江、李秀成、石達開三人。洪天王不能決。各臣工退後，錢江獨尋李秀成說道：「東王得志，吾輩無噍類矣。若改兵西向，則天下事從此去也。天王初猶言聽計從，近來反懾於東王之勢，如何是好？」李秀成道：「同室操戈，是不可為。何不把大勢詳奏天王，看他有轉意否？」錢江以為是。便回府乘夜擬定《興王策》一篇，越日進諸洪天王。天王把來一看，策道：

臣弟江言：伏唯大王首事之初，弃發易服，欲變中國二百年胡虜之制；籌謀遠大，創業非常，知不以武昌為止足之地也明矣！今日之舉，有進無退：區區武昌，守亦亡，不守亦亡；與其坐而待亡，孰若進而猶冀其不亡。不乘此時長驅北上，徒苟安目前，懈怠軍心，誠無謂也！清初吳三掛起兵之時，不數月而南六省皆陷，地廣人眾，自謂稱雄。然遣將四出，不出湖南一步，擾攘十餘年，終底滅亡，前車其可鑒也！或謂武昌襟帶長江，控汴梁，而引湘鄂，握險自固；然後間道出奇，以一軍出泰川，定長安，擾彼關外者；或以一軍驅夔慶，取成都，定四川，以為基業者。不知秦隴四塞，地錯邊鄙，人悍物嗇，糧食艱難；且重關疊險，縱我攻必克，必大費兵力。勞而無功，固貽後悔；得不償失，亦棄前功。況削其肢爪，究不若動其腹心之為愈也！至於四川一局，今昔異形。其在蜀漢之時，先以諸葛之賢，繼以姜維之智，六出九伐，不得中原寸土；賴吳據長江之險，以為唇齒，尚難得志，況今日哉？方今天下財庫，大半聚於東南。當此逐鹿於寧謐之時，欲以四川一隅敵天下，江知無能為也。以江愚昧，不如舍西而東：金陵建業，皆帝王建都之所；淮泗、汴梁，實真人龍起之方。宜先取金陵以為基本；次取開封，以為犄角，終出濟南，以圖進取。握齊魯之運河，可以坐困通倉之食；截南北之郵傳，可以牽制異族勤王之師。然後約我老萬，以攻梁廈；檄我丹山，以攻溫處，所過則秋毫無犯，所至則結納賢良，而民有不完發易服，簞食壺漿以迎者，江未之信也！南京不下，則江東不得渡；豐沛不陷，則青兗不得進；山東不定，則燕京不戒嚴。糧槽困於內，漢心離於外，孟子所謂不嗜殺人者能一之，正此時也。今日之事，勢成騎虎，萬一頹情，轉致蹉跎。成敗之機，間不容發。我軍遠離鄉井，志切從龍；聞進則同心同力，踴躍爭先；聞退則畏首畏尾，存亡莫保。戎衣兩截，舍舍衝陷，渡河而後，無復作南還之望者，皆欲立功名，復漢祚，誓九死以垂勛，不願一生而伏莽也！誠因時而勵之：群策群力；一可當百，萬戰何敢辭？時哉不可夫！席前之箸，江願借而籌之；馬上之策，江願指而先之也。俟南京底定之後，招集流亡，禨厲兵馬，扼要南堵，揮軍北上，左出則趨江北以進戰，急則可調淮陽之軍以繼之；右出則掘河海以拒敵，急則可調開歸之軍以應之。南陽、江寧，則發一軍以突其西，略攻河內州縣，乘勝入晉，直抵燕冀無返旆！杭、嘉、金、衢，別以一軍衝其東，應我沿河舟師，相機定浙，候間窺閩，無輕舉。兵不止於一路，計必出於萬全。先固江南之根本，徐定新造之人心。修我政理，宏我規模，外和諸戎，內撫百姓，則西而秦蜀，東而豫粵，可傳檄而定。此千載一時之機會也！自漢迄明，天下之變故多矣！分合代興，原無定局。晉亂於胡，宋亡於元，類皆恃彼強橫，賺盟中夏；然種類雖異，好惡相同，亦不數十年奔還舊部。從未有毀滅札義之冠裳，削棄父母之毛血，義制甚匪，官人類畜，中土何辜？久遭塗辱至如是之甚者也！帝王自有真，天意果誰屬？大任奮輿，能不勖諸！更有期者：旌旆所指，與民無逆；提劍號召，是漢即從。便知今日之舉，並非無名之師：仍知中國之仍為華，不肯終變於戎狄。王者發軔，彰明較著，陣堂旗正，不必祕詐；軍行令肅，所至則歸。彼縱有滿洲蒙古，殫精竭慮之臣；吉林索倫，精騎善射之將，雖欲不望風投順，我百姓其許之乎？方今天下以利為治，上下交徵，風俗之壞，斯已極矣；亡國為奴，慘受桎梏，人心之憤，亦已久矣；納賄損民，靦然民上，縉紳之途，亦已汙矣。磅薄鬱積之氣，久而必伸。有王者起，孰不去其舊染之汙，拭目而觀其新命之鼎哉！布置條度，此其大略也！欲成基業，願勿他圖。夫草茅崛起，締造艱難，必先有包括之心，寓乎宇宙，而後有旋干轉坤之力。知民之為貴，得民則興；知賢之為寶，求賢則治。如漢高祖之恢宏大度，如明太祖之風夜精勤，一旦天人應合，順時而動，事機之來，莫可言喻。否則分兵而西，武昌固不能久守；且我之勢力一渙，即彼之勢力復充。久之大勢一去，不能復振。噬臍之悔，誠非吾屬所忍言者矣！江自論文於寒賤之中，賓士於患難之際，外託君臣之義，內聯兄弟之情，義重恩深，方粉身不及圖報；況乎誤國之謀，何忍坐視。茲透觀大勢，力審機宜，謹就管見所及，擬定興王之策十有二條，伏乞採擇施行！

洪天王看罷，乃嘆道：「靖國王不世才也！朕如何不聽。」便拿定取金陵主意。想罷，又把十二條興王策，細細看下去。管教：

萬言進策，即迴天意定漢基；五道興師，又把長江成戰地。

要知錢江《興王策》如何？且聽下回分解。

洪天王開科修制度　湯總兵絕命賦詩詞

話說洪天王看罷錢江奏議，早已迴心轉意，決計要取金陵。隨又把《興王策》十二條，細看下去，道是：

（一）方今中國大勢：燕京如首，江浙如心腹，川、陝、閩、粵如手足。斷其手足，則人尚可活。若取江南，而隨椎其腹心，則垂危矣！故以先取金陵，使彼南北隔截。然後分道：一由湖北進河南，一由江淮進山東，會趨北京，以斷其首。待北京既定，何憂川、陝下服，是當先其急而後其緩。

（二）中國新造，患在財政不充；而關稅未能遽設：當於已定之初，在商場略議加抽，而任其保護。於商業每兩徵抽一釐，名曰厘金。取之甚微，商民又得其保護何樂不從？而我積少成多，即成鉅款。但宜節制，不宜勒濫苛民。

（三）自滿清道光以來，各國交通，商務大進。商務盛，即為富國之本；能富即能強。宜與各國更始：立約通商，互派使臣，保護其本國商場。以中國地大物博，如能逐漸推廣，三十年內可以富甲天下矣！

（四）我軍既以財政為患，當於圜法講求。今中國尚未與各國通商，可以目前限制各國銀元入口；即所定之地，可以不准清軍清國銀元通用。如此商民必以為不便。然後我可鑄銀，與商民易之。易彼銀而鑄我銀，我可權宜以五大成銀色鼓鑄。凡銀不論高低，只求上下流通，一律準用。富戶以我不用清銀，必來交換，即可由一千萬鑄至二千萬；由是夾佩紙幣，則三千萬可立就矣！

（五）百官制度，宜分等級：官位自官位，爵典自爵典。大王既加封各王，已不能更改。當於官位分開許可權，以重軍政。使王公以下之謀臣洪天王開科修制度 湯總兵絕命賦詩詞勇將，免抑制而能施展。誠以凡事論才不論貴。即各國親王，亦不能盡居高位，掌大權者也。

（六）將來天下大勢，必趨重海權。今後若中國大定，仍當建都江南：據江河之險，盛備舟師，即可以呼吸各行省，四面接應。自不至有扞格之虞。

（七）中國起事以來，戰爭未已，不暇修理制度。今宜開科取士，增選文寸，使各獻所長；因時制宜，以定國製，而待採行。

（八）滿清連戰皆敗，將來恐借外人之力，以戕害漢人，為自保大位之計。前既與各國更始，立約通商，則自當優待旅華外人，以示天下一家，以杜彼奸謀。（九）我軍連戰雖勝，恐亦不免僊疲。今雄兵近二百萬，宜加以訓練，分為五班；待定江南之後：以兩班北伐，以一班下閩、浙，留兩班駐守三江。輪流替換，免疲兵力，以為久戰之計。

（十）中國膏腴土地，荒棄自多，宜墾荒地為公產，仿上古寓兵於農；或為屯田之法，按時訓練，則兵力固充，即餉源亦不絕矣！

（十一）中國人數雖多，而女子全然無用：宜增開女學，或設為女科女官，以示鼓勵。盡去纏足之風，而進以鬚眉之氣。男女一律有用，則國欲不強不得也！

（十二）礦源出於地利，唯中國最盛焉：滿洲除洲滇銅礦之外，未有開採。我宜頒諭國中：一律採掘，以收地利。國課既增，民財日進。然欲興礦務，當仿各國創行鐵路，以便轉運；且為興商計，利莫大焉。以上管見，只其大略，餘外相機而定。滿清以殘酷，我以仁慈；滿清專用宗室私人，我以大同平等，力反其弊。興王之道，盡於是矣。願大王留意焉！

洪天王看罷大悅，立派人請錢江到毆上商議。錢江道：「湖北已定，急宜開科取士，以定人心。再應派員布告各國：申明我漢復國的意思，免各國來干預。然後再取安徽，順下江南可也。」洪秀全道：「吾弟真濟世才。」即下令開科取士，以錢江、石達開為主試官。因從前未行歲試，士子報冊赴考的，賞賜監生，一體進場。

這時李秀成已卒偏師收興國州而回。所以附近武昌一帶州縣，聽得興國開科取士，都望風投順，因此到來報考的不下五六千人。就中一位姓劉的，喚個繼盛，別字贊宸，乃興國州人氏。生平博覽群書，素有大志，不樂滿清功名。有勸之赴考試者，常對人說道：「我明之劉基也，豈為胡無所用哉？」愚者皆笑其非。及洪天王定湖北之時，年已三十。聽得天國開科取士，乃向其鄉人說道：「我今將為狀元，不久便作開國元勛矣！何以賀我？」鄉人益非之。劉贊宸嘆道：「此所謂燕雀不知鴻鵠志也。」遂別其父母，赴武昌應試。

這時天國取士與滿清不同：第一場是時務策；第二場是制藝；第三場是詩賦。不限添注塗改，不用抬頭，不拘字學，以故人才美不勝收。劉贊宸三場試滿，皆中肯要，遂拔作狀元。其中更有洪家兵力未到的地方，其士人潛到武昌應試的，不可勝數：故榜眼是安徽宿松李文彬，探花是湖北黃州王元治。自此三人以下，俱賜及第，皆做唐宋制度：故得第的，凡二百八十餘人。洪天王一一召見，俱在行宮賜宴。劉狀元應對如流，洞識時務，洪天王大悅。命以彩輿文馬，錦衣侍衛，護從遊街三天。士女觀者，填街塞衢。

事後，劉狀元遍謁各王公，並投拜錢江門下。便乘間對錢江說道：「各大臣皆與先生同事已久，某豈敢以疏間親！只是既屬師生，聊貢一言：某觀各大官類皆氣宇昂軒，英傑士也。但福王洪仁達，東王楊秀清，如曹孟德謂司馬懿，所謂鷹視狼顧者。先生當有以防之。」錢江嘆道：「豪傑之士，所見略同，今信然也。但仁達一愚夫耳，不足以為害；若秀清則其志不小，某豈不知！特以天下未定，不忍同室操戈。且其罪狀未明，遽然除之，其黨羽亦必不服也。子姑待之。」劉狀元聽了，嘆息而罷。自此錢江益賞識劉狀元。常在洪天王跟前稱讚他；洪天王亦深知其能，不時召他商議大事。一日天王向劉狀元問道：「中國亡於胡虜，已二百年。孤以大義起兵，而所到城池，尚多抗拒，豈以復國之事為非耶？抑朕之恩誠未布耶？願卿細言其故。」劉狀元道：「二者皆非也：習慣相忘，此理之自然，無足怪者。自滿清乾嘉以來，吾民已不知有亡國之痛矣。大王奮然舉義，智者稱為伐罪弔民；愚者即指為作亂犯上，豈識得中國為誰人土地？自今而往，當派人到處演說，使知中國起兵的原因，互相觀感，則人心自然歸順。」洪天王深然其計。又忖新科及第二百餘人，未有位置，不如給以俸祿，使當演說之職，豈不甚善。因此派人到各府州縣，分頭演說，果然人心日進，皆知天王師出有名，多為從服。天國更在武昌府內小別山，高塔壇臺，高五丈，方三丈，以劉狀元登臺演說：稱天國驅逐滿人，重新漢祚：今後人民不得垂辮髮，衣胡妝，聽者多為泣下。以致互相傳話，有當時因避亂逃別處者，皆回武昌；亦有天國未定的地方，其人民寄寓武昌者，至是知得此等的道理，多回鄉舉義。所以蘄州二處，遂起有義勇軍，與清官為難。這點消息，傳到洪天王那裡，天王便集諸將議道：「今蘄水、蘄州二處，既有亂事，自當乘勢取之。」遂問諸將，誰敢往取？林鳳翔應聲願往；洪仁發亦應聲願往，二人正在相爭。洪仁發道：「我只要二千人，包管取此兩郡城池，雙手捧獻。」林鳳翔道：「不消用二千人之多，只五百人足矣。」仁發大怒道：「是我先應的，你如何爭功？」方欲發作，天王急止道：「爾二人不必相爭；朕今令卿二人，各領二千人馬，分取一郡；先得者便為頭功。」便令二人拈鬮，拈著取那處者，便往取那處。二人唯唯領諾。其後林鳳翔拈著往取蘄州，洪仁發拈著往取蘄水。二人各領人馬歡喜而行。天王更各撥步將二員，相助而去。

按下一頭。先說林鳳翔領兵到了蘄州，先在城外六七里紮營，即使人下書於清國知州伍文元：勸其投誠。伍文元見書大怒道：「吾乃清國臣子，豈降汝耶？」立即發付回書，督兵登城守禦。林鳳翔聽得，便寫了幾道檄文，射入城中。說稱：「天國大兵，無戰不勝，無攻不取，今伍文元助滿拒漢，如城破之日，玉石俱焚，實非天國救民水火本意。不過伍文元不顧民命，以至於此，天國實非得已也。爾眾人先自思維，後來休得抱怨。」這時人民：一來知滿漢界限的，二來見了這道檄文，都歸咎伍文元。這時就有一位英雄，喚做汪得勝，大呼道：「這時不歸順天國，更待何時？」便率領數百人，號為義勇軍，殺入州衙，欲結果伍文元，乘勢殺散清兵。林鳳翔知得城中大亂，奮力攻城，裡應外合，不消一日，便得了蘄州。林鳳翔進兵城裡，伍文元急欲逃走，正在逃至南門，卻與林鳳翔部將范連德相遇。還虧范連德眼快，一槍擊中伍文元左腿上。伍文元翻身落馬，眾軍士即上前把他拿住。伍文元猶罵不絕口。及解至林鳳翔軍前，鳳翔頗有伶惜之意。便把滿、漢的界限，及天王興兵的原故，說了一番，有勸他投順之意。伍文元聽得，低頭不語。林鳳翔再復問他。伍文元垂淚答道：「公言甚是，我豈不知？只是丈夫從一而終，斷不能改事二主。奈家中尚有嚴親，下有妻子，倘蒙矜愛，乞放歸田裡，以終老林下，侍母餘年；若其不能，就請行刑。若貪官位，以損臣節，某不為也。」林鳳翔聽罷，又嘆道：「忠不忘君，孝不忘母，此忠孝士也。殺之不祥。」便命左右釋之。范連德諫道：「今日釋之，明日必再為敵矣。豈不虛勞兵力耶。」林鳳翔道：「彼不忘君父，斷非負義人也。」竟縱之而去。伍文元亦不拜謝，毅然出營。范連德又道：「元帥施恩於彼，而彼絕無感激，無禮太過，可速擒回，免生後患。」鳳翔道：「此正是漢子，吾甚敬之。且言出吾口，何可反悔。」說罷，竟把伍文元置之不理，卻自來安撫居民；留范連德鎮守蘄州，自班師而回。洪天王親自出來迎接。林鳳翔述起釋放伍文元之事，天王道：「將軍義勇若此，可以愧煞胡虜矣。」一面厚賞林鳳翔，不在話下。

卻說洪仁發領兵到了蘄水，顧謂部將羅亞旺道：「某不經戰陣，已有數月，自覺心癢。這會到了蘄水，他若不行投順，當把城池掃為平地，才顯得我們的手段。」羅亞旺一聲得令，把蘄水縣圍得鐵桶相似。縣令徐汝成聽得有警，急點齊城中人馬，不過千把的兵，死力守禦。並告眾軍道：「洪仁發性情悍暴，若被他破了城池，性命財產斷難保守。」因此軍士聞言，各都盡力守城。洪軍整整攻了兩天，不能得下。仁發大怒道：「俺在天王跟前誇了大口，與林鳳翔賭賽，先得者便為頭功。今城他又非十分堅固，那有攻不下的道理。」便親自督率槍隊，猛力來攻。奈城上矢石交下，軍士不敢逼近城，總攻不著要害，激得洪仁發暴跳如雷。正在沒法，忽城裡紛紛亂竄，一隊義勇隊從城裡叫殺起來，徐汝成軍中大亂。只道是洪軍預伏城內，作了內應，故各要逃命。徐汝成大驚，急要開城逃走，洪仁發乘勢攻之。正遇徐汝成出來。仁發大怒，指著大罵道：「匹夫負固不降，今亦要逃走耶？」槍聲響處，汝成早已落馬。

仁發進到裡面，不管三七二十一，當者即殺，嚇得民居呼天叫地。洪仁發正殺得性起；忽一人趕上來，拉住說道：「城已下矣，多殺何益！」洪仁發方才住了手。回視那人，乃羅亞旺也。少時義勇軍首領李侍仁亦到，便一齊入到縣衙，點視倉庫；計得白銀十餘萬。一面封好解送武昌大營。留李侍仁暫守蘄水，即班師回武昌。一路上對羅亞旺說道：「前後不過五天，已攻下蘄水，恐此時林鳳翔尚在交戰中也。」說時不覺喜形於色。及回至武昌，到天王駕前繳令，已見林鳳翔在座。洪仁發面有慚色。洪天王早知此意，安慰一番而罷。

是時湖北郡縣，徵的降的多已平定。於是大修國製，改定刑章，盡去滿清的殘酷；死罪至大辟而止；行刑只可打藤；罪輕者免刑，訊走後都罰作軍營役。又禁止拜跪，人民大悅。官制各有專司，不能兼缺。文官乘輿，武官乘馬，減除執事僕從。諸王皆衣黃袍，侯相衣紅，以下皆衣藍色譜服。文的分鳳、鶴兩等，武的分麟、獅兩等，制度井然。統計自入湖北以後，男女來歸的數百萬；得滿清庫銀亦百餘萬，輜糧器械不計其數。便大會諸將，議取江南。這時正是天國太平三年，滿清咸豐三年，清主以賽尚阿師久無功，責令歸旗，以宗室琦善代其職，並令琦善與向榮同拜欽差大臣。琦善總領五省及東三省馬步兵三十餘萬，出鎮河南，以窺湖北；向榮亦統江、皖、湘、鄂之眾，不下十萬人，駐守安徽，以當前敵。清主又令曾國藩統率湘勇，會攻湖北。

洪天王聽得三路人馬，聲勢甚大，便與錢江計議。錢江道：「聽得清廷以雲貴總督吳文熔移督兩湖；令胡林翼為湖北巡撫，親與我們對敵，亦不可輕視。總之，不進，不足以一隅當四面之衝；進則可以將清軍立為齏粉。大王始終聽臣，也不是錢江誇口，遠則一年，近則數月，管教大王穩坐南京金殿也。」洪天王便問計將安出？錢江道：「琦善以親見用，亦賽尚阿等耳，非將才也。此行必須駐兵汴梁，以觀曾、胡勝負，此一路不足憂矣；只有曾、胡兩路，以功名心重，必銳圖湖北，當以上將領軍，駐於漢陽以待之。愚意以九江為數省咽喉之地，不如以上將先行據之，斷彼數省交通；亦可順入江西，以分其兵力，然後我盡統大軍，以下江西可以。」洪天王深然其計，次日即傳旨東徵。

留秦日綱、胡以晃守武昌。又暗忖錢江每以楊秀清阻撓軍令，此次不便同行，便令領水陸各軍六萬人住鎮漢陽。又令李秀成取九江。秀成薦偏將林啟榮才可大用，天王即令秀成與啟榮領大兵一萬，望九江而去。天王自統率諸將，起大軍二十萬，分作兩路：一路由蘄水取道太湖，沿潛山趨三橋，直攻安慶；一路由宿松沿荊橋，過徐家橋，入石牌會攻安慶。以石達開、陳玉成為前部，以李開芳、林鳳翔為左右護衛，錢江為軍師。大軍分作五路：第一路是韋昌輝、譚紹恍；第二路是黃文金、李世賢；第三路是羅大綱、曾天養；第四路是洪仁發、洪仁達；洪天王自與諸將為第五路。萬大洪、林彩新為運糧官，賴漢英為合後，謹擇正月壬寅日初十出師。又因安徽省城，貼近長江河岸，先令蘇招生、吳定彩，以船舶二十艘，助守漢口；餘外船舶八千萬餘，都由陳坤書、陸順德帶領，沿水道分進，然後統率各路：以第一路、第三路為左軍，進宿松；以第二路、第四路為右軍，進太湖；洪天王自統諸將為兩路救應。浩浩蕩蕩，直望安徽出發。大軍將到蘄水，勇軍首領任得勝、李侍仁先後來迎。洪天王安撫已畢，就令二人作嚮導官，引軍前進。早有細作報到向榮軍裡。

時江忠源正授安徽布政使。他自向榮由武昌兵敗，退至黃州，又恐守黃州不住，已退入安徽屯駐。聽得洪軍大隊前來，一面飛報兩江總督陸建瀛與安徽巡撫蔣文慶，準備接應，卻自與向榮商議應敵之計。向榮道：「敵兵分水陸而來：水師我所未備，實自吃虧。現安徽以太湖、宿松兩處，為第一重門戶。與其待敵入境，不如先出迎之，較為上策。」江忠源道：「琦善以十萬之眾，駐守河南，若乘虛下湖北，以邀洪軍之後，而我堅壁以待之，彼將亂矣。但不知琦善意見何如耳。」向榮道：「琦善以宗親得膺重權，斷不能靠他出力。觀於賽尚阿，可以見矣。」江忠原點頭稱是。旋得安慶文報馳到，說稱兩江總督陸建瀛，領兵五萬，親自來皖助戰。向榮得了這個消息，更覺心安，便立即發令，督兵前進：以湯貽汾為先鋒，領兵萬人，先到宿松堵守；以張國梁領兵一萬，握守太湖。忽流星馬飛報：天國大兵已出鄂境，分取太湖、宿松，五路人馬，聲勢甚大。向榮聽得大驚道：「彼軍來何速也。」便催令湯貽汾、張國梁，火速起程，到宿松、太湖駐守；自與江忠源各統大軍，陸續出發。時天國大兵已倍道而行，探得向榮、江忠源分兩路防禦。

洪天王向錢江問道：「今分兵兩路，究取何路為先？」錢江道：「今宜兩路並舉，而當著重宿松，因從此陸路進兵較易，待宿松、太源俱下，即會合以取安慶可也。」便令石達開、陳玉成會同韋昌輝、譚紹洸、羅大綱、曾天養，齊望宿松而來。清將湯貽汾聽得洪軍勢大，料敵不過，便與部將彭定基計議，謹守城池，不敢出戰。更在城外築成長濠以御之。一面飛報向榮，催兵前來。向榮知洪軍改分兩路而進，便對江忠源說道：「宿松、太湖，皆屬要地。今敵人既分兩路，我亦當以兩路御之。」便使江忠源領兵五萬，往守太湖；自己卻來助守宿松。傳令軍士，不分晝夜的前進。誰想洪軍清銳，全在右軍，更有前鋒老萬營，個個如狠似虎，已先到了離宿松約十里下寨。清軍聞得石達開名字，那個不怕？陳玉成即進道：「宿松小城池耳，何勞大軍。大王以我兩人為先鋒，若並不能取宿松，豈不令人失笑？某願以本軍乘夜劫進城去。倘有差失，甘當軍令。」石達開道：「湯貽汾在向榮部下已久，慣經戰爭，豈有彼不知夜裡防劫？稍有不妥，反挫全軍銳氣，不可為也。今向榮大軍計期未能速到。若急攻宿松，必至多傷人命，不如權且紮下大營，只須如此如此，即宿松可下矣。」便令陳玉成一面攻城，使營內的軍士，故作荷鋤負，往來搬運。湯貽汾在城上一看，暗忖洪軍慣開道地，焚炸城池。這會情形，一定又用此計。便立刻令軍士增挖長濠，以阻截之。好一會，只聽見洪軍卻無動靜，也不來攻城。湯貽汾不解其意。忽至夜分，鼓聲大震，金角亂鳴，陳玉成領軍親自攻取。湯貽汾急督軍守禦時，那陳玉成已自退去。才歇一個更次，陳玉成又復來攻，湯貽汾依舊守禦，一連數次，不勝其擾。及至四更時分，忽城後轟天響一聲，卻是地雷發作起來：後路城垣整整陷了三四丈。湯貽汾急分兵守禦。還虧湯貽汾本部一萬人，皆是精兵，久經戰陣，因此城垣雖陷，一頭御戰，一頭修築，石達開也未能攻取城內。只是時陳玉成牽制其前，石達開又已偷過宿松城後，早把宿松圍困。當下湯貽汾腹背受敵，目盼向軍，卻還未至。糧草又已困絕，只是勉勵三軍：竭力防守而已。這時石達開亦因攻宿松不下，恐向軍趕到，更難下手，便心生一計，令撤去東門之圍，讓他逃走。只湯貽汾見石達開忽然撤兵，已知他是因攻城不下，放開一路的意思。唯心中究不願棄去宿松。奈糧草既絕，軍心多有怨言，十分可懼。急揚言向軍將至，以安人心；奈杳無消息，軍士度時如度歲，愈加怨望。湯貽汾無法可施。料守宿松不住，正在納悶，忽東門守城將士報稱天國大將石達開飭人奉書到。湯貽汾暗忖兩國交兵，來書果有何意？便令留帶書人在城外，取來書遞進來，開啟一看，書道：

天國翼王石達開，書達清將軍湯公麾下：以將軍勇冠三軍，才不世出，徒以功名心重，轉昧時機；遂至順逆不分，沉迷至此。蓋仰望之餘，不禁嘆惜之矣。滿人據我中原二百餘年，此皆我漢人所痛心疾首者也。天王奮起義師，識時務者，方冀光復舊物，還我神州，故凡我人民，罔不歸命。將軍乃以悍鷙之性，以驅馳就命於他人，抑亦惑矣！今兩湖既定，舉兵東徵，望風披靡。區區宿松，何憂不下？獨思將軍威以治兵，仁以愛民，宿松生靈十萬，其性命方繫於將軍之手，本王亦何忍極其兵力，以負將軍愛民之盛德耶？將軍神勇高義，寧不知所以自處？舍民命以成名，吾知將軍之不為也。伏為思之！

湯貽汾看罷，覺得石達開本是一個知己。自念失身仕途，實無以對同種，只丈夫不事二主，斷無投降的道理，便回書石達開，不過說稱爾盡攻城之軍威，我竭我守城之兵力，各為其主。倘有不濟，請以民命為重，幸毋多殺可也。石達開見了回書，早知湯貽汾以死自誓，不覺嘆道：「真忠臣也。」便提兵再復攻城。那時城內軍民，多有偷出投降者。湯貽汾見救兵未至，人心已變，料不能支援。便回到帳裡，教左右拿個筆墨來，寫了一封遺書，仍是留進與石達開：再復勸他不可多殺。末後又題下詩示意。寫罷便拔劍自刎而亡。管教：

失身胡虜，空將死命答中原；大奮天兵，先令偏安存正統。

要知後事如何？且聽下回分解。

向榮怒斥陸建瀛　錢江計斬蔣文慶

話說湯貽汾寫下遺書，題過詩句，遂伏劍自刎而亡。左右見他在帳裡，久不出來，急得進內一看，只見喉際血跡模糊，手上握住一口利劍，不覺大驚。再仔細瞧時，覺頸喉已斷，知不能救，當下飛報副將彭定基。彭定基慌來瞧看，見他雙眼未閉，面目如生，忙把他文稿一閱，內有一道交自己的：是勸他竭力守城；若不能，則當設法保全民命。這個意思，分明是勸他投降的了。看罷，不覺眼中吊淚；再看第二道：是交與石達開的。彭定基正欲看時，已見將士守門者飛報洪軍已分兩路攻城；洪天王大隊，已又將到，伏乞酌奪。彭定基一聽，沒了主意。只是時城中內已絕糧，外無救兵，又見湯貽汾身死，將士都紛紛亂竄，呼天叫地的聲不絕。彭定基料不能挽回。急拿湯貽汾與石達開的遺書，用箭送到石達開營裡。然後舉起白旗。石達開知得城中已允投順，正欲督兵進城，忽部下軍士拾得那書呈上。石達開急取來一看，書道：

書復翼王麾下：昨得來書，殷殷以民命為重，仁人之言，其利甚溥。自唯不德，既不能為復國安民，又不能為輔君戡亂，疚心自問，愧恧萬分！只唯君臣大義，從一而終，弟雖愚昧，不敢不勉。若屈膝向榮怒斥陸建瀛　錢江計斬蔣文慶以求全性命，吾不為也。今宿松危在旦夕。乘以將軍之殊威，何憂不下？特吾仕清多年，無以對漢族；守城不力，無以對吾君。皆某一人之咎，非百姓之罪也。城中生靈十萬，亦唯將軍憐之！

石達開看罷，搖首道，湯貽汾死矣！為之嘆息者再。看下又有詩道：

半壁東西夕照危，煙塵萬里掩王師。
惜遺故老歸無日，隱定詩人死有時。
百戰餘風悲馬革，滿山陰雨哭龍旗。
蜀婁古是招魂劍，留繞吳門答主知。
失足自成千古恨，衣冠回首已堪悲。
許衡未算汙文廟，王猛何曾誤晉基？
事去英雄心愧劍，時來豪傑口留碑。
淚灑孤臣遺一曲，蒼茫風雨送旌旗。

石達開把詩讀罷，更為惋惜。便令三軍整隊進城，自與陳玉成並馬同行，一路上百姓都出來迎接，石達開一一安慰。百姓見洪軍秋毫無犯，無不喜悅。石、陳二將，將次到衙，早有縣令徐家相迎進衙裡。點過倉庫，封妥之後，即差人到中軍報捷。這時自縣令以下如縣丞、主簿及守備、千總，都來親身想見，單不見了彭定基。眾人詢問才知其負節不來，石達開即往見之，問以下出之故。彭定基道：「手綰兵符，不能守一城池，深自愧矣。以民命關係，故迎將軍迸城，復何忍軍前屈膝，以求榮邪？」達開聽罷，難以心安。嘆道：「大匠之門無拙工，君不愧為湯公部將也。」遂請之出。相與點過迎順軍士，共存七千餘人，唯糧草已絕。達開顧謂陳守禦之能？玉成道：「行軍以糧為先。宿松城池雖小，以湯公使以三五千人，糧草充裕，堅持以待救兵，未易下矣。蓋兵多則食繁故耳。今宿松即下，吾軍直趨安慶，必勢如破竹，可無憂矣。」未幾，洪軍大隊俱到，石達開即出城迎接。對洪天王說起湯貽汾的豪氣，天王亦為讚歎。便令厚葬其屍，優恤其妻子，並任彭定基為都檢使。著他領降卒一半回武昌助守；再以降卒一半，歸石達開部下。待休兵數天，然後商議進戰。

且說向榮領大兵五萬，正望宿松而來，已過徐家橋，聽得宿松已經失守，向榮急問其故？探子答道：「宿松糧食不敷，人心多變，故湯貽汾自刎，彭定基業已投降。今洪軍大隊正住宿松也。」向榮嘆道：「吾恐眾寡不敵，故候陸建瀛兵到安慶，有了後援，始行出發。今因陸建瀛多延兩天，使宿松失守，非湯貽汾負吾，吾實負湯貽汾矣！今敵軍銳氣正盛，恐不可輕進。不如權扎此間，看太湖消息如何？再行計較。」誰想話猶未了，忽一騎馬飛人軍中，飛報禍事。稱說張國梁守太湖不住，被洪軍殺了一陣，折傷四千餘人，已退至潛山，十分危急；江忠源亦在潛山，專候欽差定奪。向榮聽得，兩路俱敗，憤氣填胸。大呼一聲，幾乎墮馬，幸得左右扶定。便傳令在徐家橋紮下大營，相連又紮下數十小營。以總兵陳勝元，臬司張字熙分為左右翼，以張敬修為前軍。一面著人打探洪軍行止。再令江忠源自守潛山，以固安慶西北門戶；著張國梁領本軍一萬撥來助戰。並飛諮江督陸建瀛，領兵來赴前敵。是時陸建瀛已抵安慶。聞報即令巡撫蔣文慶，固守安慶，領兵五千前來。不多時，張國梁領兵亦到。統領清國大兵十餘萬，連營迴環，一望旌旗蔽日，壁壘連雲，十分聲勢。陸建瀛又請以張國梁為前部，與向營兩邊大營，東西相峙，專候洪軍。

早有細作飛報天國軍中來。錢江道：「吾向知江督陸建瀛有寵妾張氏，最有權勢，建瀛深畏之；其妾弟張彥良，現在安慶充當要差。吾若破安慶，當拘留張彥良，即可挾制陸建瀛，以金陵相讓矣。」正在議論間，忽捷報飛到。李秀成、林啟榮已攻下九江，現望南康出發。錢江恐孤軍不宜深入，即傳令以林啟賢扎守九江。又以九江為數省咽喉，乃令秀成為游擊之師，阻清兵各路援應；再令第二路統帥黃文金、李世賢，留太湖牽制江忠源。卻調洪仁發本軍二萬，到宿松助戰。各路取齊，仍恐琦善由汴梁南下，即以洪仁發領軍二萬，護運糧食，兼照應武昌。安排既定，改以石達開、羅大綱為先鋒，離宿松出發；只有洪天王與十餘員部將，駐守宿松，餘外都赴前敵去。

大軍緩緩行了一日一夜，正與向軍相遇，相隔二十餘里。錢江探得附近一座小山，亦是用兵咽喉之地，得此亦足以分向榮軍勢。便令韋昌輝以五千人，先據此山。陸建瀛聽得洪軍已據山上，即欲分兵來爭，向榮即止道：「兵法致人而不致於人。若此移動大營，反中錢江狡計矣。」陸建瀛道：「我為總督，令由我發。如何相阻。」向榮聽得，即向陸建瀛斥道：「弟雖是一個提督，只為參辦軍務的欽差大臣。彼此皆為公事，但求有濟耳。足下乃欲以官位相壓耶！」陸建瀛不能對。

向榮即傳令軍中：如未得欽差號令，遽行擅動者斬！陸建瀛聽得此令，益加啣恨。這時乃正月下旬，天氣晴和，正好用兵。錢江、韋昌輝奪了小山之後，不見向榮動靜，心中疑惑。便引數十騎，自向附近山林，窺測向榮舉動。早有人報知向榮。諸將便請向榮來追。向榮道：「恐是誘敵之計，不宜亂動，違令者斬。」諸將皆肅然不敢說，都道是主將畏怯太過。少時錢江已自回去，諸將皆怨向榮，以為被錢江窺探虛實。向榮卻置之不理，但傳令各營謹守；若待洪軍憊疲，然後以逸待勞，相與會戰，未為晚也。諸將雖不敢違令，然心已非之。諸將有到帳前討戰者。向榮道：「本帥身經百戰，未嘗退後，吾豈畏彼耶！不過彼以十萬餘眾，乘勝而下，銳氣正盛，故暫避其鋒。若陸帥那裡肯依吾主見，則江南尚可支援，否則吾與諸君，將不知死所矣。」眾將聽得，方才心服。

且說錢江自看過向榮虛實，即回營大集諸將聽令道：「向榮老將，其不出戰者，欲以堅壁老我師也。某見向軍所結連營，四至八道，皆有門戶，迴環整肅，甚為可畏。只右軍殊欠整齊，必是陸建瀛之軍無疑矣。我軍即當從此下手。」便傳令韋昌輝，以本軍直下：據山林深處，遍插旗旌，以為疑兵；又傳令陳坤書，以舟師直駛下流，攻襲安慶，以擾向、陸兩軍後路。這兩路先行發付去了。隨喚石達開、羅大綱囑咐道：「兩位既為先鋒，今宜早出：石軍先進，羅軍繼起。卻待到了向榮時，羅兄弟就移軍從斜裡轉擊張國梁，是明攻向榮，而實攻陸建瀛也。」二人得令。又喚洪仁發、李開芳道：「爾兩人各帶本軍，準備火箭接應；羅大綱又用火箭，直射陸營。待黃旗到時，即會合殺進去。」二人得令。又喚譚紹洸領軍五千，隨石達開直攻向榮；又令陳玉成領兵一萬，打著黃旗，直抵陸營會戰。分排既定，又附耳令曾天養如此如此；去後，又囑令林鳳翔如此如此。留賴漢英謹守大營。自己卻督率諸將，為各路接應。約定五更造飯，平明起點，不得違令。

單說向榮那裡，因恐陸建瀛一軍以意見誤事，甚為憂慮。且亦料錢江之意，必先取陸建瀛一軍。那日正見錢江軍中，頗有移動，乃驚道：「彼發令矣。我不宜妄動，亦不可不防。」便一面諮照陸建瀛準備守禦；一面令張敬修增築長堤禦敵，待敵軍疲憊時，然後乘勢掩殺；再令陳勝元、張熙宇，分左右接戰。倘陸軍存失，不宜令彼攔入。可直取錢江大營，以進為退，此孫臏圍魏救趙法也。」各人得令。到了次日平明，向榮忽聞寨外鼓聲大震，石達開已壓至軍前。向榮一面督兵守禦，卻自登高以望洪軍。只見石軍攻營，不甚著力。向榮驚道：「彼軍虛攻吾營，實攻陸營去也。」正要諮請陸師防備，不相說猶未了，羅大綱已隨石達開逼至陣前：已出其不意，轉攻張國梁前軍而去。

張國梁因得向榮告誡，不能輕出。忽然北路上一彪人馬，衝入右路中軍，打著滿清兵營旗號。說稱奉江忠源之令，因潛山危急，來請救兵。陸建瀛正自疑惑，突見軍中嚷亂起來，原來北路那一軍，為首的不是別人，卻是林鳳翔：領錢江密計，打著清兵旗號；偽催救兵，乘勢殺人右路中軍去。弄得陸建瀛手足無措，只傳令三軍混戰，張國梁猶支援不動。不提防洪仁發、李開芳，各領本兵殺奔前來：俱用火箭射入張國梁的軍中，軍心大亂。少時漫山遍野，都是洪軍。張國梁料敵不過，還恐衝動向營，卻領兵望北路殺出來。忽又一枝人馬，攔住去路，軍士紛紛退後。清參將閻兆祺中槍落馬。為首皆打著黃色旗號。當頭大將，卻是天國陳玉成也。不多時，羅大綱、陳玉成、洪仁發、李開芳、林鳳翔一齊殺進來。向榮知道張軍大敗，本欲改轉號令，移軍援應；奈被石達開軍牽制，便欲撥兵直取錢江大營。忽見東南角上，一帶樹林，旌旗飄揚，向榮疑有伏兵；正在躊躇，忽又見後路相隔十餘里一帶森林，火光沖天而起，軍心大亂。原來曾天養得了錢江密計，從小路偷過向營後，在樹林裡放起火來，好擾亂向榮軍心。向榮知不是頭路，下令三軍退後，且戰且走，那陸建瀛且不知先逃到那裡？張國梁因在軍不能得脫，向榮便奮力殺進右軍來救，正遇洪仁發。死命殺了一陣，救出張國梁，又救出軍士大半。急令張國梁、張敬修，分兩路且戰且退。自晨時開仗，到這時已是日暮。約行十餘里，忽一聲梆子響，左有韋昌輝，右有曾大養，都從林內殺出。向榮大呼道：「這時若不奮戰，全軍皆死矣，諸軍不可不死裡求生。」軍士得令，一齊上前力戰。那張國梁覷得親切，槍聲響處，天國猛將曾天養不及提防，竟中槍落馬而死。韋昌輝不敢戀戰，率軍士搶迴天養屍首而逃。向榮直透重關，回望後軍，喊聲又起：卻是洪軍大隊復行趕到。向榮即傳令望東而逃，並教陳勝元、張國梁斷後。誰想石達開、陳玉成、韋昌輝、羅大綱四路會合。風馳雨驟，利害異常，向榮不能抵敵。陳勝元已死於亂軍之中，向軍大亂。向榮聽得陳勝元已死，急今後軍先逃，自己力敵洪軍；怎奈軍無鬥志，洪軍又來得勢迫，向榮且戰且走。時已日暮，再走上數里，將近石牌，猶望陸建瀛、蔣文慶引兵救授。突見前頭旌旗齊整，一帶火光，勢若長蛇。向榮正自驚疑，只見前軍報導：「此錢江兵也，早知我們由此路逃走，故預先埋伏於此。」向榮嘆道：「吾中狡夫之計了！一著之差，乃至於此。彼志在吾先，安慶亦恐不能守。」只得傳令三軍，望集賢關而奔，以為安慶聲援。洪軍趕了一日，知離安慶不遠，即令紮下大營。韋昌輝進道：「今向榮業已大敗，正直乘勢奪取安慶。軍師卻紮營不進，何也？」錢江道：「不勞諸軍虎威，三日內安慶可下，而蔣文慶首級至矣。」眾將猶未深信。陸建瀛道：「安慶不打緊。若南京有失，關係甚大。我為兩江總督，不得不先顧根本；中丞慎守此城。我今要先回南京去矣！」說罷領軍自行，蔣文慶留之不住。清軍將士，亦困陸建瀛不戰自逃，莫不憤怒；蔣文慶只得將安慶省城四門緊閉，終日納悶，一籌不展。是時城內紛紛警耗：有說錢江將來攻城的；有說洪軍大隊水師，已排江而下，不久就到安慶的。蔣文慶已沒了主意。壽春鎮總兵李乘鰲進道：「某願領軍三千，防守江口，以當洪軍水師去路；中丞卻督率諸將守城。一面八百里加緊飛報京裡，催取救兵為是、安慶據南京上流，倘有差失，南京便不能保矣，不可不慮。」蔣文慶從之。乘鰲去後，有左右報稱潛山江藩臺行營，差人奉文書到此。蔣文慶急令引帶書人進來。那人到了撫署，自稱江忠源部下前軍前左營營官、都司王興國，奉了江帥之命，帶書到此。蔣文慶忙索文書看了，卻是江忠源因潛山緊急，張國梁已去，兵單將寡，不能抵敵，故乞兵求救的意思。蔣文慶暗忖安慶已危在旦夕，如何能顧得潛山？正躊躇未決，王興國只是催速。蔣文慶把文書細看了一會，覺得那一顆關防，的確屬實。正計算發付來書，突聽得城裡喊聲大震。蔣文慶正在派人打聽，旋見參將李時中飛奔衙裡，報稱洪軍水師，已由南城濠殺進來了。將文慶一驚非小。李時中道：「洪軍大隊已離城不遠，水師又已攻進來，恐不能守矣。不如逃去。現向榮駐兵池州東北，為金陵聲應，到那裡與向軍會合，再圖恢復之策可也。」王興國爭道：「向榮為欽差，有軍事之權，無地方之責。今安慶失守，責在大人。不如到潛山與江忠源會合，逕奔桐城，握廬州之險，亦足以窺安慶；且與向榮分峙兩路，究足以壯聲援。若同奔池州，則反嫌勢孤矣，望中丞思之。」蔣文慶深以王興國之言有理，便決意棄去安慶，來奔桐城。蔣文慶即令提督福珠隆阿、總兵李乘驁、參將李時中，一齊殺出北門，直望潛山而去。因恐大兵誤了時日，才出了集賢關，即轉小路而行。行不上十餘里，只見路途僻小，樹木叢雜，心甚狐疑。王興國道：「待某先行探路，大人等隨後出發可也。」蔣文慶從之。時王興國去了，卻許多時不見有回報。蔣文慶一發憂懼，李乘驁道：「卑職在兩湖已久，不聞有都司王興國其人。此人神情恍惚，力勸大人不可奔池州，恐有詐偽，不可不防。」蔣文慶道：「他文書裡所用的關防，視本帥從前與江忠源來往的一樣；人可假冒，這顆關防，又從哪裡得來？」李乘驁道：「中丞差矣。江忠源與各鎮常有來往文書，錢江降了宿松，拿住湯貽汾的檔案，那有模仿不得？！恨不留王興國以作按當，實為失算。」蔣文慶聽了，不覺目瞪口呆。還未說得一句話，只聽一聲梆子響，樹林裡現出洪軍旗幟；左有李世賢，右有黃文金，大呼蔣文慶快來納命。管教：

復收安徽，妙算獨推錢策士；安排埋伏，奇謀又賺蔣中丞。

畢竟蔣文慶性命如何？且聽下回分解。

勇鮑超獨救江忠源　智錢江夜賺吳觀察

話話蔣文慶由安慶殺了出來，意欲直奔桐城，好與江軍相應。誰想出了集賢關，正到八龍山，那林木深處，早紛叫「蔣文慶快來納命」！原來黃文金、李世賢，因得了錢江將令，教部將打著自己旗號，虛攻灊山，卻先到這裡埋伏。此時嚇得蔣文慶幾乎墜馬，急令李乘鰲、李時中分頭禦敵。無奈軍心慌亂，那裡還敢接戰，都呼天喚地逃竄。黃文金、李時賢乘勢殺了一陣；又因道途僻狹，清軍都不能逃脫，蔣文慶連中數彈，死於亂軍之中；李乘鰲拔劍自刎而死；李時中只得請降。計清兵除了死的、降的，不曾走漏一個。忽見林中轉出錢江。軍士擁著李時中，先向錢江叩首。錢江便令清兵盡行脫去號衣，交太平軍穿了；仍令李時中引李世賢先行，降軍中選面貌相似的，扮作蔣文慶。使黃文金以本軍領降兵在後，錢江自領中隊，改道碎石嶺，沿三橋直望灊山來捉江忠源。

時已夜分，將抵灊山城下。先使人報稱安慶失守，蔣巡撫殺出重圍，要與將軍相合，同保廬州，然後謀夏安慶，江忠源聞報，急登城樓一望，火光中認得清軍旗號；又認得前部將軍李時中，況從向榮兵敗，早料安慶難守，此時如何不信？便令開了城門，令為首的進城。餘外三軍，在城外屯營。時洪軍已分隊潛伏城下。守備劉國康方開城門，李世賢眼快，槍聲響處，劉國康早中彈落馬。李世賢揮軍乘勢殺入，清軍不能抵當。深夜又不知供軍多少，人心大亂。江忠源聞變，已知中計，急上馬率領本部兵，直出北門而去。錢江進城，已知江忠源逃走，急喚黃文金囑咐道：「江忠源虎也，窮則易殺，莫教他復完勢力。他此行必由北路投奔廬州，握桐城閘，以為復攻安慶之計。他逃得不遠，可速行追之。」黃文金一聲得令，直出北門追來。繞過了北門，只聽得守城的軍士說道：「江藩臺已先行去了。」黃文金道，「錢先生真神算也。」即令騎兵先行火速趕來。

且說江忠源已出灊山。檢點所存軍士，不及一萬，一路上且行且恨。將近大明，已到青草橋。忽聽得後面喊聲大震，金鼓亂鳴，知是追兵又到，軍士無心戀戰，自己也料敵不過，只得死命奔逃。回望喊聲漸近。再走數里，已是人困馬乏。忽見一條長河，攔住去路：那河寬廣約有數丈，又無舟楫可渡，正是前無去路，後有追兵，好不心慌。回望天國已是黃文金的旗號，相去不遠；欲調兵回戰，又恐不敵。那時軍中已紛紛叫苦。江忠源只得鎮住軍心，大呼道：「『置諸死地而後生』，何必多懼？」雖然如此說，三軍已個個魂魄不全，全無隊伍。江忠源心裡只是叫得苦。急令軍士沿岸而走。爭奈黃文金已相離不遠，清兵又各自逃命，赴水而逃者，不計其數，江忠源止之不住。守備顏本元大呼道：「敵兵至矣，中丞須從速渡河。」江忠源早沒了主意。便撥轉馬頭，退回數十步，再盡力把馬一鞭，意欲飛渡過江而去。奈那馬到了河邊，把雙蹄高掀，不敢飛渡。江忠源長嘆一聲，急下馬來，已見天國軍中，槍聲亂鳴，彈如雨點，江軍有已渡河的，有正在鳧水的，有在岸上的，都喊聲振地。江忠源料不能敵，急的拔劍自刎。忽然後軍步隊飛出一將，生得虎頭熊額，豹體猿腰，身長五尺有餘，年約三十來歲。

手掣長槍，從隊裡飛出，奪江忠源的利劍，擲於地下；一手把忠源挾扶，鳧水如履平地，不消半刻，已渡過對河，向隊中取了一匹良馬，扶江忠源坐定，親自保護。而江忠源如夢初覺。回視未渡將士，大半已投降而去，餘外死在河中的，都不能勝數。三停人馬，已折兩停有餘。隨收拾敗殘軍士，到了個小山紮下。

原來救江忠源的，不是別人，卻是鮑超，字春亭，後改春霆，四川人氏。曾在向榮部下當步兵，後因病還湖南，落魄不偶；復應募隸楊載福麾下為哨官。從戰岳州、金口有功，升守備；再從戰武昌、漢陽升都司，改隸胡林翼軍中。其後江忠源由湖北轉戰安徽，知超驍勇，請於林翼以為營官。屢戰有功，得升游擊，至是乃救得江忠源一命。忠源道：「微子，江某死無葬身之地矣！恩不可不報，才不可不拔，自當奏知朝廷，破格錄用。」鮑超稱謝而退。江忠源即傳令造飯，然後望桐城而來。忠源遂入奏自貶，請獎鮑超。鮑超由此得升參將。此是後話，按下慢表。

且說黃文金追至河邊，志在捉江忠源。忽遠地見了一人，手挾江忠源渡河如履平地，半晌已登對岸，不覺大驚道：「此人真虎將也。」急問左右，此是何人？左右無有知者。遂捕一降卒問之？那降卒答道：「此游擊鮑超也。不特勇力過人，且有一宗絕技：逾山過嶺，輕捷如猿。聲如巨雷，百步之外呼喝一聲，軍士多為驚倒，故皆以鮑虎呼之，又多呼為豹子。此人投效軍營，已經兩載，立功已是不少。只未蒙重用，現還屈為人下。」黃文金道：「如此，可謂埋沒英雄矣。」嘆息一番，隨令安撫降卒，收軍回至潛州，自回軍安慶。向錢江道：「險些兒拿了江忠源，因被鮑超挾負而去，實為可惜。」錢江道：「彼未該絕耳。此後吾必設法擒之。」說罷，即今黃文金駐守潛山。自安慶回軍，李世賢在路上，問錢江道：「先生何以知蔣文慶之必由小路逃走也？」錢江笑道：「文慶一書生耳，向來經臨戰陣，故以小計弄之。某自到宿松，已得江忠源同向滎往來文扎，模刻其關防；又使萬大洪扮作求救的，冒稱都司王興國，誘其出城。他見安慶已危，自然要逃走，故易於中計也。獨惜拿不到江忠源，未免大計小用耳。」說罷，大笑不止。行行不覺到了安慶。此時石達開等，已得了城池，聽得錢江已到，即出來迎接，遂將軍兵駐紮城外，並馬人城。知石達開已拿了張彥良。錢江即致函陸建瀛云：「如欲張彥良得生，須以轄地相讓。」此是錢江挾制陸建瀛處，按下慢表。

當下計點倉庫，得白銀八十餘萬兩；糧米百十餘萬擔；洋槍共六十桿。餘外零星器械，不計其數。即把捷音奏報洪天王。誰想捷音未發，洪天王已經到了。錢江聞說，即率眾將出城十里迎接。天王下馬，與眾將想見，即慰勞道：「孤住在宿松，恐獨勞諸兄弟汗馬，故趕進來。及至徐家橋，已知攻下安慶，此諸兄弟之力也。」眾將答道：「此皆大王之恩威所及耳。」天王讓謙一番。一齊進了省城。各官朝賀已畢，天王傳令，大犒三軍，分賞各有功諸臣。又團曾天養陣亡，甚為惋惜，即行賜祭，予謚毅武；並收養其二子：長名曾紹文，次名曾紹武。待年長時有功，然後賞授官階。各人見天王恩重，都十分感激。自經這場大戰之後，又恐軍士過於勞苦，傳令休兵十天，然從進戰。這個令一下，軍心越加悅服。

那一日，正在帳中議事，忽報駐紮漢陽東王楊秀清，有緊要公文飛報到了。天王聽得，即傳令把文書遞進來。大眾一看，俱皆失色：原來那東王楊秀清報稱：「荊州將軍官文，已改授湖廣總督，與新授湖北巡撫胡林翼，一同駐兵鄂州。因清廷命粵督徐廣縉為欽差，督兵進戰：廣縉在鄂州逗留，不敢前進，清廷把他欽差大臣革去，就令官文代領其眾。便與胡林翼誓要恢復湖北。不意一虎未除，又添一虎。現在湖南巡撫，又換了駱秉章赴任。那姓駱的是廣東花縣人氏，與天王是個同鄉，由翰林出身。他只圖博得好官，勢要與我們對敵；又令曾國藩調鄉團出境助戰，各路人馬，聲勢甚大。故此先行報知，速作準備為是。」洪天王看罷，心甚憂慮，竟欲調兵回守城昌。錢江道：「安慶已下，金陵已在掌中矣。趁此向榮窮蹙之時，一鼓可以定江南。若再回兵，日後難尋此機會也。以江愚見：宜失十武昌，不可失一金陵。東工數萬之眾亦不弱，未必遽敗也。」天王道：「以諸將百戰之勞，而得一武昌。若一旦棄之，使武昌人民，復蹈黑暗，於心何忍？」錢江道：「不如今黃文金，以本部由灊山回駐漢陽；再增兵令李秀成由九江進兵，擾江西以邀其後路。待江南既定，再行計較便是。」洪天王從之。便令黃文金回軍，再調譚紹洸領軍萬人，帶部將萬大洪、范連德等，往助李秀成一路去訖。一面議伐金陵。

此令一下，忽報清國布政使李本仁，按察使張熙宇，起兵由六安來援安慶。錢江急喚石達開道：「六安來路，必往公公嶺。此處樹木叢雜，可以埋伏軍馬。石兄弟就領一軍在那裡埋伏：遍插旌旗，以為疑兵，吾自有計退之矣。」又令韋昌輝：「以本軍在公公嶺後路，打著五色旗號，左右出入，輪轉再換，以示軍容之威，彼必退矣。」拱天王道：「彼即退兵，於彼無損；不如與戰而殲之為是。」錢江道：「向榮以十餘萬之眾，吾猶不懼，況區區一李本仁、張熙宇耶！誠以曠日持久，而圖此小功，使金陵得完其備，必不可也。」天王方才省悟：即令石達開、韋昌輝去了。果然李本仁、張熙宇領兵行至中途，只見公公嶺一帶，旌旗齊整，心甚狐疑。又見附近五色旌旗，軍容甚整，卻不敢進兵。張熙宇即謂李本仁道：「我們只道安慶緊急，特來救援耳。今安慶業已失守，料不能濟事。且以陸、向兩帥，領二十萬之眾，尚不能抵敵洪軍之勢，何況我輩，到不如退兵為上。」李本仁以為然，遂傳令退兵。怎想說猶未了，忽一聲炮響，石達開領軍從林中殺出。李本仁聽得石達開名字，早魂飛魄散，那敢戀戰。石達開追殺數里而回。自到安慶城裡繳令。錢江令登了功勞簿，再令興兵，進取金陵。先令陳坤書以水師先進。時清廷正以江忠源補授安徽巡撫。江忠源以鮑超武勇超群，奏保為副將，並令為前部，銳意謀復安慶，由桐城直下天寧莊；飛函向榮，知會分道進兵。這時江督陸建瀛，因妾舅張彥良被捉，洪軍要他讓地，正自徬徨，便先自藉故逃回金陵而去。向榮便約會江忠源，分南北兩路進兵。向榮因安慶既失，由池州東下，以圖恢復安慶。忠源又諮照欽差大臣琦善，由汴梁下攻湖北，以截洪軍後路，奈琦善逡巡不進，忠源無可如何。早有細作報入錢江軍中。錢江道：「彼既伐我，我不如先伐之。先發制人，此其時矣。」先調兵分拒江、向二軍，仍令石達開、李世賢為先鋒，大軍陸續起程，望金陵出發。忽報上海道吳來，招集閩、粵拖船數千艘，又借得西洋大砲數百尊，由吳淞直駛上流，由海道來攻安慶。錢江聽得清楚，先令陸軍紮下大營，要先設法破吳來水師，斷彼水路接應，然後進兵。即對洪天王道：「清軍屢敗，自知勢弱，乃借西洋大砲，借外力以殺害我漢人，實不可忍。此行業令片甲不回，使他不敢正視我軍。」洪天王便問計將安出？錢江道：「今當仲春天氣，烏雲密布，將有微雨，且今夜必有大霧。吾計準可行。彼所借西洋大砲，早晚必為我用也。」便附耳說稱如此如此。洪天王聽得大喜，急召陳坤書，授以密計。時吳來水師已將抵安慶。那夜初更以後，大霧迷江，對面不見人。陳坤書即依錢江密計，先將水師各船掩滅燈火，暗在兩岸埋伏，併購定無數瓦埕，一排一排，相連配搭而下。埕口上下緊縛相合，中藏火光，順著流水，直望下流駛來。那吳來在船上一望，但見江心一派火光，順流而下。只道洪軍水師大至。黑夜裡霧色迷漫，又不辨真偽，卻不敢擅進。即與管炮的洋人相議，洋人再隨吳來，立在船頭一看，反大笑不止。吳來便問洋人怎地大笑？洋人道：「洪軍只能在陸路稱雄，卻不懂在水上行軍、渡河的法度也。」吳問何故？洋人道：「看他乘霧進軍，實兵家所大忌也。此一戰，可以雪數年屢敗之恥矣。」吳來又問計將安出？洋人道：「彼槍多炮少，只能近地攻我；我軍既多大砲，可從遠以炮擊之。」吳來深然其計：以為洪軍水師，必敗無疑矣。便下令軍中，一齊發炮轟擊。那炮聲何止數千響，其聲隆隆，震動天地，只望埕排上火光中攻來。一連幾個更次，炮響不絕。

陳坤書卻督水師船挨岸邊潛進。各船火乘風勢，如箭激發。那洋人所發大砲，但望火光攻擊，故陳坤書各水師，毫無損害。比至四更以後，吳來所用大砲，子藥俱盡，但見火光依然順流。洋人仔細看了一會，乃大驚道：「吾中計矣。火光中必無洪軍在也！」吳來聽了此話，猶驚疑不定。將近天明時候，聽得兩岸鼓聲大震，吳來軍士，個個畏懼。

少時，東方現出一輪紅日，煙消霧散。洪軍水師各船，鼓浪掀濤，遮蔽江面，已相隔不遠。焰硝砲彈，紛紛望船擊來。陳坤書坐在中央大艦，督令各船齊放槍炮。吳來急的登岸逃命。陳坤書見清兵各船，絕不還炮，只放空槍，料子藥已盡，更不必畏懼。便令將各船移調直駛進來。又恐清兵各船逃跑，急令一隊水師先進下流，截他退路，因此清兵船逃不出一艘。況自吳來逃去之後，軍中無主，益自亂慌。西洋人沒奈何，又見吳來已去，只得舉白旗投降，要保三軍性命。陳坤書也知得西國向有舉旗投降的例，遂令軍士停止攻擊。一面使人報知錢江。然後過船與洋人定約：將西洋大砲，點入自己軍中；並定洋人不得再助清軍，不在話下。管教：

利炮堅船，轉眼已成天國物；奇謀妙算，唾手先成漢統基。

要知後事如何？且聽下回分解。

蕭王妃奪旗鎮江城　洪秀全定鼎金陵郡

話說西洋人因洪軍水師逼近，迫得舉白旗迎降。陳坤書即過船與西洋人定約：所有西洋大砲及船隻槍械，都撥入洪軍。訂盟之後，更不能再助清國。西洋人一概應允。錢江見水師得勝，隨回營要從陸路開仗。洪天王隨向錢江道：「吾軍自下宿松以來，所向披靡。今水師又經大捷，而先生無故退兵，恐三軍因此疑懼矣。」錢江道：「自追隨大王以來，此心有進無退，又何必多疑。誠以用兵固非一道。今日實不能明言，日後當自知之。」洪大王終不能釋然，只不敢多問。是時軍中多不以退兵為然。紛紛議論，錢江只詐作不知。及退十餘里下寨，即傳令造飯，也不發一軍令。

當下這點消息，報到向榮那裡，便欲領兵來追。忽又忖道：「錢江詭計極多，恐是誘敵之舉。」仍傳令謹守，再派人打聽錢江舉動。次日，又聞洪軍又起程退了。向榮狐疑，不解其故。忽見總兵張國梁入帳。向榮道：「義兒獨自到此，欲請令追洪軍耶？」張國梁道：「是也。吾軍屢敗，今有此機會，自不可惜過。宜速追之！若得一大勝，猶可以固金陵也。」向榮道：「洪軍自進武昌，以至今日，未常少挫。且既得安慶，軍糧亦足，乘勝之餘，決無退兵之理。此是誘敵無疑，追之必中其計。」張國梁道：「不然。今官文與胡林翼，兩軍會合於岳州；琦善既駐紮汴梁，亦有窺武昌之勢。洪秀全或者以武昌為根本地，將退而自保耳。」向榮沉吟未決。張國梁又道：「彼日前不退者，以兩軍相持，恐元帥躡其後也。今水師一捷，必退無疑矣。」正說話間，忽報江忠源派人到。向榮忙請進裡面，乃忠源之弟江忠淑。向榮猶未開言，江忠淑先道：「元帥知錢江兵退否？」向榮道：「那有不知？只恐彼以退兵為誘敵也。」說罷，並以張國梁之意告之。江忠淑道：「家兄亦聽得楊秀清以武昌緊急，飛報洪秀全，只是此次退兵，其用意究不敢決。」向榮道：「據足下之見若何？」江忠淑道：「彼偽退而吾追之，必中其計；彼真退而吾不追，坐失此機會矣。以某愚見，當分兵兩停：若元帥自追，張將軍當駐守不動，以為後援，庶不至有大誤也。元帥以為何如？」向榮亦覺有理，方自議決。忽探子又報：洪軍又起程退矣。張國梁道：「他從緩退兵，防我追也，今當速進矣。」向榮便發令起大軍趕來；令江忠淑回報江忠源。沿途打聽，以為後應。忠淑領令自回。張國梁亦回營調兵，自為前部，以追洪軍。且說錢江一連兩天，都緩緩而退，或行或止。那日忽大集眾將道：「吾之忽然退兵者，料向榮必以我武昌緊急，趕緊回去，必領兵來追，吾好於中用計，使他墮我之術。彼若不出，堅守舊壘，破之亦非易事。今彼中計矣。」隨喚石達開道：「兄弟以精兵二千，離此二十里，挑選樹木深處埋伏。向軍到時，即出截之，或戰或不戰，望後而退。彼必以伏兵已過，安心來追，卻好中計也。」又喚陳玉成、韋昌輝道：「汝兩人各引軍五千，從懷寧而出：夜行晝伏，直趨向軍後路攻之。吾料向榮謹慎，必留兵一半，駐守大營也。」又喚洪仁發、洪仁達、李昭壽、李世賢、李開芳、林鳳翔道：「囑咐汝六人，各領兵三千，為游擊之師。待石達開殺回時，向軍自知中計，必然退兵。然後沿途擊之，不得有誤。」各人得令而去。錢江自領部雲官、羅亞旺幾員健將，自來接應石達開。分撥既定，等候捷音。

且說向榮自從發令追趕洪軍，心裡猶恐中計，密令張國梁留心，沿途須偵探有無埋伏，方好追趕；

又令沿途打聽大營消息。當下張國梁在前，向榮在後，並手下數十員部將，領軍數萬，火速趕來。軍馳馬疾，如風飛電卷，約行有三十里：只見中央一片，山勢不高，直如平地；但兩邊林木叢雜。向軍急傳令，告誡前軍道：「此地正好戰場，兩邊又好伏兵，錢江必算及此地。須令人探視，方好前進。」話猶未了，聽得林內一聲炮響，現出石達開旗號。向榮道：「不出吾所料也。」便欲駐兵不進。張國梁急來前進道：「雖有伏兵，不滿三千人，不足懼也。」元帥休再思疑。」向榮一望，果然達開那支人馬，不過二三千人上下。便從張國梁之請，奮勇直前。石達開即著與張國梁接戰。不多時已敗走而去。張國梁趕來，石達開又復接戰，不多時又敗走而去，張國梁又趕來。向榮聽得前軍得勝，心中暗喜，只是放心不下。即策馬前來一看，那張國梁只是追趕，向榮看了大驚道：「石達開退的齊整，非真敗也，我中計矣。」急止張國梁勿追，即傳令回軍。不提防左右連珠炮響，左有洪仁發，右有洪仁達，兩軍殺出。嚇得向榮心膽俱裂，顧謂左右道：「某素知錢江狡計極多，不欲出兵，今勉強趕來，竟中他人之計矣。」即令諸將混戰，分頭而退，誰想後路喊聲又起：石達開會同錢江，引大隊人馬趕來。向榮道：「彼眾我寡，必不敵也，遠退為是。」於是且戰且走。逃不出十里，又聽號炮喧天，鼓角震地，天國大將李昭壽、李世賢，兩軍卷地而來。向榮不敢戀戰，令張國梁在前，自己在後，與諸將奪路而逃。洪軍不捨，依舊分路追趕。

向榮再跑十里，已見兩支軍擋住去路，現出李開芳、林鳳翔旗號。向軍一齊喊叫起來。向軍已心中無主，唯有奮力殺出重圍。少時洪軍前後皆到，反把向軍困在垓心。向軍那裡擋得洪軍數路之兵？但見煙硝如霧，彈子如雨，槍聲如雷，向榮與諸將左衝右突，不能得脫。向榮不覺仰天嘆道：「吾死於此矣！」當下洪軍人馬，漸漸逼近。猶幸向榮馭軍有方，軍心不至急變，唯望江忠源領兵救應而已。誰料江軍總不見到。是時洪軍追到，皆大呼拿得向榮者受上賞！因此洪軍人人奮勇，個個逞強，向榮正束手無策，忽東角上鼓聲大震，一彪人馬殺入，乃清藩司李本仁也。向榮大呼道：「此吾一線之生路，可急從此軍殺出矣。」遂一馬當先，諸軍繼後，想要奮力殺出重圍。誰想洪軍槍彈，都望向營裡打來。一顆彈子正中向榮坐馬，把向榮掀倒在地。時洪軍如銅牆鐵壁，藩司李本仁人馬，終不能直透進裡面，倒望後而退。各軍又七零八落。向榮此時，已知救軍不能得力。正在危急，守備諸應元急扶起向榮。那馬受傷已重，不能復用，諸應元即讓與向榮騎坐。向榮道：「吾以屢敗之將，其死宜矣。老哥不可無馬，宜速走勿戀我也。」諸應元大聲道：「今日為國大事，可死十應元，不可失一向公也。公如不允，吾將自刎矣。」向榮聞言，即向諸應元致謝，翻身上馬，奮力殺去。奈軍士不敢前進。少時石達開已自追到，向榮欲走無路，忽一支軍殺入，獨救向榮，乃張國梁也。向榮心稍定，軍心亦為之一振，遂復一同殺出。不及數百步，不料陳玉成、李世賢兩軍，又從前面殺來。向榮嘆道：「人雖不困，馬亦乏矣，吾尚望偷生耶？」說猶未了，只見東路洪軍忽然自亂，紛紛走避。鼓角響處，一彪人馬分開洪軍、直透重圍。向榮驚喜，已認得將軍旗號。但見那為首的大將，一馬飛到身前，不是別人，正是江忠源的副將鮑超也。向榮大喜，便令鮑超在前，張國梁斷後，自居中，一同殺出。鮑超馬頭到處，洪軍皆不敢當，遂出了重圍。向榮問鮑超道：「將軍現在那裡？」鮑超道：「被洪軍從小路殺出，大營潰敗，江帥料知中汁，故差某到此。現江帥已敗走廬州去了。」向榮聽了，只仰天長嘆，急令三軍齊望廬州奔來。行數十里，只見洪軍已遠，便令人馬權且紮下：人造飯，馬喂料，憩了些時，然後奔 去與江軍會合，酌量共保金陵，不在話下。

且說錢江全軍大勝，傳令軍士，以窮寇勿追，暫且紮下營寨。隨集諸將會議。忽見洪天王面有憂色，不勝詫異。譚紹恍問道：「今吾軍方捷，自起義以來，未見有如此大勝者。三軍皆大喜，而大王獨憂何也？」天王猶未答言，錢江道：「大王之意，吾已知之，不過以武昌慮耳。」洪天王道：「誠如先生之言。朕雖在此，甚憂湖北。」錢江道：「大王差矣。中國已被滿人統一，今日我之所得，即彼明日之所攻。若處處為慮，則救不勝救，反自行掣肘矣。今日之事，有進無退，先得建都之堅固地，然後北伐，以復我北京，則豈特一湖北為我有那。」天王聽罷，意稍釋。錢江又喚諸將道：「吾軍最要者，莫如糧械。此次捷於水上，得西洋大砲六百餘尊；今又得洋槍不下二萬桿，器械可不消憂慮。只糧食一道，最宜有打算。查東南各省穀米之饒富，莫如鎮江、蕪湖，若得此兩處，則糧械皆無憂。不知誰人願往取之。」說罷，石達開、陳玉成一齊應聲道：「某等願往。」錢江道：「吾大軍將直趨江寧矣！汝二人是軍前不可少者，卻去不得。」石達開、陳玉成二人，聽罷而退。只見林彩新進道：「某願往。」李世賢亦稱願往。錢江大喜，即令李世賢取蕪湖，林彩新取鎮江。正在分排，忽洪宣嬌亦上前道：「妾父昔販米於鎮江，遂娶焉，故妾母鎮江產也。自少隨母歸寧，頗識路途。且妾數月不上戰陣，今日見各兄立功，其心頗癢。願以一軍隨將軍之後，特來請令。」錢江亦許之。遂令林、李二將，各帶精兵五千分道起程；洪宣嬌亦領本部女兵而去。話分兩頭。且說林彩新領兵來到鎮江，便擬埋伏人藥，為轟城之計。洪宣嬌道：「如此，則曠日持久矣。清軍精銳，一歸琦善；一歸向榮。故鎮江雖菁華之地，必無重兵把守。妾不才，願為前部攻城。如其不克，再行尊策未晚也。」林彩新素知洪宣嬌幼習槍術，能在馬上轉槍為左右擊。且有一宗絕技，逾山上嶺，矯捷異常。部下所領女兵一千名，皆平時所訓練，指揮如意。自嫁與蕭朝貴之後，人皆呼為蕭王妃，或呼為蕭王娘。雖在王府中，猶常與部下練習槍術，並不稍懈，故臨陣未嘗一挫。當下林彩新遂令洪宣嬌，進攻頭陣。

只是時鎮江城裡，僅有參將鄧萬松，領兵二千把守。聽得洪軍已到，不覺驚道：「我只道洪軍直取金陵，不想分兵來取鎮江。前者未有稟報上臺，請增兵助守，實為失算也。便令部下人馬，登城守禦。當有王良進道：「向榮以二十萬之眾，尚不足以敵洪軍，況兵微將寡之鎮江乎？以某愚見，不如投降，方為上策。」鄧萬松聽得大怒道：「汝亂我軍心耶？」命左右推出斬之。王良罵道：「我死何足惜。汝不度德量力，眼見鎮江人民性命，斷送於汝手矣。」說罷，罵不絕口。鄧萬松置之不理。須與獻頭帳上。鄧萬松悔道：「雖然殺了王良，究於軍事何補。只事到如此，唯有竭力而已。」親自從殺了王良之後，軍心甚憤，因各人皆知鎮江不能與洪軍對敵，又因鄧萬松任殺人之性，故成出怨言。鄧萬松心慌，急飛報上臺：催請救兵。自己權為一時撐支之計。誰想洪軍又如排山倒海攻來。清軍本無心抵敵，只逼於萬松之命，勉強施放槍炮，在城上，故皆擊不著洪軍的要害。蕭王妃看得親切，又見本軍攻城，甚為得手，遂喚左右道：「你看我擊城上帶頂子指揮軍士的人！」左右還未深信。果然槍聲響處，城上一將應聲而倒，乃都司李守義也。清軍大呼道：「彼軍有此能將，吾安能抵敵那！」都一聲潰散。蕭王妃就軍中奪了司令旗，從馬上躍起，早登在城垣之上，城上清兵倒嚇一跳。那時清兵心裡，一來怨恨鄧萬松；二來蕭王妃擊死李守義，已呼他作神槍手女將軍。當下見蕭王妃登城，那有不驚。蕭王妃即勢手刃數人。並大呼道：「我已登城矣！三軍速進。」洪軍只是一聲得令，都撐附登城。清兵不敢阻擋。一面開城門迎林彩新進去。城內一時慌亂，都歸咎鄧萬松，不從王良之諫。清軍更有的呼道：「不殺鄧萬松，無以謝洪軍。」遂一齊擁入營裡，要來尋殺鄧萬松。那鄧萬松初見城池失守，正要逃遁，今又見軍心大亂，便易服從帳後逃出。清軍進帳裡時，不見鄧萬松，亦從帳後追出來。萬松見追得緊急，急躲入一處民家。那民家是姓李的，名喚化龍。見了萬松，方自怒從心起！不料鄧萬松先自說道：「我本城知府也。汝能救我，我能福汝。」李化龍道：「汝即鄧萬松那？」汝之罪惡滔天，猶未知那？身膺民長，不識時事，禍全城百姓者汝也；汝不能自保，尚能福人耶？」急拔了一柄明晃晃的利劍出來。鄧萬松已知不是頭路，方欲退時，恰又追兵尋到，不由分說，遂把鄧萬松剁成肉泥。即拿那個人頭來謁林彩新道：「抵拒天兵者，只鄧萬松一人之意。今人民已代將軍討之矣。」林彩新聞報大喜，一一安慰各軍民，並重賞李化龍。恃外皆招降之。即查點倉庫，得糧食無數。乃出榜安民。把蕭王妃如何攻城，如何斬將，隨把捷音報知天王。休兵三日，然後請令會兵，由鎮江直趨金陵。當下洪天王接得林彩新捷報，錢江道：「彼請令由鎮江會趨金陵，亦是一策。但兵力太弱，恐無濟矣。便令范連德、羅亞旺領兵五千人，往助林彩新去。後又報李世賢已平定蕪湖。原來李世賢帶兵到蕪湖，並不用交戰，城內自己獻出城池了。實是官民投降的本心。錢江見兩處俱已平定，遂併力進攻金陵。早有細作報知清營。

江忠源問向榮道：「洪軍勢大，將如之何？」向榮道：「廬州城池失守，豈為善策。今雖籌辨防務，亦有名無實耳。陸建瀛無用之輩，斷不能濟事。吾兩人一同退保金陵，未審尊意若何？」江忠源道：「此言甚善。但弟為安徽巡撫，今安慶失陷久矣，弟有失地之罪，應為恢復之謀。弟意欲引駐兵於桐州。若洪軍大舉入金陵，則弟當由桐城進窺安慶，以擾其後，亦得以稍助元帥也。」向榮道：「此計甚妙。昔日洪軍得以長趨直進者，以無後顧之患耳。若得足下從後躡之，彼亦不能盡其兵力也。趁今洪軍未至，就請速行為是。」江忠源聽罷，便請領兵西行，望桐城鬧而去。向榮自領本軍往金陵出發，不在話下。

且說錢江既定計進窺金陵，就令大軍以三之二起程，以三之一為駐守，並請洪大王與韋昌輝、李昭壽及大小將校三十餘員，領兵駐守。錢江自與諸將起行。瀕行時，天王謂錢江道：「今吾軍新舊二十餘萬，而留守之兵，乃至七萬有餘，究是何意？」錢江道：「大王未細思事耳。吾料江、向二人，必有一人留駐安徽境外，擾吾後路，以為復安慶之計；若安徽得而復失，則吾軍消息隔絕，不特金陵一路，不能成功，恐武昌之危更急矣。一著之差，則全域性俱敗。故不能不固守一帶。」天王聽罷大悟，便又說道：「如此朕亦願身當前敵，以勵將士，不願徒享安閒，以徒勞諸將士也。」錢江道：「如此亦好。但萬乘之君，不臨險地；以其為全國所繫命故耳。今大王要先去，請即隨後繼進可也。」天王從之，便以北王韋昌輝代領駐兵鎮守。忽探馬回報導：「江忠源已領兵復人桐城去了。」洪天王嘆道：「果不出錢先生之料也。彼直欲授桐城，窺安慶，以擾吾後路矣。」即囑咐韋昌輝小心防守。錢江道：「今日局面，又頗不同了。非以戰為守不可。」便一面飛報黃文金：如江忠源攻潛山，則韋昌輝助之；如其兩下，則黃文金備之，互相環應。分撥既定，即以陳玉成為先鋒，李世賢副之。洪大軍十五萬，直取金陵。並令陳坤書，以水師由新州直下七里州，水陸並進。大軍起程時，忽一人直到軍前要見洪大王。眾問之，乃南王馮雲山之子馮兆炳也。天王聽得，忙令喚入想見。天王見了，又憶起雲山，不禁淚下。徐道：「自南王薨後，其家屬渺無音耗。今得其子一見，亦云幸矣。」馮兆炳道：「自從家父入廣西起事，餘即隱居不出；奈為仇家所偵，致被暴官肆逆，故逃至此。今墳墓已被清兵發掘去了。」說罷大哭。洪天王道：「吾兵所到之處，一草一本，不敢毀傷。今彼如此殘忍耶？」各人聽了，亦為之憤恨。錢江道：「廣東現在景象，究竟若何？」馮兆炳道：「有陳開佛山起事：用經堂寺能禪師為軍師，聚眾數十萬。惜無紀律，又好殺戮，故鄉團均與為難。恐亦不能持久也。」錢江聞而嘆道：「陳開固人傑。惜不聽僕言，乃至於此。」天王便問何故？錢江便把從前在廣東充發時，一路上與陳開問答的話，一一說知天王。天王道：「迄今派人相助他們何如？」錢江道：「用兵如弈棋，一著之差，則全域性皆亂矣，必不能以藥救也。然陳開非背某言者，必聚眾過多，不能久持耳。今失一大機會，甚可惜也。」天王聽罷，亦為嘆息。令馮兆炳回安慶，助韋昌輝駐守，立令大軍人速起程。一路行來，秋毫無犯，直抵金陵。錢江大喜道：「一路並無守禦，陸建瀛真木偶。清廷用此人總督兩江，安得不敗乎！吾此次緩緩行青，懼彼以逸待勞，為害不淺。今若此，真出吾意料之外矣。」乃令押張彥良來，令之回金陵。行時囑道：「吾念陸建瀛一路不設守備，故放汝回去。汝歸語建瀛：吾於金陵已伏十萬大兵。若不以金陵相送，城破兵臨之時，必不相饒矣。」彥良拜謝而去。天王便欲立攻金陵。錢江道：「金陵堅固，與別處不同，務宜謹慎。蓋大事成敗，在此一舉矣。」便在儀風門外，築柵壘三十六座：就架起所得西洋大砲，準備攻城；另築各營，都用水牆遮蔽，又頂通水道，以防斷水；又令大張聲勢，遍村旌旗，以驚動城裡人心。連營數十里，夜裡燈火光耀，如同白日。錢江復對天王奏道：「向榮駐軍上流，須遣一能事者壓之，吾方好專事於金陵也。」即令李世賢，以一軍阻絕向榮來路。錢江又道：「太平府為金陵屏護，此城守兵不多，吾得之則破金陵更易矣。」便令石達開往取太平府。石達開道：「太平府在吾掌中。但兵多則指日可下，兵少則稍費時日耳。」天王使問需兵數多少？達開道：「五千不多，二千不少。」天王聽罷，心中猜疑，錢江道：「當以五千與之。翼王必有主意。兩日內必有捷音報到矣。」天王從之。眾將以取一太平府，用兵五千，皆以為非。達開詐作不問。即令軍士，皆加一借旗幟，立刻起程，速趨太平府。

那時太平清知府李思齊，不意石達開驟至，一驚非小；金陵又無救兵，又聽得洪軍勢大，一時手足無措。計點城內殘弱兵士，只二三千人，急登城樓一望，見石軍雲屯風捲，計其應旗，足有十萬兵之數。登時嚇得膽破，面色青黃，大叫一聲，倒在城上面死。城內清兵，一時慌亂。石達開情知城中有變，乘勢攻之。城內清兵不能抵敵，只得開城投降。達開取了太平府，一時捷音報到天王帳裡，前後不過二十四個時辰。眾人聽了皆為失色。少時達開部署已定，回見天王。無王問以多取之故？達開道：「吾軍行時，已聽得清知府李思齊遞稟請開缺去位，勢嚇之，敵易取也。」天王道：「眾人皆疑賢弟，唯先生獨信之耳。」錢江道：「太平府已定，吾有一計，可以助攻金陵也。」便附耳向石達開，說稱如此如此。達開會意，即回轉太平府。立下一令：詭稱寺僧洩漏軍情，要盡把僧人驅逐；如三天之內，不逃出境外者，當治以死罪。於是僧人紛紛逃走。達開大喜，就以本軍一千人，亦扮作僧人逃走。是時僧人無處可逃，只有金陵最近，皆望金陵而來。石軍所扮的僧人，亦望金陵而來。清軍原重佛教，故最重僧人。那陸建瀛又最好佛的，聽得僧人逃來，皆令開門納入。無奈僧人來的源源不絕。陸建瀛深恐僧人被害，即令開門，一概接進。因此石達開所扮的軍士，已全數藏在城裡。

次日天未大明，忽報石達開全軍到了，陸建瀛急令閉門守禦。一時警報四到：東路林彩新攻來，南路石達開攻來。陸建瀛手足無措，急差人到向榮處求救。城裡人心惶亂。那石軍所扮的和尚，又在城裡呼天叫地，搖動人心。忽然哄的響的一聲，西城崩陷數十丈。卻是錢江預挖道地，埋藥發炸起來，守城清兵一齊逃竄，都望第二重城守奔來。林彩新、石達開兩路，一併奮力齊攻，已攻進第二重城裡去。那金陵城池堅固，自第一重城隔第二重城相去十餘里。石達開下令：奮力追趕，休叫清兵在第二重城，得完守備。第一重城裡沿途備鋪戶，皆香花供迎洪軍。那時署將軍都興阿，見人心已失，陸建瀛又不濟事，只得率旗兵登城守禦。誰知林、石兩軍，已直趨內城。軍士打著洪軍的旗號，由西路而至，把城他圍得水洩不通。陸建瀛在只衙裡唸佛，日望向榮救兵不至。誰想向榮接得取救文書，恐帶兵進城，其勢愈孤，且使洪軍毫無內顧之憂，實非良策。故先把此意復知陸建瀛。隨令兵望洪軍大營攻去。不料幾番衝突，都被李世賢阻當，不能得進。李世賢又因得了錢江的將令，只圖把守險要，並不出戰。向榮無法，乃仰天嘆道：「彼智在吾先也。」乃差人報知陸建瀛。那時向榮營裡，凡接求救的文書，雪片相似，向榮進退兩難。錢江仍恐李世賢有失，再撥精兵五千，前來助守。向榮知不能濟事。是時金陵城裡，家家驚惶，閉門不出，已有十餘日。那日捱到夜分，只見一般和尚數千百名，披袈裟，執度牒，在南門城裡，作驚惶逃竄之狀。都統富明阿方用好言勸慰，不提防石達開攻城緊急之時，看看城已近陷，城內和尚，忽然拔出短槍，出其不意，殺散守城兵士，放開城門，引石軍進來。富明阿大驚，領殘敗兵士，策馬而逃。石達開急令道：「宜躡後追之。若被他再進第三重城，則更費時日矣。」果然軍士一聲得令，奮勇來迫。富明阿奔近第三重城時，閉門已不及了，競被石軍乘勢猛撲進去。陸建瀛知不能挽救，急棄城而遁，眾官吏逃走一空。洪軍遂進了金陵。管教：

劇戰三年，先定偏安之局；戡定半壁，復回正統之基。

要知後事如何？且聽下回分解。

李秀成平定南康城　楊秀清敗走武昌府

話說石達開乘清都統富明阿退時，隨後攻進金陵城，城裡關閉不及，洪軍已大隊擁進。都統富明阿倉皇奔到督衙，只見陸建瀛還跪在大堂，對佛像焚香唸佛。富明阿大怒道：「作城裡奸細的，乃和尚也！大人還欲求助於無知之佛像那？」陸建瀛聽罷，吃了一驚，急問道：「軍情現在怎地？」富明阿道：「金陵已為敵有矣，罪在執政。或降或死，唯公自擇。」說罷欲走。陸建瀛即牽富阿明衣，問道：「今尚可逃乎？子必救我。」正說話間，忽聞軍聲漸近，城內人民，都喚天叫地的，陸建瀛早已心慌，即帶了愛妾張氏，隨富明阿逃出衙門之外，正遇張彥良逃回，乃並同走。只見無數居民紛紛逃走，有認得陸建瀛的，就指著罵道：「斷送兩江土地者，即此人也。」富明阿謂陸建瀛道：「公聞之否？」陸建瀛滿面羞慚，隨答道：「某亦知死難者，人臣之分也。子能責吾，何不自責，乃相逼何甚耶？」富明阿道：「軍權在誰，即誰為罪首。今江南已失，大勢已去盡矣。」說罷慟哭不已。陸建瀛不能答。只雜在亂軍中，望北門而逃。

是時洪軍已大半入金陵，向榮又被李世賢牽住，不能相救；又恐全軍俱敗，只望丹陽逃走。不多時陸建瀛奔到，向榮掩面大哭道：「誠不意在此處與相公想見也。」陸建瀛聽了，仍委於軍士守城不力。向榮道：「三軍之令，乃繫於元帥。向某雖遭屢敗，實不敢委罪於軍士也！獨惜金陵城池堅固，守不及兩旬，遂至於此，吾輩復有何面目見人哉？」陸建瀛自知不能委卸，唯有俯首而哭。少時將軍都興阿，都統富明阿，提督余萬清，藩司李本仁，先後奔至，各訴兵敗之事。向榮道：「為今之計，目下料不能恢復城池，不如暫退守丹陽駐屯。一面飛奏朝廷，請飭湖南、河南一齊進戰，使彼首尾不能相顧，則河東或可恢復耳。」李本仁道：「曏者之敗，皆由以一路孤軍對敵；而別路統兵大員，又觀望不進：如琦善、徐廣縉之徒，能以一師之兵，繞攻湖北，敵軍未必能安然直下江南也。」向榮道：「此論甚是。但金陵城池堅固，實為十八省之冠，竟使洪軍唾手而得，某罪大矣。」說罷大哭，諸將無不下淚。陸建瀛只是低頭不語。向榮就立刻奏報清廷，傳令退入丹陽而去。且說洪軍自進了金陵城後，計獲洋槍二萬餘桿，白銀六十萬，糧食無數，降投軍士三萬有餘，威信大振。附近州縣，皆來悅服。時天國太平三年，即清咸豐三年。洪天王即傳榜四處，告以光復大義，並安民心。一面加封官爵：以相國、軍師、靖國王錢江兼大司馬；以劉狀元為祕書總監。令東王楊秀清、翼王石達開，假節鉞，得專征伐。又徵集賢良，凡不為滿清所用，有一才一藝者，皆聘為從事。以鑒於蕭王妃下鎮江之事，知才女不可輕棄，遂設立女官，以洪宣嬌、蕭三娘為指揮使，更定制度。因江南連年苦於徵役，傳旨發爺，賑濟人民；並減免兩年糧稅，國內大悅。各事甫定，忽接武昌駐守官奏報，知地官丞相胡以晃病故。天王哭道：「胡丞相與朕賓士於患難之中，今中道先殂，豈不哀哉！」即傳旨賜恤甚厚；遷李秀成為地官丞相，陳王成、李世賢皆為副丞相，餘外進秩有差。於是修故明宮殿為王宮，首謁明大祖寢陵而祭之曰：

不肖子孫洪秀全率領皇漢天國百官，謹祭於吾皇之靈曰：昔以漢族不幸，皇綱復墜；亂臣賊子，皆引虎迎狼，以危中國。遂使大地陸沉，中原板蕩，朝堂之地，行省之間，非復吾有。異族因得以盤踞。

靈秀之冑，雜以腥羶；種族淪亡，二百年矣。不肖秀全，自維涼薄，不及早除異類，慰我先靈。今藉吾皇在天之靈，默為呵護，群臣用命，百姓歸心；東南各省，次第收復。謹依吾皇遺烈，定鼎金陵，不肖秀全，何敢居功。自以體吾皇之用心，與天下付託之重，東南既定，指日北征，驅除異族；還我神州。上慰吾皇在天之靈，下解百姓倒懸之急，秀全等不敢不勉也！敢告。

祭罷再布中外，宣明復國之故。時外人有旅居上海者，見洪秀全政治，井井有條，甚為嘆服。有美國人到南京謁見洪秀全，亦見其政治與西國暗合，乃嘆道：「此自有中國以來，第一人也。」遂請秀全遣使入美國，共通和好。秀全道：「此事甚合朕意，如貴國官民到此，吾當優禮相待。唯吾國旅居貴國者，亦請貴國一視同仁可也。」美人聽得此請，為之大驚，急唯唯應命。秀全便遣其弟洪仁玕，為出使美國大臣。茲把國書呈遞美總統觀看。那國書內云：

大漢天國天王洪秀全，敬問大美國民主安好：敝國亡於滿人，二百年矣。今中國民奮興，貴國獨立之義：謀復宗社。幸得人民響應，東南各省，次第戡定。建立太平天國。特派聯弟仁玕，出使貴國。此後貴國與敝國共敦和好，共保僑民。互相興商，造世界和平之福。朕有厚望焉！

下書大國太平三年，並蓋御印。美民主見了洪秀全的舉動，深合文明政體，不勝驚異，亦遣使來報聘。自此兩國共通和好，以後宮殿落成，行升御禮，天王勤求政治，每大分辰午兩次，君臣共議大事。議事時，諸臣皆有坐位，掃去一人獨尊的習氣。其有請見論事者，一體官民，皆免拜跪。內中左殿名求賢殿，右殿名勤政殿。右殿有聯文題云：

虎賁三千，直掃幽燕之地；龍飛九五，重開堯舜之天。

左殿有聯文題云：

撥妖霧而見青天，重整大明新氣象；掃蠻氛以光祖國，挽回漢室舊江山。

規模既定，即商議各路進兵。即日大叢集臣會議，獨是錢江未至，天王深以為異。即使人往尋錢江。原來錢江不欲東王執掌重權，每欲除之；奈當時東王羽黨日盛，一旦除之，誠恐有變；且東王雖有異心，但反狀未明，即除之，亦不足服人心。況當日天下，尚未全定，若內亂自興，關係甚重，故隱忍不發。今見定了南京後，天王又予東王得專征伐，是時東王權柄愈重。錢江心中，益增憂慮。因此託病不出。

當下天王使人往請錢江，所使的不是別人，正是北王韋昌輝，那韋昌輝既領天王之命，正欲起行，石達開道：「某下願與北王同往。」天王許之。石、韋兩人，一路行來。在石達開知錢江的用意，欲於路上探韋昌輝的意見，特用言試之：「公知錢江先生不出之意否？」韋昌輝道：「未也。想無別故。前者岳州改元時，亦是如此，料不是故意要君；或者適逢有病耳。」石達開道：「非也，他懼我兵權過重也。見天王予弟以得專征伐，彼因不滿意，或者有之。」韋昌輝道：「公休戲我。先生與足下，實為知心，豈有相疑。若疑公等兵權過重，恐所疑在東王，而不在足下也。」達開仍詐作不知。復說道：「東王乃是同體一事的人，軍師疑他則甚？」昌輝道：「東王素性跋扈，懼難制耳。」達開道：「若然，又將奈何？」韋昌輝道：「軍師非愚者；東王一日不去，後患一日不能免。既是如此，免貽後患。」達開道：「自馮雲山、蕭朝貴歿後，天王所同事最早者就是東王。近以兄弟之情，更有翁婿之分，雖欲殺之，而天王不從，想亦難行也。」昌輝道：「公好多心！為國家計，即不能為情面計。此事吾能任之。若機局不定，不由天王不從。」石達開聽罷，默然、不覺到了軍師府。先令守府的傳進裡面去。

軍師在府堂，早知兩人來意，即令請。錢江見韋昌輝面色含怒意，即說道：「兩位在顧，有何見諭？」昌輝道：「承天王命，請軍師入朝議事。」錢江道：「吾已知此，適有小恙，未能至此耳。」達開聽得，恐韋昌輝談及路上所議的事，以目止之。奈昌輝不顧。即攘臂說道：「軍師有何病？想為區區楊豎子耳！彼何足道？如有不善，當即圖之，毋使噬臍也。」錢江大驚道：「我無此心，將軍何出此言？」韋昌輝憤然道：「彼才略有限，而妄自尊大，楊豎子誠不足與謀。今若不圖，後悔無及矣！」錢江道：「耳目甚廣，請將軍低聲。」韋昌輝道：「除一豎子，一伕力耳，公何怯那！某當請令助守漢陽以謀之。將來必有以報命。」說罷悻悻而出。錢江頓足為石達開道：「東王誠可殺，但尚非其時。誰以吾意告他者，此人心誤我大事。」石達開道：「弟以言相試則有之；以情實告則未也。」錢江道：「吾當與公趨進朝，以定大計。將軍為我曉以大勢，暫止北王可乎？」石達開道：「此事斷不辱命，願軍師放心。」錢江遂急整衣冠，與石達開並驅入朝。

當下洪天王見錢江同石達開齊至，即離坐起迎。錢江上前，免冠奏道：「大王勿如此相迎。恐千載下，以臣弟為要君矣。」洪天王方才坐下，隨又令各大臣坐下。天王道：「一日不見先生，如失了左右手。今金陵己定，朕縱有不德，亦望以天下為重。」石達開道：「先生無怨望之心，大王不可作過情之語。恐宵小之離間，從此生矣。」劉狀元道：「翼王之言，深悉大體，願大王聽之。」天王道：「朕言過矣。誠愛先生甚切，故不自覺也。」錢江流涕道：「臣以鄙陋，得言聽計從；外結君臣，內聯兄弟。方願始終一德，生死以之，故無日不以國家為念。適因小恙，故未趨朝耳，大王萬勿思疑。」天王道：「朕並無疑心。正以京陵方定，國家大事，願先生有以教之耳。」錢江道：「臣計已定，恐大王不能行耳。臣固注重北京，而緩視南部。昔日之留重兵以守漢陽者，不過懼清兵之繞吾後也，今當派人另守武昌，先撤漢陽之眾，使東王直趨汴梁；再撤回李秀成，以固金陵根本，而吾當傾國之眾，以趨山東，與東王會合，以臨北京。趁向榮窮蹙之時，必勢如破竹；北京一定，不憂各行省不附也。大王若用此言，則中國之興，固在今日；著遲疑不決，則噬臍之患，亦在今日。唯大王決之。」天王不願輕舍武昌，沉吟未語。錢江亦知天王之意，遂又問道：「臣弟此言，大王究有何疑？」天王道：「朕料琦善無用之輩，必便下武昌；東王僅當湘軍一面，武昌未必便危。先生何為棄之？」錢江道：「大王料琦善不進，豈能料清廷必不另易他人乎？且琦善之不進，懼不敵耳。若見湘軍稍為得手，彼將乘勢爭功，小人行事，往往如此。武昌四戰之地，必不能當四面之衝也。若江西一省，今不為吾有，久亦必為吾有。李秀成世之虎將，豈宜置之閒散之地？昔之使李秀成下九江者，不過以九江為數省通衢，拒之可免清兵接應，我方好專事於金陵耳。」天王又道：「捨此之外，還有他策否？」錢江道：「臣固知大王不能行也。大王合會已走之城池，而攻未得之地，以為不可；不知行軍之道，全在攻其不備，臣知北京守禦尚空，故力持此議。過此以往，則非臣所敢知也。天王若問別計，則方才所陳，自是上策；若增兵助漢陽之守，另分兵入汴梁，派一能事者以趨山東，則為中策；撫定江蘇、閩、浙，由江西再出湖南，以牽曾國藩、胡林翼之後，以固吾根本，此為下策。若遲疑不決，亡無日矣。」天王道：「先生上計太速，下計又緩，不如依中計而行。朕今有主意矣。」於是各人一齊退朝。石達開密為錢江道：「先生使東工進沛梁者何意？」錢江道：「東王久後必懷異志，他亦守漢陽不住；不如使攻琦善，究易得手。若北京既定，彼雖欲反，亦無能為矣。彼若回金陵，實養虎為患。」石達開亦以為然。次日，天王即令譚紹洸移兵助守武昌，以代胡以晃；又領李開芳領兵二萬，前往漢陽，以助楊秀清。一面令韋昌輝安撫江蘇各省；復拜林鳳翔老將為平北大都統，訓練人馬，以專候北伐。錢江、劉狀元兩人，整理內政。並馳令李秀成進兵。錢江聞而嘆曰：「林鳳翔雖一時名將，然臨時應變，萬不及李秀成。北伐之責任，其重大百倍於南征，何天王用人一旦如是顛倒耶！」不禁為之嘆息。自此錢江已漸漸灰心，頗為憂鬱。

話分兩頭。且說李秀成接到進兵南征之令，時正值用飯，恰吃一大驚，不覺投箸於地。左右見此情形，急問道：「將軍於千軍萬馬之中，未曾驚恐，今聞進兵之令，卻如此失意何也？」李秀成道：「吾料錢江軍師令吾攻九江者，不過據此數省通衢，一來隔絕清人消息；二來免被清兵由江西繞吾後也。今金陵既定，只望召回京，會同北伐，則天下不難定也。今忽然令本軍南下，實出吾意料之外矣。不知軍師何以如此失算。」左右聽後，都點頭稱是。秀成忽又轉念道：「難道軍師自有妙算，欲自行北伐，故使某力攻南部，以牽清軍耶？」想罷，猶疑不決。只得傳令大小三軍，留林啟榮守九江，自拔隊起程，將近南康下寨。

時知府李續宜，字希庵，乃湖南鄉湘人氏，為李續賓之弟。同為羅澤南弟子，向隸胡林翼軍中。因曾立戰功，林翼奏保獨當一面。適因事赴端州曾國藩大營，旋以九江告警，乃馳守南康。聞李秀成兵到，即與提督余萬清商議。余萬清道：「秀成一旅之師，何足畏俱，吾當親自取之。」李續宜道：「秀成梟雄也。彼人駐九江不進，今忽然至此，不動聲息，已抵城下。進如電，駐如山，此將才不可輕視。不如固守南康要道，然後赴端州報知曾營，合兵應敵，庶乎有濟。不然，南康一失，則東至饒州，西至武寧，非復國家所有。彼將下鄱陽湖，屯水師以臨省會，即南昌亦危矣。請軍門思之！」余萬清笑道：

「吾軍當屢敗之後，正要收功，若偏師不能抵敵，安望敵被全軍那？」遂不聽李續宜之諫，自領軍出城而去。李續宜道：「公既要去，某願守城。倘有緩急，可為後應。」余萬清道：「如此，則吾軍兵力轉單矣！君懷二心那，何故如此？」李續宜無奈，亦領兵隨後出城。

李秀成見清兵已出，即傳令退十里下寨，左右不解其意。及兩陣對圓，秀成即揮書使人馳報余萬清道：「今不用再戰，汝軍已敗，安有孤城出屯之兵法乎。」余萬清看罷大怒，以為李秀成之戲己也，即傳令進兵。忽流星馬飛報禍事：說稱南康後路城池，已被敵人攻陷去了。原來李秀成未出軍之前，先令數十軍士，扮作土民，偵探小路；預伏一小隊於城後。乘清軍俱出時，乘機用藥發城垣，因此攻入南康。當下余萬清聽得這點消息，已魂不附體。方欲退時，李秀成督兵擁至，清兵無心戀戰。李秀成如入無人之境，殺得屍橫遍野，血流成河。清兵直望南昌而逃。李秀成全不費力，已拔了南康城。那余萬清、李續宜，既不能奔入南康，李秀成亦不能追趕。先出安民告示，次第收復汝寧、饒州各郡具，飛報水師，請拔水師入鄱陽湖，準備水陸並進，為攻南昌省城之計。忽接前途聞報，因漢陽緊急，南康之兵一去，要出繞岳州，以截曾、胡兩軍之後。秀成聽得，暗忖漢陽兵力不弱，何以如此緊急。且下南康之兵，豈不前功盡棄？一面令部將伍員文，領兵五千人入岳州，以壯漢陽聲勢；自領本軍，為窺取南昌之計，不在話下。

且說楊秀清自從領了漢陽之命，奈心懷叵測，只恐錢江為天王所用，自己不能獨行大志，故諸事多梗錢江之議。同僚進諫，每多不從。是以胡以晃在武昌時，因咯血病故。那日東王聽得譚紹洸領守武昌，不覺大怒。又以為天王只顧金陵，不顧漢陽，將陷自己於危地也。憤怒問每形於色。因思可以對敵錢江者，只有李秀成一人，遂欲羈縻之。乃力保為地官丞相，蓋欲結李秀成之心也。秀成亦知其意，並不向楊秀清致謝，因此秀清亦怒李秀成。但不敢明責之，殆亦慮秀成輔天王之意。楊秀清是時，只顧經營一身大事，對於漢陽軍情，不甚留意。

當時清國咸豐帝，以先後所用之滿大臣，如賽尚阿、琦善等，皆不能得力；主意專用漢臣：日前以江忠源為安徽巡撫，以胡林翼為湖北布政、兼署巡撫，又恐漢臣或有異志，因復以官文調任鄂督，名為助手，實是監督一般。此時清國各軍，多以光復武昌為急務。內中曾國藩以湘團出境，先欲截九江要道，暫駐端州，兼援應湘鄂；官文駐軍荊州；故林翼亦已到岳州地面。這三路人馬，至少亦有一萬八千。秀清到此，始有幾分害怕。只得把爭位之事，暫且按下，要商量應敵。故每日文書，如雪片飛到金陵，日盼救兵不至。只聽得譚紹洸帶兵到武昌助守，而漢陽急迫之際，尚無增兵消息，楊秀清大以為慮。是時清兵已四面將抵漢陽。部將汪有為進道：「漢陽守兵有五六萬之眾，可以一戰，何必多懼？」秀清道：「所慮者，秀清不能擋數面之眾耳。吾欲拔武昌守兵，前來助戰，尊意以為如何？」汪有為道：「琦善倘若乘機而襲武昌，則兩地俱危矣！不如固守為上。」楊輔清奮然道：「擁五萬之眾，而不能一戰，是示人以弱也。不如你們固守城池，吾領兵獨當胡林翼之眾。戰如不勝，再退未晚。」楊秀清從之：遂使輔清領兵二萬，出南門駐守，專候清兵。楊秀清即自固守城池，不在話下。

且說胡林翼，領清兵到漢陽城外，約二十里紮下大營。一面打聽官文何時進兵？志在會合齊進。誰想官文部下，皆是民丁，疲弱無用。雖有四五千之眾，不能濟事。故亦打聽胡林翼何如舉動，再定行止。時胡林翼方飛書知會官文進兵，自卻與楊輔清開戰。忽聽得楊輔清人馬二萬有餘，心上轉吃一驚。

暗忖彼軍乃乘勝之師，清兵原屬屢敗之眾，深恐軍心有怯，因而不敵，不免委絕不下。隨接得官文回覆，約定起兵時限。胡林翼即又知照曾國藩，將救江西之兵折回，遙為欲攻武昌之勢，以為聲援；遂拔寨來攻楊輔清。當下楊輔清知胡軍已到，忙令準備接戰。忽楊秀清飛報專差道：「清將官文一軍已直攻漢陽，曾國藩現欲攻武昌，李續賓亦有回武昌之說。因此已調譚紹洸新軍，堵御曾國藩矣。」並囑楊輔清勿得輕出。那楊輔清自忖道：「曾國藩一路有譚紹洸抵禦，可以無優。若官文些小人馬，何足以下漢陽。我軍若能退得胡林先令部將李孟群、張運蘭先進。楊輔清急令人壓住陣角，一面調撥三軍成列。胡林翼望見楊輔清軍中，煙塵紛起，乃大笑道：「彼不料吾軍猝至，今直移兵成列也。彼真呆子，吾破之必矣。」說罷，即令軍士再進。皆大呼道：「汝武昌已被曾軍襲破矣，無家可歸，尚欲何為？今降者免死。」當時天國兵聽得此言，未知是真是假，一時慌亂。李孟群、張運蘭乘勢猛攻，彈如雨下。楊輔清大驚，即令軍還槍混戰。奈全無隊伍，各軍士又聽得謠傳武昌失守之說，皆無心戀戰。楊輔清欲鼓勵三軍，便馳馬當下督戰，冒煙夫人，反撲胡林翼軍中。胡軍紛紛退後。部將曾國葆大怒，立殺數十人，並呼道：「前軍已得勝矣，中軍有退者俱斬。」軍士聽得，皆回頭奮戰，反把楊輔清困在垓心。那楊輔清全無懼怯，竟領親兵殺入重圍，望後路而走。部將春魁、汪有為，皆受重傷。及回至大營，原來已被胡林翼攻破了後路，曾國葆、張運蘭正迫得緊急。胡林翼一支軍從斜刺裡又殺入，把楊軍截做兩段。楊輔清不暇兼顧。又恐為清兵乘勢殺進，不敢奔回漢陽，只望武昌而逃。

忽前路一彪人馬截住去路：乃曾國藩部將羅澤南。奉將令把守漢陽、武昌往來要路。楊輔清欲奪路而走。羅澤南把人馬一字幾排開，楊輔清不能得脫。兩軍混戰。少時李孟群亦到，楊輔清大敗。正在危急之際，忽李孟群後軍自亂，人馬紛紛亂竄。原來天國大將伍文貴，奉李秀成之令，正領軍由甫康趕到。出其不意，殺敗李孟群一陣，楊輔清乘勢殺出，幸得水師營將官蘇招生、吳定彩，接過武昌去了。此時楊秀清已知輔清大敗，奈被吳文熔牽制漢陽，不能相救。不多時胡林翼亦迫到城下，炮火喧天，喊聲震地，都望漢陽攻來。楊秀清即奮然率督諸將，死力相持。奈清軍自屢敗之後，得此一勝，大為奮勇。秀清料不能固守，急飛調武昌守兵來救：秦日綱在武昌得知，即令馮雲山子馮兆炳領兵六千，來救護漢陽。唯隔於羅澤南駐紮之路，不能過要道。楊秀清望救兵不至，捱到第三天，人馬睏乏。清兵復分三路來攻。看看東南城角將陷，秀清即令大將李開芳、神將洪容海、蕭羽，一頭修理，一頭抵禦。誰想槍聲響處，蕭羽已中彈倒在城上。血肉相薄，胡林翼與曾國藻，即督兵踏肉林而進。洪容海軍早退下來。胡軍直入，皆不能抵當。秀清聽得東南角陷，忙令人將倉庫器械盡行焚燒，一連燒了幾個火頭。然後領軍棄去漢陽，望武昌而去。管教：

光復城池，轉瞬再變裘羶之地；莊嚴土地，瞥眼竟成瓦礫之場。

要知後事如何？再聽下回分解。

攻岳州智劫胡林翼　入廬郡賺斬江忠源

話說楊秀清先將糧草器械，縱火焚燒，隨領軍士棄城而遁。胡林翼遂進了漢陽。可憐一座莊嚴華麗的城他，成了一片焦土。那些居民，死的死，逃的逃。胡林翼到時，只是一座空城。先令軍士將各處火勢撲滅，整整三日夜，方才救息。立即出示：招回居民復業。復一面飛報各處，說稱克復漢陽。是時總督官文，都已進軍城裡，各自商議犒賞三軍，再行商議進攻武昌。那清廷又因琦善身擁重兵，駐紮汴梁，觀望不進，遂把琦善撤回；另用勝保繼其後任，更添上吉林清兵五千人。那勝保亦是滿人，為人雖無甚機謀，卻是勇敢慣戰，向在吉林一帶，勘定內亂，也立過多少戰功。故此特調來替琦善之任。

當時聽胡林翼復了漢陽，遂大逞雄心，欲南下武昌以博功名。這時清國咸豐帝，又因洪天王以漢人謀復江山，故不敢用漢臣執掌大極。今日曾、胡各人，竟能竭力死戰，乃慨然道：「唯名與器，不可以假人。如今而後知漢臣真可用也。」遂論功行賞，以胡林翼補授湖南巡撫；部將李續賓，升授按察；李孟群亦升授道員；曾國葆又以知府用。各人感恩歡喜，遂立意謀攻武昌。這點消息，飛報李秀成耳朵裡，即欲親攻岳州，以截胡林翼之後路，兼絕清軍糧道。遂大叫諸將聽令。問誰願守南康？部將賴文鴻進道：「某願當此任。但當定一期限，自必死力支援。如久，則不敢承命矣。」李秀成道：「往十天，開仗三天，休兵兩天，不過十五大足矣。」賴文鴻道：「如此某不敢辭也。」李秀成大喜。即交割三千人馬，令賴文鴻打著自己旗號，並令軍中每日更換旗號，以示兵多。又囑道：「倘有清兵來攻，宜守不宜戰。公但盡力：如十五天之外，失了城池，不干你事；若是十五天之內使南康失守，恐軍法所在，休得多怨。」賴文鴻唯唯領諾。李秀成為打點人馬，瀕行時，謂諸將道：「某之責任，全在江西；今移兵入岳州，實一時權宜之計。因金陵既定，如大舉北伐，則棄武昌亦可也。若大兵未能北行，則武昌一失，必致江南震動。故吾必有以保之也。」諸將聽了，無不拜服。秀成遂傳令起程。果然夜行晝伏，人銜枚，馬勒口，不數日不動聲色，已抵岳州。

時官、胡二軍，俱駐漢陽上流。曾國藩時亦遣塔齊布及參謀官李元度回援湖南。正到嶽境，皆不料李秀成至，故全不以為意。且是時岳州地方，自清兵克復漢陽而後，直當太平無事，人民來往自如。那李秀成到時，早打聽的清楚，先把兵馬在山林四處埋伏。守到天明時分，傳令分三路暗襲岳州。時城門正當開放時候，城裡忽聞洪軍大至，如從天而下還不知秀成從那路到來？清兵如夢初覺，人不及甲，馬不及鞍，個個顧頭失尾，不戰自亂。李秀成先分軍一半，在城外四門把守；另分一半入城，大呼降者免死。故清軍不曾走漏一個。副將張元龍聞警，方欲鏖戰，已死於亂軍之中。李秀成盡降清軍。急把四門復閉，城上仍留下清軍旗幟，傳令休得聲張。搜檢文報，不許走漏消息。一面撫慰三軍，守到夜分，留下部將吉雲尤守岳州城，親領大隊人馬起程。用本軍穿著降軍號衣在前。另以本軍一半，夾降軍一半在後，乘夜望漢陽出發。正是逢山開路，遇水迭橋。到了漢陽，詭稱岳州已被李秀成襲破，軍士逃出，特奔來漢陽。

胡林翼聽得，急傳令將為首者引入；餘外軍士，皆留在城外。一面再傳令緊守城門，不提防正籌撥間，東南城垣一帶，轟天響的一聲，城垣陷了數十丈。胡林翼大驚，即令分兵堵御。誰想李秀成人馬，已乘著一股銳氣殺入，勢不能阻擋。時漢陽城裡的人心，都因天國政治寬大，恩念洪家不已。今見秀成軍到，皆吶喊助威，反作內應。胡林翼情知人心有變，無法可施。淮秀成軍馬已到，先將曾國葆及李續賓兩支人馬攔阻，然後直搶胡林翼中軍。部將清總兵吳坤修，中彈受傷，望後先退，清軍不戰自亂。李秀成乘勢猛攻，官文一軍已先倒退出城外。胡軍混戰一會，不能得勝，只得棄城而遁。秀成已殺了一陣，清軍分向東北兩門逃走。李秀成進到城裡，人民有見秀成的，皆呼萬歲，甚至有用香花恭迎者，李秀成一一安慰。若見年老的人，反下馬握手為禮，因此人心大服。秀成出榜安民之後，立即飛報楊秀清，並囑竭力顧住北防，以免勝保南下；隨又將克復漢陽的情形，奏報洪天王，並告以規漢陽為保全武昌，以免金陵震動之意；又謝擅離江西之罪。洪天王聽得，以為李秀成勝錢江十倍也。實則錢江之意，全在即行北伐，故不甚注重武昌。在李秀成亦主張即行北伐，唯未經北伐之時，不願使武昌俱危，以致江南震動。總而言之，錢江則坐而策萬全；李秀成則見急而治標。觀錢江興王策，有內固江南根本一語，即同此意，使錢江處李秀成地面，亦必間道求復漢陽也。

話休煩絮。且說官文與胡林翼，自棄了漢陽，官文已退至荊州；胡林翼扎金口，退與彭玉麟水師為犄角，會同商議。胡林翼道：「彼乘我不備，從後進攻，若培齊布、李元度能慎謹將事，扼住東防一帶，秀成未必便能得志也。」李孟群道：「事至此矣，已屬難說。今漢陽復失，秀成軍勢正盛，此處非可以久居之地。不如請曾軍攻南康、九江，以牽制秀成；而吾軍再增湘勇，會合勝保、江忠源，先攻武昌。秀成雖勇，豈有七頭六臂，以應敵各路那？」胡林翼深以為然。一面知照曾國藩，督兵進南康、九江，並會合各路，議爭武昌去。

話分兩頭。且說攣秀成既克漢陽，部署既定，隨報告楊秀清道：「今雖幸復漢陽，然武昌此後益危矣。因清軍不先得回武昌，實無下手之地，彼將會合以謀我。不可不慎。」秀清聽得，自覺無主，唯心中益怒洪天王，不以武昌為意。只得把李秀成之議轉達天王去了。秀成自報告東王之後，因想起與賴文鴻有十五日之約，到此已是期限，就移請譚紹洸領本軍駐紮漢陽，自己卻要回南康去。正要起程時，忽飛報加緊，傳到洪大王號令：已派陳玉成征伐江西，卻令楊秀清回金陵，而以李秀成坐鎮武昌，兼保全慶，秀成得令，即渡江來見秀清。秀清道：「以將軍駐此，可為得人矣。」便將兵符印信交割。秀成拜領之後，秀清已不得早回金陵，要窺朝中舉動。瀕行時，秀成進道：「今日偏安之局，不可長恃；為我致語天王，早定北伐之計可也。」秀清道：「誠如足下之言，豎子不足謀事，某此行必有主意。」秀成聽了，默然不答。蓋深知秀清欲籠絡自己，言下已露出篡位之意矣。慢表秀清回金陵去。

且說李秀成駐守武昌，另選五百機謀靈敏的軍士，為窺事隊，以探清軍動靜。那日聽得胡林翼會爭武昌之計，即對秦日綱說道：「官、胡兩人敗走，元氣未易恢復。若能破廬州，先斬江忠源，則彼計敗矣。」便問現任廬州清國知府是何人？日綱道：「聞是前任廣東韶州知州胡元煒，自改省調任到此。將軍問他有何緣故？」秀成道：「若是此人，吾計成矣。不消二十日，管取江忠源首級也。」秦日綱道：「江忠源久經戰陣。錢軍師以十萬之眾，僅能破之，恐未可輕敵。」秀成道：「錢軍師若在時，今日用軍安徽，已不知取了江忠源的首級幾時矣！」秦日綱不解其意，秀成亦不明說。次日秀成亦檢出錢江文札，摹其字跡，即用錢江名字，寫了一書，遣人密地送到。

胡元煒看過備細，只道錢江確往武昌。念起昔日交情，曾在韶州相約，今日有令，如何不行，先把來書發付去了。隨召從事徐彥議事。元煒向徐彥問道：「大丈夫生於亂世，為末世之先僚，與為開國之元勛孰勝？」徐彥道：「自然為開國元勛勝的。」胡元煒又問道：「大丈夫貴於名留竹帛。若盡忠於異族，與致身於本國，孰勝？」徐彥道：「自然是致身於本國勝的。」胡元煒拍案道：「子胡說耶？試問足下能作此言，何以屈留於此？」彥嘆道：「某不過委身於大人耳，並無官守，非盡忠於異族也。何獨責我那？」元煒聽罷大笑不止。徐彥已知其意，隨又說道：「某在此間，實非本志。今洪氏已得天下之半。吾等如居危幕，終非長策。不如乘此時機為洪氏效一點微勞，投去明君，離了闇主，尚不失為好男兒。某蒙大人相待以心腹，倘有用處，願以死報。」元煒道：「吾閱人多矣，唯足下是血性中人，且為心腹交，故以言相試。機會實不遠矣。」說罷，對徐彥說如此如此，徐彥大喜。元煒又道：「足下出入此間，曾見有人可以同謀者否？」徐彥道：「此事非同小可。且明大義者，實不多見。若因其私憤而利用之，亦無不可。所見有守備陳村忠者，與弟莫逆，常對弟說：『他在將軍部下，百戰未曾落選，而絕無一次保舉。，故口出怨言。容某探之，且看如何！」胡元煒點頭稱是，遣人密招陳材忠到來。詭稱：「江忠源有密令到此，將攻安慶，要我們盡起廬州之眾為前部。我想廬州將寡兵微，自保不暇，安能出征？是直驅民於死地耳。某素知足下孰悉營伍，故特請來商議。」陳樹忠道：「豎子豈足與共事那屍元煒又故問道：「足下果以某為不足共事。奈弟深願受教，幸勿過責。」陳樹忠奮然道：「某所謂不能共事者，非敢冒犯太守，實為江氏耳。吾出入生死，身又經百戰，未蒙優保；今反使廬州軍出戰。敗則廬州人民受苦；勝則彼安坐享其成。天下那有此理？吾將掛冠而去，絕不為鄙夫所賣也。」元煒聽罷，心裡暗喜，故作驚道：「某知足下是個足備謀勇之人，若舍官而去，似亦未得。」接著元煒又道：「據足下之言，直是欲投洪軍矣，如何使得？雖然，子豪傑士也，吾必成子之志，子但放心。」陳樹忠便問計將安出？胡元煒嘆道：「吾之留住於此，亦有所謀耳。豈為屈膝於他人之下哉？夫抱亡國之恨，而甘為滿人牛馬，非丈夫也。」說罷，便把與錢江相約，及從前釋放錢江的事，一一說知。陳樹忠納頭拜道：「大守所言是實，誓願以死相助。」元煒道：「豈敢相瞞。若能回頭輔漢，其功不淺。」說到此處，才將李秀成摹錢江的文書，叫陳樹忠一看。陳樹忠看了，以手加額道：「吾今日才脫出迷途耳。此事準可行也。」遂歃血為誓，共圖忠源。胡元煒立即發付來信。

李秀成得了回書，不勝之喜。一面令秦日綱，督率諸將，鎮守武昌；再令譚紹洸鎮守漢陽，都不令出戰。自日即親自馳赴安慶，傳令起兵，進攻廬州；即將消息通報知府胡元煒。元煒即與陳樹忠計議停妥，即飛報江忠源，說稱廬州緊急，要親來救護，江忠源聞報之後，即與諸將計議。鮑超道：「廬州忽然告急，其情可疑，元帥不宜遽動。別遣將先到廬州，檢視情形，然後報告元帥定奪，較為妥當。」江忠源道：「廬州官守受朝廷厚恩，豈有他虞？況洪軍遍地，徵東伐西，行蹤飄忽，故廬州有此警信，亦未可定，似此不用思疑。且廬州居安慶上流，固敵人所必爭。若有差失，關係甚重。某當親走，足下可隨後出發。待廬州既定，即乘勢以下安慶，亦是一策。」鮑超不復多言，江忠源便決志起程。令族弟江忠義統兵三千先行，自領本軍直望廬州而來。早得諜報，知洪軍駐紮南城外之二十餘里。江忠源道：「果然敵軍至矣，幸我早來一步，不然則廬州危矣。」遂先報知廬州官兵，說救兵將至，然後鮑超趕來援應。時胡元煒及陳樹忠，知得江忠源已到，著人遠迎，報稱城內人心惶恐，速請進城，以資鎮壓。時李秀成正作攻城之勢，江忠源聞報，乃火速進城。總兵傅本仁道：「古未有救兵并同進城者，不特軍勢反孤，且恐事情多變。待某先進城裡，元帥自為後繼如何？」江忠源乃道：「此言雖是，但城當危急之際，若不親冒矢石，恐軍心墮矣。此不可不戒也。」傅本仁不敢再語，江忠源遂督兵入城。

胡元煒先令陳樹忠領大隊，把守城門外，元煒亦故作守城之勢。忠源進城後，胡元煒即迎到府衙坐定，先報告守禦情形。江忠源即領兵親自到城巡閱。卻因連日疲勞，不覺在城樓內伏幾假寐。適胡元偉巡至。見江忠源睡著，即假作掩袖而泣，左右問何故？元煒搖首嘆道：「此何時耶！三軍方誓死，非為將者晝寢時也。」左右聽得，皆為憤恨。胡元煒自回衙之後，隨有哨弁多名到來求見。告稱吾輩親冒矢石，偏是江中丞如此安逸，吾等心實不甘，元煒問各弁屬於何軍？原來俱是陳樹忠部下者。元煒會意，隨慫恿各弁哨，說稱：「江帥如斯殘暴，如斯好殺。」軍心更憤，皆欲刺刀於江忠源之首。爾時江忠源仍不自知。睡醒時，只見守城兵士，交頭接耳，忠源大憤，責以違律。立拿兵士十餘名，各鞭數十。軍心愈憤。陳樹忠探得軍心大變，即與元煒商議。元煒一面遣密人回覆李秀成；即授計陳樹忠如此如此。陳材忠聽罷，即回營對軍士說道：「江忠源今將要我們出戰，許勝不許敗，敗者即斬。試想洪軍數十萬，如何能敵？吾等不知死所矣。」軍士聽得，登時嚷亂起來。胡元煒即奔至城樓，面謁江忠源：怨恨陳樹忠，恐累及元帥。請到府衙，然後議酌。江忠源聽得，深恐有他故，即與總兵傅本仁、布政司劉豫珍，同登城樓。誰想陳材忠已引本營兵來到。只見軍士紛叫道：「不殺江忠源，不足以眼人心。且城破之日，性命難保，不如投洪軍去也。」說罷，軍士紛擁上追來。江忠源大駭，陳樹忠已自追到。忠源大罵道：「吾何負於汝，卻揹我而從敵耶？」陳樹忠亦罵道：「汝身為主帥，賞罰不明，徒好鞭撻士卒。如某大小數十戰，未常得一獎敘，今汝死期至矣，休復多言。」一時槍聲齊響，江忠源已著槍，欲即乃嚙僕之耳及肩，僕痛甚，委忠源於地，又中數彈。忠源不能行動，乃奮投於古塘之橋而死。樹忠即割江忠源首級，呼道：「有不降者，皆以此為例。」於是軍士無敢異言。計同時為洪軍所戮者：藩司劉豫珍、李本仁，總兵傅本仁，池州知府陳源袞，同知鄒漢勛，副將松安，參將戴文攔，馬良芬，皆忠源部將也。江忠義扮作軍士，奮力搶回忠源屍首而逃。元煒盡降其眾。即令開城，迎李秀成進去。管教：

百戰將軍，死命難扶清社稷；五城重地，從頭再睹漢宮儀。

要知後事如何？且聽下回分解。

李秀成二奪漢陽城　林鳳翔大戰揚州府

話說陳樹忠領了密汁，賺殺江忠源之後，胡元煒即開城接李秀成進去。秀成下馬，握元煒手道：「非子則此城不易進也。」一到府衙，立即出榜安民。重賞胡、陳二將。胡元煒道：「某道是錢軍師到此，原來是李丞相耶？」秀成笑道：「都為一國之事，何分彼此？吾必用錢先生名者，所以堅足下之信耳。」陳樹忠要屠江忠源之屍，秀成道：「不可。彼各為其主，亦能戰之忠臣也。吾甚敬之。」即令禮葬江忠源屍首。此時陳樹忠以有殺江忠源之功，意頗自得。秀成不以為然。密問元煒道：「子看陳樹忠若何？」元煒道：「望賞而後立功，其心不可用矣。」秀成道：「子言是矣！以功賞不及而殺主帥，為將者不亦難乎。」

一日陳樹忠游出城外，隨行只二三親隨，時已夕陽西下，四野無人。路經一小河，兩邊有些田畝，附近有些小山，林木頗盛。陳樹忠正沿河上小橋而進，橋下泊一小艇；艇上三人，似漁父裝束，披蓑戴笠，意甚自如。陳樹忠不大留意。過橋之後，約數十步，忽聽後面槍聲亂發。陳樹忠大驚！視親隨的二三人，已倒在地上。樹忠急大呼道：「我陳樹忠也。誰聽讒言，敢能殺我？」一聲未絕，前路一人已擁至面前，大聲喝道：「吾就是殺陳樹忠者。我乃江帥親軍李疇也。」說時遲，那時快，槍聲響處，已擊倒陳樹忠下馬。少時艇內那三人，都一躍登岸。陳樹忠知不是頭路，急棄馬而逃。那數人不捨，仍緊追來。都說道：「不殺賣主賊，誓不干休。」樹忠心慌，急躲入樹林裡面。隨後數人趕到，陳樹忠手無寸鐵，逃避不及，胸中早中了一顆彈子，登時斃命。那數人既殺了陳樹忠，就挖土泥，把陳樹忠屍首埋住，正沒人知道。

那日秀成正與元煒談論樹忠。忽城外軍士報導：「適才陳樹忠引了隨從人等出城，他的隨從，已被殺死在城外去了。凶手不知是誰，唯陳樹忠不知往何處去了？」秀成聽得，明知是有些原故。因陳樹忠殺了江忠源，實在是不義，一定仇家把他殺了的，定可無疑。這樣人借他人之手除去，亦是美事。只得循例出了賞格，名是追尋凶手，實則並不追問了。

且說江忠源死後，文自藩臬以下，武自參、鎮以下，為滿州殉難的，倒也有一百餘人。自此役後，清兵大力震動。清鄂撫胡林翼，便檄提督鮑超，與總兵鄧紹良往救廬州。曾國藩又檄忠源舊部，廣西臬司劉長佑，湖北道江忠浚，同赴廬州救援。各路人馬，聲勢頗大。秀成聽得消息，忙令城中內外，俱偃旗息鼓，休得亂動。左右不解其意，只得自去準備。秀成即令胡元煒與諸將守城，並囑元煒道：「廬州所必爭。然眾寡不足慮也。鮑軍由池州而來，計當先至，江、劉三軍由湖北而下，必取道宿松而進，為期尚遲。若破鮑軍，則劉長佑、江忠浚俱退矣。」便引三千人馬，離城千餘里，挑選林深處埋伏。果見鮑軍如風馳電卷，望廬州而來。秀成在高處，看得親切：先叫軍士休要聲張，任鮑軍過去，看他如何舉動，然後截出，不得違令。

是時鮑超一路行來，與鄧總兵商議攻城之計，鄧紹良道：「江帥遺愛在人。且洪軍初得廬州，眾心未定；急行攻城，克服誠不難也。」鮑超深以為然。直抵廬州，忽見四處偃旗息鼓，絕無動靜。鮑超傳令不可遽動。挨至夜分，仍無消息，鮑超心下愈疑。忽到三更時分，城樓上喊聲喧天，鼓聲震地，城裡亦吶喊助威。鮑軍在夢中驚覺，只道洪軍殺至，趕忙準備。不意候了許久，毫無動靜。及交四更，復聞吶喊之聲。鮑軍驚起，如是者數次，擾得鮑軍終夜不眠。次早鄧紹良力主攻城；鮑超懼秀成有計，不敢造次。傳令先退十里，再行計較。正退時，前面喊聲又起，鮑軍大驚：見兩邊樹林叢雜，愈加心慌。忽然樹林裡，天國兵紛紛殺出，現出李秀成旗號。鮑超驚道：「吾中計矣。」急令軍士分頭混戰。誰想李秀成軍士養精蓄銳，進時如徘山倒海，清兵不能抵禦，反被洪軍困住。鮑超督率軍士，奮力衝出，洪軍不能抵當，才退去一角，鮑超衝出回頭，見鄧紹良尚被困住，復大喝一聲，督兵攻回，救出鄧兵大半。於是鮑軍在前，鄧軍在後，望東北路殺出來。忽一支人馬攔住去路，正是李秀成。鮑軍奮力混戰。無奈鄧軍不得能脫，鮑軍只得回頭與鄧軍會合，然後殺出。一時李秀成軍大至，把清兵四面圍定。鮑超大怒，手挺洋槍，窺定秀成軍中掌旗官轟擊，應彈而倒。李軍大亂，鮑超又衝出去。鄧總兵亦出。只鄧總兵部將戴文英、周天勝、儲玖窮，俱死於亂軍，降者大半。洪軍大獲勝仗。左右欲追趕鮑超，李秀成道：「彼虎將也，追之未必全勝，且窮寇莫追。今既大捷，不如收兵，即移師防劉長佑、江忠浚可也。」卻說劉長佑、江忠浚將至廬州，聽得鮑超、鄧紹良大敗，長佑道：「敵人有備矣。」乃與忠浚一同退兵。秀成聽得，即道：「不出吾所料也。」就令元煒緊守廬州，並遺密函一封。又囑道：「吾去之後，鮑超必來爭取廬州。蓋廬州為安慶上流咽喉之地，清兵必欲爭取安慶，以截我要路湖北交通要道，則必先取廬州；然後沿桐城而以下安慶也。若是鮑超到來攻城之時，即拆開密函一看，自有計可以退鮑軍矣。」胡元煒一一領諾。隨又說道：「今江忠源既死，鮑超雖然有勇，唯兵權不及忠源，自難領眾。安慶可以無憂矣。」李秀成道：「公立此心，廬州危矣；廬州若亡，安慶亦失。且鮑超行將重用，以清廷無人可用故也。鞏享不可託大，子必防之。」胡元煒唯唯拜服。秀成隨即交割兵符，留三千精兵，十名健將，共守廬州。李秀成正欲行時，忽警報時到，說稱胡林翼，又大犯漢陽，勢甚危急；特請回救。秀成聽得大駭，即先令部將洪容海，從間道馳回漢陽，轉至譚紹洸緊守城池，不許出戰。自己卻沿安慶望漢陽出發，不在話下。

且說胡林翼自前次挫敗退兵，遂日夜謀復漢陽，以為窺取武昌之計。分頭派人打探孿秀成舉動。忽聽得秀成已遠征廬州，乃大喜道：「秀成不在，吾復漢陽必矣。」乃增募兵，兼顧南北岸。先令副將王國才出攻紙坊，又令彭玉麟以水師攻蔡店，為左右道。紙坊、蔡店二處，敵人守兵不多，克復自易。若得此二處，吾進兵亦易矣。果然旬日之間：王國才攻破紙坊，彭玉麟亦攻破蔡店。林翼遂點軍士三千人，沿唐角大別山親攻漢陽圍定。譚紹洸聞警，一面飛報武昌，請兵救授；一面竭力守禦，以待李秀成救兵。

時曾國藩領湘軍進攻九江，不能得手，便回軍。以囉澤南、塔齊布會攻武昌，以為胡軍聲勢，並斷洪家救應之師，故此漢陽十分危急。譚紹洸不分晝夜，督將守禦，以待李秀成救兵。唯武昌被清國塔、羅二將牽制，不能援應。且自彭玉麟攻破蔡店之後，盡斷沿江鐵索浮橋，故天國子武漢聲氣，反已隔絕。譚紹洸見漢陽危急，料不能守，忖知清兵用意，必由東北而進，即在東北裡面埋伏藥線，待清軍進時發炸胡林翼，就緩了東北之圍。誰想被胡林翼見了，以為如此緊急時候，偏緩守兵，其中必有緣故，但不料其埋伏炸藥也。果然到了夜分，早將東北城攻陷，譚紹洸故作逃走之狀，領軍望西而去。胡林翼道：「譚紹洸果退矣。」遂欲入城。忽念道：「譚紹洸亦一員勇將，何以此次守城，忽然緩力，誠恐有詐。」便令前軍先進。及至進軍一半時，不想譚紹洸先伏在一處，井未出城。今見胡軍已進，乃大喜道：「吾計售矣。」急將藥線發炸起來，轟天響的一聲，胡林翼五千人，早有二千喪在城垣內外。胡林翼大駭，急欲再進時，只見譚紹洸揮軍殺回。胡林翼督軍奮力搏戰，爭奈眾寡不敵。那譚紹洸正在得手，忽然南路城門告緊，原來駱秉章遣王開化一軍，從岳州進逼漢陽，以應胡軍。譚紹洸首尾不能相顧，乃嘆道：「吾力盡矣。漢陽有失，如之何？」正欲出走，忽見林翼人馬，反退城外；譚紹洸不知何故？急登高向城外望去，只見上流一彪人馬，如風馳電閃，從北而下，截擊胡林翼，卻打著李秀成的旗號。

原來李秀成料知清軍進路，必銳攻東北兩門，故沿武昌上流，直繞出漢陽之後，截擊清軍。胡林翼聽得，只道李秀成人馬是預先埋伏的，心恐中計，急令退兵，各路也一同退出。譚紹洸看得清楚，即回軍殺出，清兵大敗。三停人馬，折了兩停。都望岳州而退。李秀成到了，即與譚紹洸會合。一面令譚紹洸駐兵漢陽城外，陽作議取岳州之勢，以阻曾國藩；一面整頓漢陽，修葺城垣，徐對譚紹洸說道：「非將軍，漢陽則失之久矣。某在廬州多延了兩天，故至如此。此某之罪也。」遂奏報洪天王，甚稱譚紹洸耐戰，並請重賞之。

胡林翼在岳州城裡，只剩一二千敗殘軍士，已不能再進，唯有飛請長沙撫衙駱秉章，增發救兵而已。曾國藩見胡軍已敗，恐防有失，只得領羅澤南、塔齊布，撤去武昌之圍，收軍而去。

當下秀成克復了漢陽城，即移駐武昌，以為抵禦曾國藩之計。今見曾軍退去，並不追趕，只把廬州及漢陽兩次戰狀，飛報洪天王那裡。自己往來漢陽、武昌二郡，聽候天王號令，再定行止。

偏是那時天國以金陵既定，各大臣主張權為憩息，以養軍氣。所以北伐之軍，並未出發。今見武昌連勝，各將都有雄心，紛紛請出兵進取。洪天王即日大集諸臣，計議北伐。都一齊到了殿上。楊秀清進道：「方今清軍精銳，已聚於南部；北省地面，全屬空虛。不過提一旅之師，徵之足矣。」錢江即奏道：「東王之言非也。兵以時聚，北方清軍雖然少缺，但彼何難招募，亦不難改調。今為北伐計，非傾國之兵不可，若徒以一旅之師，恐一旦有失，誰從援救？必不可為也。」秀清又道：「方今南方戰事方殷，湖北地面常被清軍窺向；而江西一路，亦被曾國藩牽制。苦以大軍北伐，恐根本未固，先已動搖，如何是好？」錢江道：「以一李秀成，即足以支援湖北、安徽兩省，則江南地面，非清軍所容易搖動也。又何必多慮！」洪天王道：「北京未定，中原一日不安；非以大兵臨之，未易制敵。錢先生之言是也。」楊秀清又爭道：「恐金陵有失，如之奈何。以數年兵力得之，一旦有失，何以為家？願大王參詳為是！」天王不答。未幾林鳳翔進道：「臣願以一旅之師，沿揚州直進，以臨城他，管取北京城池，雙手奉獻。」洪天王道：「北伐事情重大，非朕親征不可。將軍雖勇，恐眾寡不敵，殊非萬全之策。」

是時你一言，我一語，互相爭論，唯石達開低首不語。洪天王獨問之。

達開道：「臣力不能獨取北京，故不敢多言。如天王親征時，臣弟隨駕而往，否則非臣所敢知矣。」天王點頭稱善。只是紛紛議論，終未能決。錢江回後暗付：今日所議的事情，好生重大，倘有差失，如何是好？只是天王雖然見得到，奈被楊秀清把持，必不能獨行其志。正在躊躇，忽門下報導：「石達開來謁。」錢江迎入坐定。達開先說道：「先生看林鳳翔之才若何？」錢江道：「此勇將也，行軍不可少之人。惟其喜功好勝，若以全軍任之，使領軍北伐，恐或誤事。」石達開沉吟未答。忽報韋昌輝至。錢江令石達開暫避廂房裡。隨請韋昌輝進來問道：「將軍乘夜至此，必有事故？」韋昌輝道：「先生見今天議事情形若何？」錢江故緩道：「恐天王意尚未決也。」昌輝道：「東王之意，欲身操北伐之權，若得燕京，彼將自為之計；又不敢獨離金陵，故委之林鳳翔。是以私意而誤國家大事也。林鳳翔若領大兵北行，必不能操勝算。先生將何以處之？」錢江道：「待明日再議，然後定奪。」昌輝奮然道：「今日之事，非殺東王不能了也。」錢江道：「事未必濟！彼罪情未露，殺之無名；且其黨羽甚盛，將何以善後？將軍請勿造次。」兩人正說間，石達開在廂房裡，忍耐不住，即跳出廳前笑道：「你兩人謀殺東王，吾當出首。」昌輝怒道：「達開你如何說此，豈亦助他為虐耶？」錢江道：「達開戲言耳，將軍休怪！」說罷，大家仍復坐下。石達開道：「此事關重大，先生當速行定奪。」錢江道：「明日到殿上，如東王必欲以林鳳翔當北伐之任，當以死力爭之；不濟，則唯有以大軍為林鳳翔後繼耳。某觀林鳳翔為人，非偏助楊秀清者，但見識不及，甚為可惜。」韋昌輝道：「既言如此，先生可隨軍北伐，策畫機宜。即用林鳳翔為前驅，未嘗不可。先生以為然否？」錢江道：「林鳳翔資望不足。果不能力爭，吾當親率大兵隨進也。」石、韋二人稱善。三人談論，直至更深。石、韋二人並宿於錢江府中。越早起來，梳洗畢，忽報狀元劉統監到，錢江忙請入裡面。只見劉狀元面色倉皇，錢江心知有異，忙問有何事故？劉統監道：「先生如何不知？東王已令林鳳翔統兵十萬北徵去也。」錢江聽得大驚。便問天王之見若何？劉狀元道：「天王亦大以東工此舉為不然。但窺其意，似無奈東王何者！」錢江嘆道：「誤國者我也。著初進湖南時，聽蕭朝貴、馮雲山之言，先除此人，必無今日之事。只今他黨羽既盛，如何是好？」劉狀元道。「彼之黨羽，多亦無用。即李開芳、林鳳翔兩將，亦不能制。但不知李秀成意見如何？」錢江道：「秀成豪傑，豈助彼哉？不過東王徒以籠絡之耳。今林鳳翔既已起兵，待其先行；吾隨天王興兵繼進。」各人議論一會，唯韋昌輝不發一言，先自辭出。少時，劉狀元亦退。錢江密為石達開道：「吾觀韋昌輝色似有亦所舉動，足下當默伺之，毋令成大變也。」計議已定，不在話下。

且說天國太平四年，林鳳翔領了東王之命，引軍北行。時鳳翔年六十三，生得精神矍爍，志氣恢宏；雖是東王黨羽，為人卻頗識大體。瀕行時，獨自來見錢江問計。錢江道：「將軍此行，責任甚重。江雖無用之輩，究願得將軍成其事，以盡餘志也。」鳳翔道：「先生何出此言！某此來亦欲問計耳。」錢江道：「將軍之志若何？」鳳翔道：「某欲沿揚州渡淮，直趨山東；兵行神速，出其不意，以臨天津。先生以為何如？」錢江道：「如此得之矣，將軍持重，不勞多囑。但謀國宜顧大體，此則將軍所知也。然孤軍深入難勝，倘天王不棄，吾將以大軍為後援矣。」林鳳翔大喜，即謝別錢江。而領大軍十萬，分為三十六軍，每軍二千五百人，餘外統歸中軍部下，以曾立昌、朱錫琨為左右先鋒；自卒部將汪安均、周文佳、晏仲武等，浩浩蕩蕩，殺奔揚州而來。

是時清軍亦慮洪軍北上，故調大將軍勝保，以黑龍江馬隊駐紮淮南防守；直隸總督陳金綬，亦飭總兵雙來領步軍一萬，會合琦善，以保揚州。那日正聽得林鳳翔北上的消息。琦善即與汁議，有主戰的、有主守的，紛紛其說。忽勝保自淮南趨至，力主會戰。琦善遂從勝保之議，分軍四紮城外，以待洪軍。

原來林鳳翔大軍晝夜飛馳，已抵揚州城外，離城數里，在紫徒廟下寨。另分軍一半：先扎廿四橋及法海寺地方，準備圍困揚州。旋下令道：「清軍屢敗，懾吾軍威久矣！因其意而用之，吾當示之以威，彼軍膽寒，吾自勢如破竹也。」就令三軍整肅旌旗，夜分軍中燈火，相連十餘里，鼓角之聲不絕。清軍看見天國軍容甚盛，皆甚驚惶，逃匿者不計其數。管教：

大旗高颺，又見揚州飛戰氣；雄軍直搗，頓叫老將建奇功。

欲知勝負如何？且聽下回分解。

林鳳翔夜奪揚州府　韋昌輝怒殺楊秀清

話說林鳳翔兵至揚州城外，先將壁壘布得十分嚴整，旗幟遮天，戈矛蔽日。清兵大懼。琦善恐軍心散亂，欲先立戰功，以鎮人心；時交初夏，大時酷熱，林鳳翔亦恐攻城不利，將各軍依山傍木為營，以避暑氣：再從內河掘通水道，以備不虞。一面聽候清軍來戰。忽聽得清廷再調漕督楊殿邦，領兵萬人；前來助戰「林鳳翔大喜。先鋒朱錫琨問道：「今聞滿人加兵，元帥喜形於色者何也？」林鳳翔道：「揚州城內兵官，不是欽差，就是總督，必不用命。且兵符操於勝保，而琦善以相臣統兵，必不甘受令。不久自生意見矣。吾此時卻好用兵也。三軍聽了，皆為忭舞。實則清國兵符，本在琦善。林鳳翔作為此言，不過恐軍心聞清國增兵，致生疑懼，故為此言耳。話休煩絮。到次日黎明，林鳳翔見軍移動，即對眾將道：「清軍以時方酷熱，不便用兵去故清晨來戰，彼先攻紫徒廟無疑矣。」少時，又見清軍旗幟不多。林鳳翔對眾將道：「清隊此來，必非大隊人馬，不過欲立小功，以定軍心耳。吾可讓之。待其小小立志，再興大隊前來，吾將可以二鼓再戰也。」遂傳令偃旗息鼓，不令出戰。說猶未了，只見清軍望紫徒廟擁進，約是三五千人馬，軍中打著雙來旗號，直攻洪軍。這一路正是朱錫琨的營盤。清軍幾次衝突，不能得進；林鳳翔見了，果令朱營退二三里下寨。雙來見是不能得志，又見洪軍眾盛，恐防有失，即乘勢收軍。

說稱擊退而回。琦善聽得勝仗，不勝之喜。次日續遣各軍出城：先令本部以馬隊先攻廿四橋；以楊殿邦與雙來仍攻紫徒廟。方調動間，適向榮令張國梁，以本部林鳳翔夜奪揚州府韋昌輝怒殺楊秀清兵五千人到來會戰。琦善都令隨勝保而去。兩路人馬，以五更造飯，平明起兵。

安排既定，早有細作，報到林鳳翔軍裡。鳳翔道：「吾固知彼以為昨日小勝，必以全軍求一戰也。」遂令曾立昌伏兵於廿四橋西，待勝保過橋時，先折橋以斷彼後路；隨令朱錫琨以大兵從林裡橋東深山，乘夜開地穴埋伏，待勝保過橋後，留軍一半，截擊清兵，卻以一半直趨勝保大營；再以周文佳為前部，迎勝保接戰。分撥既定，自與諸將來戰楊殿邦。鳳翔又下令道：「清軍如攻紫徒廟，本營且勿理他。待我軍在廿四橋得勝，則彼全軍皆亂矣。吾因而攻之，可獲全勝。」三軍得令，都於四更造飯，以待清軍。

且說勝保以本部人馬令張國梁為先鋒，直望廿四橋殺來。時天色初明，遠望洪軍不多，卻靠廿四橋駐紮。勝保以為洪軍精銳，必在紫徒廟大營，故不以廿四橋一軍為意。到時勝保拔隊攻進洪軍隊裡。周文佳略應一陣，都望橋西而退。張國梁不捨，直趨過橋來。勝保見洪軍敗得容易，且退時旗幟齊整，乃驚道：「彼非真敗也，吾中計矣。」急令前軍休進，奈軍士進如蜂擁，令傳到時，已過了大半。勝保道：「此時便不可退矣。不如齊進，或可併力支援也。」遂督親軍並渡過橋來：只見周文佳的人馬，在草地上亂走。張國梁依然趕過來。不上四五里，只見伏兵四面齊起，金鼓響天，喊聲震地。勝保太驚。回頭望時，又見東南角上伏兵，皆從林裡道地而出。而朱錫琨一支人馬，如自天而降。勝保與張國梁，只得合力混戰。爭奈洪軍人馬多眾，憑高看下，勢不能抵敵。清兵折傷大半。勝保知不是頭路，急傳令退過橋來。奈橋已折斷，不能得過。軍心益懼，更不敢回戰。曾立昌人馬銳氣倍增，逢者便殺。張國梁馬下早著一槍，急向左右換了一匹馬，奮力望北方殺來，並呼道：「今不盡力，是死地矣。當於死裡求生。」清軍聽得，膽氣一振，就殺條血路，直出重圍。張國梁在前，勝保在後，且戰且走。

是時洪軍又復大至，盡把清軍圍住。勝保傳令軍士：一頭混戰，一頭築造浮橋過河，無奈對岸的洪軍，把抬槍亂行轟放過來。軍心愈慌，紛紛逃走。勝保嘆道：「吾死於是矣。」張國梁聽得大怒，立刃數人。軍士畏懼張國梁，此時不敢逃遁。於是奮力復出重圍，迤北而遁。洪軍隨後趕來。降者死者，不計其數。勝保奔到上流，見追兵遠去，即令軍士填造浮橋，奔回大營。誰想營中，已換了旗幟。早被朱錫琨分軍奪了。勝保仰天長嘆，欲拔劍自刎。張國梁急奪其劍搶救。隨勸道：「勝敗兵家之常耳！何必學小丈夫為短智哉？」勝保道：「吾以精銳馬隊，一旦中了奸計，喪於敵人之手，還有何面目見人？」說罷放聲大哭。左右皆來相勸，方始收淚。張國梁便收拾殘兵，不過二三千人，自與勝保欲回揚州城。

方欲行時，忽見前途喊聲大震，原來楊殿邦往攻紫徒廟之兵，因聽得廿四橋清兵大敗，並相傳勝保不知下落，故人心惶恐，不戰自亂。林鳳翔統率各路人馬，如排山倒海趕過來，勢不可擋。楊殿邦正在危急，張國梁欲領殘兵相救；怎奈曾立昌、朱錫琨已追到了，只得望後而逃。曾、朱二將就分軍，以曾立昌阻擊勝保，以朱錫琨截擊楊殿邦。因此楊殿邦不能得脫。雙來已死於亂軍之中，楊殿邦死命殺出重圍，軍士大半逃走。林鳳翔大殺一陣。正是屍橫遍野，血流成河，清兵皆不敢回揚州城去。林鳳翔即傳令收軍。是役毀營壘六十九座，倒大旗十餘面，部將死者二十名。餘外清軍死傷，及所獲輜重，皆不計其數。這一場大戰，三尺小兒，也識得林鳳翔名字了。鳳翔遂大犒三軍。會議攻取揚州城。有說明攻的，有說暗攻的，不能勝記，鳳翔奮然道：「用兵全憑一股銳氣耳。今方乘勝，何患不得？」說罷，即點精壯軍上百餘人，皆身材矯健者，皆著隨自己而行。約定朱錫琨三鼓時分，帶兵到揚州城附近，吶喊助威。朱錫琨領諾。林鳳翔又令軍士，各帶堅固麻繩一條，繩約二丈，繩上各束鐵條一枝。二更時分，悄悄到了城外。

是時揚州城裡，人心畏懼，不敢出觀。故鳳翔百人，直抵城外，用繩拋過城；大叫一聲，殺入城樓上。拔出短槍，所有清軍，聞風膽落，皆一鬨而逃散。朱錫琨，又領大隊人馬直趕到揚州城外，金鼓亂鳴，吶喊助威。琦善聽得洪軍已進了城，急欲調兵時，林鳳翔百人，已被奪開城，朱錫琨大隊擁入。原來琦善因勝保、楊殿邦兩軍俱敗，已如驚弓之鳥，只把重兵擁護衙之內外，四城俱安守衛。不意被洪軍襲進去了。是時聽得揚州失守，琦善全沒了主意，又不知洪軍人馬多少，只得棄城而逃。林鳳翔既得揚州，出榜安民，秋毫無犯，傳檄各州縣，紛紛來附，聲威大震。清軍皆望淮南奔逃。風信報到北軍城裡面，清軍大懼，憂慮不知所為。林鳳翔傳令，休兵數天，然後大進。先把捷音報到金陵。

天王聽得，正要集諸臣慶賀，忽東王楊秀清上殿，面有德色。天王尚未開言，秀清即說道：「某固知林鳳翔雖老，乃能事之人也，故以重任付之。今揚州既定，滿人膽落矣。乘此北上，天下不難定也。」天王未答，石達開先說道：「勝不必喜，敗不必憂，但求努力謹慎。若得一勝，便沾沾自足，恐非國家之福也。」秀清道：「汝輩多侍舊臣。與大王出身共同患難，往往目無餘子。今觀林鳳翔幹如許大功，寧不羞煞耶？」石達開聽了，心中大怒。以在殿上，不宜爭辯，只得隱忍。東王並不請諸天王，直言令李開芳以大軍出河南。韋昌輝道：「爭伐乃國家大權，自有主者，未經眾議，又未奉天王之令，誰敢擅動於戈？故河南雖應出征，號令不應出東王之手也。」說罷，悻悻而退。天王此時默默不語。錢江亦不答。各便退出。

及東王楊秀清回到府裡，蕭王妃蕭三娘道：「日來見王爺心甚焦勞，精神恍惚，究有何事？」東王道：「老將林鳳翔克揚州，軍聲大振，馳檄降服者十餘郡縣。指日北上。我明天即遣能將，沿徐州入開封，與鳳翔兵合，破北京如反掌矣。」蕭妃道：「王痴耶？妾問王有甚焦勞，非問王軍務也。」東王道：「某所憂勞者在此。除此之外，實無所懼。」蕭妃道：「然則王遣將調兵，天王知否？諸將更有何言？」東王道：「洪即楊，楊即洪耳。固無分別，亦無尊卑。今能員猛將，聚於楊氏，天與人歸，行見天王之讓位矣。」蕭妃聽了大哭道：「如此是滅族禍也！天下豈有大事未定，而行禪讓者乎？今日謂多得能將，請自問比錢江若何？」東王聽了不答。蕭妃又道：「王爺再自問比秀成若何？」東王道：「秀成已為吾用矣。」蕭妃道：「此恐未必。願王自愛，毋為人算。且諸將能勿有後言者乎？」東王道：「石達開與吾論交於寒微，乃吾至交也，必不涉我事。餘只一韋昌輝耳。」蕭妃道：「方今軍事得手，休生內變。願王速改前念。否則妾當出首，必不以夫妻情而誤國家事也。」東王聽了，甚不以王妃之意為然，只請王妃休得聲張而已。次日，即擬調將人河南。又欲留李開芳為護衛，遂令丞相吉文元以大軍六萬先自起程；留李開芳隨後遣發。及吉軍起程之後，即獨自謁見天王。

適天王有病，東王直入宮中，向天王說道：「現已令吉丞相起兵矣！」天王道：「此事先曾有報告軍師府否？」東王道：「此洪、楊二家之事，何與他人？」天王道：「非也。兵符在軍師府，不可不告。」東王道：「昔以為我得專征伐者何也？」天王不能對。隨又道：「然則賢弟之意若何？」東王道：「吾欲得稱萬歲耳！非有他耳。」天王道：「如此何以稱我？且何以報告天下？待事成後，任弟自為。眼前請勿復爾。」楊秀清不歡而罷。隨即辭出，回轉府裡。心中甚怪天王，不從己志。遂令部下：稱自己為九千歲。因此互相傳述，都稱東王府為九千歲府矣。

且說韋昌輝在桂平殺妻，救出洪秀全之後，及至岳州，遂娶了付丞相吉文元之妹，為北王妃。那吉文元是楊秀清的心腹部將，故此北王吉妃與東王蕭妃常相往來。只吉文元雖為東王黨羽，東王心懷非望，他一點沒有知道，並也不信有此事，看見韋昌輝仇視東王，心裡頗不為然。獨是東王蕭妃，人甚聰明，且有賢德。素知東王所作所為，諸將多有不服，必有伺其後者。去年九月十六，是東王千秋聖誕，大宴同僚，有許多歌頌東王者，韋昌輝聽得，面帶怒容。便當眾罵道：「方今天下未定，為臣子當各自勉勵，不宜互相阿諛。若如此恐非國家之福也。」蕭王妃在內聽得，便知北王大不滿意於東王。遂與北王吉妃來往更密，以探北王舉動。

那日北王韋昌輝二更時分，方自朝上次府。吉妃問北王因甚事如此回遲？北王亦知吉妃，常與東王妃來往，故從不以機密相告。當下就糊塗答應：「此國家大事，爾婦人何必多問？」吉妃愈疑。然吉妃素知北王性暴，此時亦不敢多言。也是合當有事，適東王有書送到北王府。北王看罷，因信中押名有九千歲字樣，北王怒道：「誰是九千歲？某卻不認得。」左右答道：「此東王府東書也。」昌輝更怒道：「東王者，天王之所封。九千歲者，誰人之所贈？此豎子殆欲為王莽也。奈北王尚在何？」說罷悻悻。吉妃聽得，遂託故歸寧。是時吉文元已領兵出征。其妻吉夫人，乃部雲官之侄女；其母乃第四十六天將伍文貴之姑。是時適同在府中。吉妃先謁其母。伍氏見吉妃回來，母女之間，自不免談及機密事。那伍氏本來識得大體的，吉妃在言語間忽然問道：「父母與丈夫孰親？」伍氏道：「未嫁時以父母為親；既嫁之後，當以丈夫為主。」吉妃聽得默然，旋即辭出。伍氏見他問得好生奇異，隨又見他往見吉文元之妻室吉夫人，那吉夫人迎吉妃坐下。吉妃又猝然問道：「兄妹與夫妻孰親？」吉夫人聽得此言，料有些來歷，故意答道：「兄妹是同姓的，夫妻是不同姓的，又何勞多說？」吉妃道：「吾兄非靠東王九千歲為生活者乎？」

吉夫人曰：「然。」吉妃道：「若東王不在，吾兄究可自全否？」吉夫人口：「恐不能也。」吉妃道：「然則吾兄危矣！」說罷起辭而出。吉夫人聽到這裡，心內十分疑惑。奈吉丞相出征，無人商酌。

正在納悶間，忽報東王蕭妃至。吉夫人忙請進裡面。寒暄後，就把吉妃所說的話，對東王妃細說出來。東王妃道：「此何必疑哉！蓋北王欲殺東王久矣。但東王有可殺之道。然請夫人早晚打探吉妃，為我偵悉北王舉動，吾自有計對之。但不宜洩漏，否則吉妃且不免矣！」吉夫人領諾。東王妃遂回。自此吉夫人每到吉妃處，或一二天往一次，或天天往一次不等，韋昌輝知有些原故。就因知吉妃與吉夫人，平日最少來往，今一旦來往甚密，早動了思疑。故吉夫人到時，北王竊聽了多次，也常有談及東北兩王交惡的事。昌輝聽得大驚，暗忖事機不密，險些喪在兩夫人之手。此事若不速行，反為自禍耳。那一夜韋昌輝進房，就故意向吉妃搖頭嘆息，吉妃急問何故？昌輝道：「東王將殺我矣！」吉妃驚道：「此事妾不知。既有這點風聲，妾明日即往東王府，託名探候蕭妃，就偵探何如？然後報知王爺便是。」昌輝道：「你好多心！夫人孰不愛其丈夫？誰似你這般愚拙，要把丈夫事洩出來，恐東王妃絕不肯露出。」吉妃不覺哭道：「王瘋耶！誰曾把王爺事機洩漏？休枉屈妾也。」昌輝怒道：「韋某是顧國不顧家，重公義薄私情的人。殺一婆娘，只如兒戲爾。不聞桂平逃獄之事耶？速休瞞我。」且問：「吉夫人連天到我府裡，究因何事？」吉妃聽了，料知情事敗露了，即作色說道：「姑嫂往來，亦人情耳。況家兄與王爺尚屬同僚乎？」韋昌輝沉吟少頃，隨笑說道：「日前不往來，近日乃如此密交，究是何意？」吉妃又說道：「適因母病，妾不便多行，故往來問訊耳。」韋昌輝怒道：「前言猶可，今直如此相欺耶？既是爾母有病，自可多使府役往來，何勞吉夫人跋涉？且爾之母，即吾之岳母也，有病胡不說及？也罷，明天你在這裡，待本藩親造吉府，謁見令堂，回來再說。」吉妃聽了，揮身抖戰，只是哀求恕罪。昌輝不答，一宿無話。次早，即將吉妃閉在一房，並囑守門的府裡人，不准出進。如有來謁的，一概擋駕。先將各門關鎖，再令其弟韋昌祚守頭門。昌輝自往吉府。

到時伍太君，接進裡面，同以來意。昌輝道：「特來問候。」伍大君聽罷，不以為意。韋昌輝見伍氏並無病容，料知有詐，坐不多時，即自辭出。昌輝回府，即向吉妃道：「本藩往謁令堂，令堂病得十分危殆，爾言果不謬也。」吉妃聽罷，面無人色，昌輝仍閉鎖房門，隨復轉出。

打聽得東王正進朝去，先令刀斧槍手，埋伏正廳屏後。隨出府門，已是已排時分。東王正自朝裡回，恰與韋昌輝相遇。兩王即前來握手想見。秀清道：「賢弟何來？」昌輝道：「適才傳說老將軍林鳳翔在淮南兵敗，已潰走徐州府。兄那裡還聽得否？」東王秀清道：「某全然不知。且朝中還未有驛報。賢弟的消息，究從那裡得來？」昌輝道：「說的是。江北來人現在敝府。王兄欲見其人否？」東王道：「甚願見之。可否請此人到敝府一會？」昌輝道：「此人必不肯出門。因在金陵有仇家，防被偵悉也。」東王道：「然則何如？」昌輝道：「不如屈駕到敝府裡，再問細底也好。因北伐之軍，關係甚大，小弟欲上朝見王兄者，正為此耳。」東王聽罷，點頭稱是。隨行有十餘人，都跟著東王、昌輝，同望北王府來。將進門時，東王見守衛甚嚴，心頗疑忌。北王知其意，即說道：「頭門諸壯士，皆是江北來者。」東王遂坦然不疑。直至大堂上，東王坐定，即問江北來人安在？北王道：「尚在密室。待某傳他出來。」一面著人備酒，又令家人引東王的隨從，到外廂招待。時方盛暑，北王即請東王便衣。東王就卸去外套，把自衛的短槍，放在桌子上。少頃只見一人自後堂出。北王道：「此即江北來人也。」原來那人姓溫名大賀，乃廣東勇士也。精於拳棒，與昌輝交最厚。昌輝預使他充認江北官兵。待他想見時，好近秀清左右，便易下手，這都是預先擺布的，東王那裡知道。見了溫大賀，即舉手令坐。北王也就座，一同舉杯飲酒。韋昌輝先向秀清問道：「果如老，將軍兵敗，王兄可動心否？」秀清道：「大兵北伐，誰不望勝。賢弟此言，究是何意？」昌輝即離坐道：「汝欲登大寶為操、莽事耶？奈何當昌輝未死。」秀清聽了，登時變色。隨曰：「我無此心，賢弟何有此言？」昌輝道；「九千歲是誰封你的？將置天王於何地耶！今大事未定，遽懷異心：多結黨羽，擅發號令，以危國家：屢阻天王親征，以圖功高篡位；又梗軍師號令，使不得行其志，汝罪大矣。某與汝分屬兄弟，絕不能誤國家大事，而徇私情也。」秀清道：「汝言及此，意欲何為？豈天王命汝殺東王耶！」昌輝道：「吾非奉天王之命，乃奉全國人民之意也！」說罷，舉手一揮，屏後壯士齊出。東王方欲逃走，被溫大賀右手拿住，左手拔劍，向東王當胸一刺，東王大呼救命。隨從人等，應聲奔上大堂，東王又呼道：「殺秀清者韋俊也！」那隨從人等即欲逕奔昌輝，都被一班壯士攔住。此時槍聲隆隆。昌輝先轉過後屏，溫大賀盡力刺了一劍，東王當時斃命。是時北王府的壯士，與東王府的隨護，互相鏖戰，溫大賀竟死於亂槍之中。東王的隨護，雖有十餘人，奈北王府的壯士人多，不能抵禦，都死在北府臺階上。統計北府死者三人，槍傷者五人，殺得屍橫階土，血染堂前。韋昌輝隨出來審視，見楊秀清已經氣絕，已不覺動起向來結義的交情，為之傷感。遂嘆道：「吾殺東王者，不得已也。」遂令人將東王屍首，收拾妥當，再將臺階上各屍，暫移別處。管教：

兄弟鬩牆，頓令府堂成戰地；英雄刎劍，又叫天國失長城。

要知後事如何？且聽下回分解。

錢東平揮淚送翼王　林鳳翔定計取淮郡

話說東王楊秀清到北王府裡，因生平懷了異志，被北王殺了。隨從人等，都喪在北王府內。北王一面將各屍首移妥，即帶齊護身壯士，直出府門，進朝上去。

時錢江正與天王商議大計。忽內侍報稱北王請見。天王當即召至內面問道：「賢弟此來，有何大事？」韋昌輝道：「臣弟有罪，特來請死。」天王大驚道：「賢弟何出此言？」韋昌輝道：「國事未定，朝中竟有謀叛、以妨大事者，大王知之否耶？」天王道：「朝中無非兄弟，誰敢異心？朕不知也。」韋昌輝道：「有人自稱九千歲者，多結黨羽，總統軍權，其意安在？」天王道：「賢弟之意，殆東王楊秀清也。或賢弟別有所聞耶？」昌輝道：「此事不特臣弟知之，軍師、翼王皆知之。然臣弟不能徇兄弟私情。已代大王行討矣。」天王聽罷，面色一變。就對昌輝說道：「秀清舉動，朕那有不知？只以大事未定，不忍同室操戈，聊且優容。今日如此，恐東王黨羽如李秀成、林鳳翔，皆握重兵，駐重鎮，倘激變起來，如何是好？內亂自興，反使敵人得間耳。」說罷嘆息不已！轉以目視錢江。錢江還是低頭不語。昌輝又道：「古人說得好：『小不忍則亂大謀』，若養癰成患，亦非計之得也。臣弟故擅殺之。寧一死以謝擅殺大臣之罪。就請殺臣弟，以明國法可也。」天王道：「賢弟無多疑，朕非無義人也。但恐東王黨羽一變，無以制之耳。」說了複目視錢江。錢江乃言道：「東王有可殺之罪，北王無擅殺之權，兩言盡之矣。大王若慮楊黨為患，則殊不足為慮。李秀成乃沉機廣識之英雄，非黨於東王者也。即林鳳翔、李開芳，老成持重，明於大體，亦不用多顧。餘只吉文元、楊輔清耳。今吉文元統兵在外，趁殺東王之事，尚未傳播，先令一將統兵往助起程，名為助戰，實則監軍，以防其變。此事最不可緩，宜速行為是。」天王聽了，即傳令羅大綱進來，領兵三萬起程，以防吉文元之變。羅大綱領命欲行，錢江又附耳：囑咐羅大綱如此如此。羅大綱一一領諾而出。錢江道：「東王既死，彼之黨羽，必挾大王以處治韋昌輝。大王將何以處之？」天王道：「吾絕不忍以同室操戈，自傷大義。倘不獲已，唯有披髮入山，擇賢而讓。多戮功臣，朕不為也。」錢江道：「此係婦人之言耳。為北王計，不如權且避之。待楊黨鎮定，然後退朝未晚也。」昌輝進道：「某殺東王之日，早存一誓死之心。軍師從來說東王有應殺之罪，北王無擅殺之權，韋某知所以自處矣。」說罷欲退。

忽見翼王石達開飛奔進朝上，聲色皇遽，汗流滿面，到時氣喘，開言問道：王未答言。昌輝答道：「此非大王之意。殺東王者，只韋某也。」達開怒道：「東王有罪，其家人何罪，而乃盡行殺之耶？」韋昌輝道：「那有此事？殺東王者，尚在敝府裡，事後則趨朝聽罪，那有殺他全家之事。兄究從何處聽來？」達開道：「城中傳遍矣。吾亦知東王罪有應得，但焉有殺及全家者乎？」昌輝猶力辨其誣。天王急令人打聽，原來韋昌輝進朝之後，其弟韋昌祚，深恐楊黨要謀報復，只道斬草除根，免貽後患，就帶了十餘名壯士，稱說北王有令，一齊擁到東王府裡，不問三七二十一，將秀清全家人口五十餘人，盡行殺戮，不留一個。天王派人打聽之後，回報是實。且言城內人心洶洶，恐楊黨乘機煽動，致成大變。天王聽了，長嘆一聲，頓時淚下。翼王石達開向北王問道：「此事何如？某何嘗說謊？北王請自打點，毋誤國家也。」韋昌輝聽了，大叫一聲，暈倒在地。天王令左右挾他回府。石達開亦出。是時楊秀清死後，楊黨又眾，都紛紛傳說，以石達開向與韋昌輝知己，都道翼王與北王同謀。金陵城內，暄做一團。天王憂之。召錢江計議。錢江道：「為今之計，先下諭數東王之罪，並傳翼王不與北王同謀，而歸其罪於昌輝，責以擅殺大臣之罪。昌輝雖主謀擅殺，必有動手之人，不如殺其動手者，必殺害東王全家之人。然後奪北王官爵，以安眾心，庶乎可矣。不然，當殺昌輝以殉眾。否則人心激變，悔之晚矣。」天王憂疑不決。蓋不欲暴東王之罪，亦不欲殺北王之首也。沉吟少頃，又向錢江問道：「更求其次可也。」錢江道：「寧有進於北王者？斷無其次。願大王思之。」時洪仁達在旁。原來仁達最惡石達開，竟從旁大呼道：「此事必翼王主謀，不殺之不足以謝天下。若北王罪不可赦，已不待言矣！」錢江道：「觀翼王之責昌輝，則非同謀可知矣。烏可以私意，並害功臣？」仁達道：「彼責北王之殺東王全家，非責其殺東王也。軍師豈亦以其功名而以私意護之耶？他人能殺東王，吾何不可殺翼王？吾必不令東王全家含冤地下也。」是時錢江，已知仁達必要嫁害石達開，不免長嘆。天王向洪仁達道：「翼王精明忠慎，吾兄休得亂言！」仁達道：「大王亦作此言乎？雖然，吾必為東王雪冤。」說到這裡，又顧謂錢江道：「為某致語翼王、北王兩王，毋輕人無尺寸之柄也。」錢江不答，向天王拱手而出。天王亦離座，執錢江手道：「國事如此，奈何？先生為朕謀之！」時錢江淚如下雨，直攜手出堂階，答道：「大王所誤者，全在不忍之心過甚耳。人心服於大王，使布告東王之罪，以安人心，猶可為也。今尊兄尚如此說，其他可知矣。不然，恐翼、北兩王，亦不能安枕也。願大王思之！」天王道：「請先為朕安置翼王。朕今聽先生矣。」錢江聽了，拜謝而出。

回至府後，忽報石達開來見，錢江忙請至裡面坐定，即以洪仁達之言告知。達開道：「如此，某亦不能安於金陵矣。」說了，又徐徐嘆道：「本欲竭忠盡誠，與天王同謀大事。今宵小不能見容，復何望哉！」錢江道：「足下且安心，聽候消息：吾料天王絕不任作此謬妄之舉也。」達開道：「天王仁慈有餘，而決斷不足；某自逕行直道，豈能常防小人之謀害我耶？先生勿多言，吾志決矣！」錢江道：「足下之志，將若之何？」達開道：「大丈夫當謀自立，豈能屈於人下，以伺小人之顏色乎？吾將大舉入川，據天府之地，出入漢中，幸而事成，即與天王犄角之應，有何不可？」錢江道：「如此，則大失算矣。足下如入西川，少帶兵則不足為用；若盡起金陵精銳之老萬營，則金陵根本反弱矣。與其西行，不如北伐，願將軍毋逞一時之氣，而聽某一言也。達開此時，甚不以錢江之言為然，旋即辭出。

次日，即聞石達開具奏天王，請兵入蜀。天王看了，一來疑此事為錢江之意；二來亦以翼王與仁達不和，就此離開亦好；三來如達開平定川省，可以進窺陝晉，亦可以壯湖北聲援。遂允達開領兵而行。達開得了號令，即召集老萬各營，共大軍六萬，刻日起程。這點消息，報到錢江那裡，錢江吃了一驚。拍案嘆道：「大事去矣。誠不料翼王深識大體，以一時之憤，乃至於此也。」急具衣冠馳馬來見達開。達開料錢江到來，有阻礙之意，只託故不見。錢江無奈，急奔上朝來求見天王。天王問以來意。錢江道：「大王其允翼王西征乎？」天王愕然道：「有之。朕以為先王早知此事也。」錢江道：「大王誤矣！今天下大勢：北京如首，江浙如心腹，川、黔、滇、粵如四肢，斷其肢爪，其人尚存；若決其首，則其人斃矣。臣欲以翼王統大兵，為林鳳翔後繼，借東王屢梗此議，至不果行。今東王已故，臣方欲大王再行其志。今若去一百戰百勝之老萬營勇，而又去一識略蓋世之翼王，天下胡可為乎？願大王速止之。切勿自誤大事。」天王遂急傳令，阻止達開。誰想達開布成隊伍，將次起程。接了天王號令，即復奏天王，謂軍令已定，不可更改。具表復過天王之後，天王知達開意決，再問錢江計將安出？錢江道：「可再傳令：著翼王到湖北之時，再入河北，渡黃河，與林鳳翔會合，亦一策也。」天王從之，遂再傳令，石達開接了之後，亦不回奏天王。天王只說他必然遵令。唯錢江此時仍慮達開不從。因見洪仁達如此，他早已灰心矣。錢江沒奈何，急回府裡，寫了一封書，即遣人投到石達開營裡。達開接了一看，書道：

弟錢江敬候翼王將軍麾下：弟聞足下大舉入川，欲圖不世之業。雄才偉志，感佩何如！然當武昌既定，弟屢以人川之舉為不可者，誠以天下大勢，削其肢爪，誠不如動其心腹也。川省道途遼遠，欲軍行糧繼，誰足以善其後？且定一川省，不足以制滿人之死命，而徒自分其兵力；此中利害，足下寧不知之？當日前會議於敝府，方欲以將軍大舉為北征之繼。今餘唾未乾，足下遽以一時之憤：不念國家大計，弟誠為足下不取也，自金陵定後，東王歸綰兵符，弟與足下，寥落南京，似不能囊日之得行其志，然鬱鬱再居此者，亦為大局計，故留而有待耳。今東王已故，雖以人心洶洶，亦不難談唾鎮定。蓋弟雖愚昧，亦深知北王乃血性男子。其殺東王者，非出於私意，當必知所以自處而求息人心也。則將軍之冤，不難大白於天下。當此之時，弟與將軍，不難號令三軍，掃平燕趙，使定湖平皖之志，重行於今後矣。天王神武，謙恭持己，忠厚待人，向以厄於東藩故，非為疏將軍也。士生今日，大之以報人民之仰望，小之以報朝廷之知遇，大局如此，何忍遽棄？得君如此，何忍相違？以足下深明大義，胡弗一回首？且以數萬乘勝之師，而入千里崎嶇之境，成敗之數，固不可知。倘出人意外，萬一差池，震動大局，後悔何追。將軍若知難而返：繞道武昌以入汴梁，固國家之幸也。不然，則非弟所敢言矣。今北王以死自誓，將軍又去因而西，此間誰與為力者？倘不獲命，弟亦何心於國事？覽茲時局，岌岌若搖，一木難支。恐諸葛復生，亦不能免支援於今日也。況以國家不幸，而致遭內變，為大臣者，正當努力調停。若以國家禍亂方興，即圖引身避禍，此豪傑弗為矣。今方寸俱亂，一日三泣，皆為將軍。故將軍之去留，即弟之去留，區區之意，伏望將軍捐除私憤，而顧全大局，非唯弟一人之幸也！唯將軍念之。

石達開得了錢江那封書之後，心上本有些悔意；只是手下將官，大半要自創基業。都說道；「自古未有仇家在朝內把持，而大將能在外立功者。況福王為天王的親兄。王爺既不能除他，他卻是謀害王爺，如何防得許多？天王為人，雖然愛將，只是思念太過。往往思念兄弟情分，是王爺終無如福王也。」石達開聽得諸將如此議論，其志已決奪幾分。忽然部將黃典英自武昌到，力陳川省空虛，宜乘機取之，不可失此機會。石達開志愈決。遂不從錢江之言。先復奏天王：自言此次入川，亦為國家大事，並非離天國而獨行也。並奏請調李秀成回駐南京，及專用錢江。又復過錢江，具道己意非因私憤；並言已復奏天王：以李秀成回扎金陵；又勸錢江竭力任事，遂拔隊起程，望四川而去。按下慢表。

且說石達開去後，天王悶悶不樂。錢江又如失去左右手，不覺大叫一聲，口吐鮮血不止，因此遂染一病。天王日日到丞相府同候。錢江整整病了一月有餘，方才平安。是東王被殺之事，已傳遍遠近，清兵以為有隙可乘，攻打愈急。武昌一帶，賴李秀成設計防敵，清兵不能得志。唯安徽省內，清國鮑超、舒興阿、李續賓、彭玉麟、楊載福屢次開仗，志在恢復城池，互有勝敗。鎮江守將楊輔清，是東王的兄弟。當下聞得東王被殺，大怒道：「不殺北王，無以對先兄也。」又因天王不議治北王之罪，遂欲舉旗，由鎮江反攻南京。幸部將溫十八頗識大體，力陳非計。並進言道：「如將軍果反叛，名既不正；且南京，將軍非其敵手，徒取滅亡耳。況今人心，正為東王稱冤，而將軍反自行背叛，是北王之殺東王全家，益有名。不如待之！」楊輔清躊躇不決。猛然想起林鳳翔是東王心腹，今統大軍在外，須與聯繫，方為有濟。若得林鳳翔允肯，則彼由揚、淮一帶殺回，吾即從鎮江應之，何憂不勝？若林鳳翔不允，吾亦不動，然後請諸天王求雪東王之冤，有何不可？想罷，即謂溫十八道：「吾今與林鳳翔合兵相應。親眼前無代弟致意之人。敢煩足下親往江北走一遭，尊意以為何如？」溫十八允諾。楊輔清立揮一函：無非說是東王受冤，求鳳翔念昔日知遇之恩，興兵問北王之罪等語。溫十八領命，辭了楊輔清，星夜望江北出發。

且說林鳳翔平定揚州之後，附近一帶州縣，望風投順，軍聲大震。這日傳檄淮安，正待發北，忽軍中紛紛傳說東王楊秀清凶信，吃了一驚。暗忖軍事方自得手，如何一旦有這個變故。派人回南打聽，都回覆是實。均稱東王楊秀清，被害於北王府中，料想此事不錯。此時軍中各將怕東王羽翼，都被剪除，紛紛傳說，疑懼異常。林鳳翔深以為憂。即大集諸將，告以：「殺東王者，非天王之意；不過北王竟自行之耳。東王全家受害，在朝廷必有國法伸張，諸君皆無容憂慮。且天王以大權委於吾輩，正唯諸臣是賴。諸君幸勿搖惑，想旬日內必見分曉矣。」諸將皆唯唯聽令。原來林鳳翔素以恩信待人，故軍士聞林鳳翔之言，皆呼道：「老將軍非欺人者，吾等可安心矣。」於是軍士頓時齊靜。林鳳翔遂傳令：在淮揚交界，紮下大營；將三十六軍，分班防守，聽候南京消息。又恐清兵乘勢攻擊，遂每日親自巡營，撫慰軍士。是以清兵雖聞南變，仍不敢攻擊。

那日鳳翔正在帳裡辦事，忽溫十八到營，呈投楊輔清書信。林鳳翔即請溫十八進帳裡。寒暄後，當時屏退左右，問楊輔清意見。溫十八欲探林鳳翔之意，即說道：「東王死於無辜，國人無不稱冤者。輔清丞相，欲為兄報仇，其心甚切。屢欲以鎮江軍反攻金陵，吾以勢力不敵，諫阻之。今輔清丞相，專候將軍主見，然後定奪。」林鳳翔道：「君之諫阻楊輔清，乃國家之福耳。若不然，以同室互鬥，萬一清軍乘之，恐舉天國之君臣，無葬身之地矣。輔清豎子，不知大事，天下豈可以私憤而為亂國者乎？足下高義，老夫拜服。然吾料輔清之心未已，足下將何以處之？」溫十八道：「無他，將軍若不為之主持，彼即絕望矣。」林鳳翔道：「非也。吉文元為人，念小恩而忘大義；若與輔清相應，不可不防。」溫十八道：

「探得日前天王以囉大綱領精兵三萬，往助吉文元，未知是何意見？」林鳳翔道：「此必錢軍師之計：藉為監軍以防吉文元之變耳。彼已預謀至此，設楊輔清無端舉事，得不為錢江所擒乎！」溫十八道：「老將軍之言是也。然則今日計將安出？」林鳳翔道：「東王氣焰過重，某屢諫之不從。但東王遭遇，只私恩耳；國家大計，乃公事也。某豈能以私廢公耶？煩足下致復楊輔清：毋以私憤壞公事。至於東王之冤，不患無昭雪之日；蓋北王之罪，軍師必有以處之也。今不見發跡者，不過視東王羽翼舉動何如？倘有變故，則留北王為用。否則北王亦不偷生矣。」溫十八道：「老將軍料事如見，令人心服。待某復過輔清，想亦必聞老將軍之言，而自知斂抑也。」林鳳翔即留溫十八過了一夜。

次日，溫十八即專回鎮江，見了楊輔清，具道林鳳翔之意。輔清道：「老將軍之言，吾安得不聽？但先兄何罪，乃至全家受戮？此憤如何能消。」說了椎胸大慟。溫十八以好言相慰而罷。

且說林鳳翔自送溫十八去後，即致函錢江：力言東王有罪，不宜全家受害。錢江亦知鳳翔之意，立即回書鳳翔，極力撫慰：以為事宜緩辦，不可操切，以激內變。林鳳翔既得錢江的回書，分頭又派人函達李開芳、吉文元，勉以顧全公義。那林鳳翔素為諸將信服，自然無不聽從。是時既立北伐之志，遂督大軍由揚州起程，緣高郵湖靠清河，直窺淮安。早有細作報入清軍營裡。當日勝保，知天國東北兩王，互相殺戮之事，屢請琦善興兵，復攻揚州。奈自廿四橋之敗，清兵已如驚弓之鳥，尤不敢遽動，故琦善不從。今聽林鳳翔大軍過了高郵湖，直取清河，所以淮安人心，甚為震動。琦善即請勝保商議應敵之計。勝保道：「當楊秀清被殺之時，人心洶洶。金陵之內，十室九驚，某屢勸中堂乘此時機，直攻揚州。然後諂照向榮，會攻金陵。不料中堂不聽，已失此機會。今彼乘勝擁至，而吾人反為震動，恐不易敵也。」琦善道：「清河乃咽喉之地，彼若先據，淮安亦受敵矣。不如分兵助守為上。」勝保聽了，亦以此計為然。正在傳令分軍，忽探馬飛報導：清河縣已被林鳳翔攻破去了。勝保跌足嘆道：「調兵如何這般神速！彼自東王死後，至今部署已定。林鳳翔老將，老謀深算，恐淮安不能守。」琦善大驚失色，此時便欲棄去淮安。勝保道：「揚州戰後，吾軍未嘗預籌應敵，實是失著。今若棄去淮安，恐不特淮北非為國所有，即山東亦不免動搖，實非勝算也。」琦善道：「然則足下不如閉城固守。吾以全軍把守淮北，彼必未能得志。吾待其軍力疲玩，分軍為二：一則出其不意，以攻林鳳翔；二則繞道攻彼揚州，以繞彼軍之後，或者可以恢復前失。」琦善自鑒於揚州之戰，此時甚信勝保，遂言聽計從。一面令諸將緊守城池。

這時林鳳翔見清兵不出，暗忖道：「他若固守淮北，加以兵力，攻之，則曠日持久，實非良策。」更心生一計：囑令朱錫琨如此如此。傳令調兵直出河南，深言與李開芳會合，只略攻城一會，即退步望西而行。琦善喜道：「彼果然以久圍無功，退兵而去，竟不出勝帥所料也。」遂欲起兵追之。勝保即諫道：「林鳳翔軍力未衰，如何便退？深恐誘敵之計耳。」琦善半信半疑。忽探子回報導：「林軍不過行了二十里，即紮下大營。」勝保道：「吾固知林鳳翔非真退也。」次日，又聽得林軍拔寨而去。琦善道：「老將林軍，必料著勝帥之謀：恐吾軍乘其後，故緩緩而行也。」勝保道：「若然，則彼不退揚州，而專望河南退者，何也？」琦善道：「彼或與李開芳、吉文元合兵，改道由河南入直隸，亦未可知。」勝保道：「此說由彼軍揚言出來。吾料林鳳翔若為此計，未必如此疏虞。」琦善乃言：「林鳳翔善能用兵，實實虛虛，亦未可料。公何用兵如此多疑？」勝保遂不多言。

此時自林鳳翔退後，琦善雖未起兵趕追，然四門守護，已不如昔日之嚴密矣。且自前數天以來，淮北人心正望風驚懼。今一旦林軍退了，人人反黨安心，不以為意。林鳳翔聽得淮北守衛漸寬，即傳令各將：夜行晝狀，一路上偃旗息鼓，營中並不舉火，人銜枚，馬勒口，直望淮北而來。是時琦善尚在城中。只見天國大兵已退，正要商量追趕，自不料再復回軍。那一夜三更時分，林鳳翔先用精兵三千，先抵淮北城外；自統大軍陸續繼進。在西南兩城外，先開道地，暗藏藥線，預備發作。恰是一月將盡，夜月無光。周文佳在左，汪安均在右，林鳳翔自統諸將居中。方到四更時分，先把藥線發作起來，轟天響的一聲如霹靂，恰似天崩地裂一般，淮北城垣西南一帶，整整崩了幾十丈。琦善與諸將，如夢初覺，在床上驚起。知道有了意外，急欲與勝保商量，已是不及。又想調兵接戰，誰想天國兵已蜂擁而來。清兵個個皆沒準備。真是人不及甲，馬不及鞍，如何戰得？天國人馬，如生龍活虎，當者披靡。淮北清軍，呼天叫地，引動居民驚慌，號哭之聲，震動內外。投降看不計其數。有投降不及者，都死在刀槍之下。琦善知道不是頭路，只得扮作小卒，乘夜棄城而遁。

時勝保在西北城垣，正候琦善將令。奈終不見到，已自思疑。正欲派人打聽，忽林鳳翔已自親兵追到。勝保急令殘兵，混戰一場，哪裡是林鳳翔敵手。一時曾立昌、朱錫琨，先後殺到，勝保更不能支援。忽探子飛報城池皆失，琦中堂已逃出城外去也。勝保聽了，登時咯血，大呼道：「豎子不足與同事。如此先顧性命，竟置全城民命於不顧也，吾亦不能為力矣。」遂傳令退兵，望北而逃。好一座淮北城池，已被天國克復去了。管教：

老將鏖戰，直撼幽燕形勝；賢王卻敵，共驚儒將風流。

要知後事如何？且聽下回分解。

洪秀全與天國風雲，起義之火初燃：

山頭火種揭亂世，一夢黃粱啟英雄

作　　者：黃世仲
發 行 人：黃振庭
出 版 者：複刻文化事業有限公司
發 行 者：複刻文化事業有限公司
E-mail：sonbookservice@gmail.com
粉 絲 頁：https://www.facebook.com/sonbookss/
網　　址：https://sonbook.net/
地　　址：台北市中正區重慶南路一段六十一號八樓 815 室
Rm. 815, 8F., No.61, Sec. 1, Chongqing S. Rd., Zhongzheng Dist., Taipei City 100, Taiwan

電　　話：(02)2370-3310
傳　　真：(02)2388-1990
印　　刷：京峯數位服務有限公司
律師顧問：廣華律師事務所 張珮琦律師
定　　價：375 元
發行日期：2023 年 12 月第一版
◎本書以 POD 印製

國家圖書館出版品預行編目資料

洪秀全與天國風雲，起義之火初燃：山頭火種揭亂世，一夢黃粱啟英雄 / 黃世仲 著 . -- 第一版 . -- 臺北市：複刻文化事業有限公司，2023.12
面；　公分
POD 版
ISBN 978-626-7403-75-4(平裝)
857.457　112020588

電子書購買

臉書

爽讀 APP